天问

丁伯刚 著

百花洲文艺出版社
BAIHUAZHOU LITERATURE AND ART PRESS

图书在版编目（CIP）数据

天问 / 丁伯刚著. -- 南昌：百花洲文艺出版社,2017.9
ISBN 978-7-5500-2404-5

Ⅰ.①天… Ⅱ.①丁… Ⅲ.①中篇小说 – 小说集 – 中国 – 当代
Ⅳ.①I247.5

中国版本图书馆CIP数据核字（2017）第200441号

天问

丁伯刚　著

出 版 人	姚雪雪
责任编辑	胡青松
书籍设计	赵　霞
版画插图	张红艳
制　　作	何　丹
出版发行	百花洲文艺出版社
社　　址	南昌市红谷滩世贸路898号博能中心一期A座20楼
邮　　编	330038
经　　销	全国新华书店
印　　刷	江西华奥印务有限责任公司
开　　本	720mm×1000mm　1/32　　印张　10.25
版　　次	2018年1月第1版第1次印刷
字　　数	200千字
书　　号	ISBN 978-7-5500-2404-5
定　　价	33.00元

赣版权登字　05-2017-344

邮购联系　0791-86895108
网　　址　http://www.bhzwy.com
图书若有印装错误，影响阅读，可向承印厂联系调换。

半边人（代序言）

　　1977年正月十三一大早，我们一家人从安徽老家一个叫丁家罗庄的村子动身，分三路踏上了迁徙异乡的路程。第一路，母亲带着我们兄妹四人，手上拎着几个简单的包袱，徒步十八华里到高河镇，然后坐通往安庆的公交车；第二路，我的表姐夫李以建和同村的一个兄长用板车拖着我们的全部家当，也是经高河直接送到安庆；第三路是父亲一人，他得辗转坐车到怀宁县治所在地的石牌镇，给我转共青团的组织关系。我们约好傍晚在安庆会面，然后从那里坐大轮去九江，去大山深处一个叫修水县汤桥公社的地方落户。

　　这是十分平常也平静的一天，天气很好，地面干燥。有几个得知消息的邻居站在路边为我们送行，其中一位长辈可能联想到什么，忽然泪流满面。可是我们自己却感受不到半点离情别绪，相反，内心更多的是那种出远门的兴奋和激动。当时的交通不方便，公交车很少，我们在高河车站滞留了好久，傻呆呆看站在木梯顶端的几个小矮人。

这种小矮人在高河一带很有名，我从小就听过他们许许多多的故事。他们的脑袋是大人的，身子却像个小孩，永远长不高，并且代代相传，都在外面走江湖玩把戏。不过这天他们并不是在演出，他们可能也跟我们一样是来坐车的，或者正月里没事，吃过饭来车站闲逛。

此时此刻我一点也不知道，这平常而又平静的一天对我的一生来说意味着什么，我一点也不知道这次我们踏上的其实是一条真正的不归之路：自此以后将近三十年，我基本上还没有回去过一次，或者用另一句话来说，我每天都在返回，那是在梦中，在自己的潜意识里。自此以后我发现我的整个人基本上已给劈成了两半：一半在老家，另一半在异乡；一半是灵，一半是肉。每天都在挣扎，每天都在撕裂，每天都在用这一半去寻找另一半。实在说，我一点也不理解自己体验的到底是什么，我不知道还有没有其他人和我有过相同的体验。也许是我太敏感了，太脆弱了，对灵的要求太强烈了。反正我只是感到，自己是一个被彻底放逐之人被彻底遗弃之人，是一个对自己的另一半永远在寻求的人，一个时时刻刻处于灵魂出窍状态的人。我愿意以文字、以小说的方式，来很好地表达出自己的感受，表达自己对另一种存在的那种吁求。

那一年夏天，气温太高，写作状态不好，于是我利用这个时间，把《圣经》的旧约部分再完整地看了一遍。这个时候读跟年轻时读完全不同。年轻时喜欢在其中寻找一些微言大义，现在只想读一些平常的字句平常的故事。但正是这种阅读给人的震动更大。我忽然感觉那里面的一些人物，比如那个让人卖到埃及去的约瑟，在外地发达了，然后把他的父母家人全接了过去；还有那个路得，一家人流浪异地，结果男人们全在外面死了，只剩三个寡妇回来等等，这些怎么与我身边的那些流浪人异乡人的故事如此相似？这些人，这些失魂落魄、祖祖辈辈在地面上荡来荡去的半边人，怎么也与我们如此相似呢？我感觉这绝不是什么高深莫测的《圣经》，这就是我们家里的一本家谱么。

　　说到这里，不知我的意思表达清楚了没有，我很想说的是这样一句话：我们这些可怜的半边人是永远不完整的，我们的另一半永远在那边，在天上。我真的很想以小说的方式，来表达对我们另一半的永恒寻求。

CONTENTS

目录

宝莲这盏灯 / 002

何物入怀 / 080

唱安魂 / 130

天杀 / 184

天问 / 250

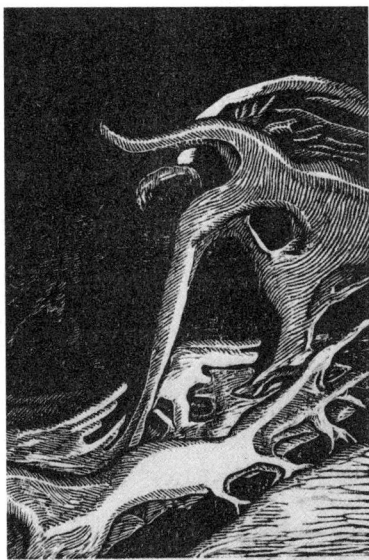

宝莲这盏灯

1

高考归来，光明一头扎在天井后面的睡房里，看看书，睡睡觉，练练毛笔字抠抠脚丫，半月一月不出大门一步。时值农忙，田野里远远近近的脚踏打谷机泼了命般哇哇吼叫，直叫得光明心慌意乱，胸闷气急。父亲带着两个弟弟天不亮下田，中午和天黑后再泥一身水一身摸进门，赤裸的脚板踏在地面咚咚直响。光明知道，他也应该拿把镰刀，扛一担谷箩天不亮随父亲他们出门的，搁在往年的暑假，他早已拿把镰刀，肩扛谷箩随父亲他们出门了。不过今年不行，今年他什么也不想干，什么地方也不愿去。前途未卜，去向不定，心情也就格外凌乱，光明只愿让自己成天成月在房里这么坐着。父亲母亲一般是不会过来干涉的。父亲母亲自小看得他重，一心盼他能认真读书，像前村后村不少年轻人那样，通过高考从泥巴田里走出去。光明不负众望，从小学到初中再到高中，读书成绩一直不错的。

这天半上午下过一场大雨，下雨时光明恰好睡着了，他并不清楚门前的场地上晒满刚刚打下的稻谷。雨来得快去得也快，等父母和两个弟弟从田里赶回，头顶上又已经云开日出，不过场地上的稻谷基本给毁了。父亲母亲跌坐在泥地上直叹气，两个弟弟则手脚并用，摸鱼一般要把水沟里的稻谷摸出一点回来。光明在父母面前站了好久，想做一句两句解释，继而又觉没必要。准备上前给两个弟弟帮忙，想想同样没必要。这时父亲开口了，父亲说讲心里话光明，家中的大事不用你伸手，手头一点小事，这火烧眉毛救急的事，你也能忍心不伸手，眼睁睁看着到嘴的粮食让水冲了？

此后几天，父母似乎下了决心，要动员光明从家里走出门，到邻居家玩玩，到同学家玩玩，到读书的学校会会老师，顺便打听一下高考成绩。父母说一个年轻人这么没日没夜关在家里是不行的，这么关下去，用不了多久闷也会把身子闷坏。光明当然不愿出门，光明只说自己有事。光明不出去，父母便反反复复说，说得光明一头火起，不由大喊一声："你们晓得什么！"

"我们晓得什么？我们只晓得你没用，怕人，一天到晚像只缩头乌龟把自己在家躲着缩着！"父亲真正生气了，同样大喊一声。

父亲说得没错，光明是没用，是怕人。光明不敢出门见人，这一点连他自己也觉万分奇怪。光明不只怕见外人，怕见村上的人，他甚至连父亲母亲也不愿见，一当着父母的面便有些手足无措。中午父亲在桌前吃饭，光明盛了一碗饭，也准备到桌上吃。没想他刚刚坐定，便觉察父亲一双眼睛正一动不动看他。过一会他看看父亲，发现父亲仍一动不动看他，就似他几时做了见不得人的勾当，父亲要看穿他的内心一样。光明手一抖，赶紧夹了几筷头菜，打算走开。

"这又到哪去？"父亲问。

"我有事。"光明不耐烦道。

母亲在旁边嘻嘻笑起来："他总说他有事。"

光明急忙改口："我去看看光荣他们。"端了一碗饭，躲到天井外边去吃了。

在这个家庭，光明真正体会到什么叫如芒在背的滋味。按照往日的性格，光明是绝对忍受不了这些的。现在把一切忍受下来，是因为在内心深处，光明还怀着一个暗暗的企盼，具体说，他在等待着这次高考的最后消息。假如有幸考取了，手上拿到大学录取通知书，光明想他一定会毫不犹豫地走出家门，会会同学，见见老师，见见所有可以见到的人。光明认为他眼下不愿走出家门，并不是他不敢，而只是时机未到。

不过很遗憾，这年的高考成绩下来，光明没有被录取。光明离分数线还差下整整六分。光明两眼一黑，意识到他完了，看样子他真的走不出这道家门，要一直像只缩头乌龟把自己在家躲着缩着了。可你躲得了初一躲不过十五，总不可能一辈子在家躲下去的。光明思前想后，觉得眼前唯一的出路是回学校补习，明年重新参加高考，等拿到录取通知书再出去见人。父母同意他回校补习。为了节省开支，增加收入，刚刚升入初中的大弟光荣不得不停学回家，帮着分担些家务。听到这个消息，光明一句话没说，他清楚除此之外别无他法。他只是埋下头更加狠劲地读书做习题。可是第二年光明同样没有考取大学，奇怪的是那成绩不多不少，离分数线仍然差着六分。光明一不做二不休，决定接着再回学校补习，下一年参加高考。光明感觉自己就似钻在一个越来越狭窄的岩洞中，明明知道此路不通，可他已全然没有了回身的余地，不得不稀里糊涂朝前猛钻下去。

第三年的补习光明没有坚持到底，离高考还隔着再三个月，光明卷了卷铺盖，用一根木扁担挑了，趁着月夜徒步走回家中。不知是负担过重，或者营养跟不上，大半年来光明的身体状况越来越糟糕。首先是夜盲症，每到傍晚，他的双眼就无法看清东西。后来发展到白天也无法视物，测验的卷子发下来，他一个字也不能看清，不得不请身旁的同学一题一题念出，他再对上答案。看了不少医生，吃下无数草药，视力是恢复一些，谁知这耳朵又发生问题，出现幻听。那也不知是来自哪里的一些声音，异常清晰，坚定不移。有时是一个婴孩的咯咯笑声，有时又是两个男人在嘀嘀咕咕，可等你用心去听，又全不知在嘀咕些什么。光明用劲摇晃脑袋。光明又借着洗澡的机会，将双耳浸到冷水里去。

出现在父母面前的光明已找不出多少光明的模样，脸皮透青，印堂发黑，目光呆滞，上下嘴唇不知怎么还有些浮肿。母亲不由自主呜咽有声。母亲一定想大哭一场，但是随之又极力忍住。母亲知道儿子已经承受不住她的哭声了。父亲和母亲表现出若无其事的神情，仍同早先一样由着儿子一个人躲进天井后的睡房，或翻书，或睡觉，或抠脚丫。父亲和母亲只在不动声色中做了些收捡，手边常见的某些家庭用具，比如菜刀、剪刀、麻绳及残剩的农药瓶之类，不再容易看到了。光明有时略一走动，哪怕爬爬楼梯上上厕所，身后什么地方似乎都有人不远不近跟着。光明清楚父母担心着什么。父母的担心永远不会有错，光明把自己的路真正走到尽头了。

光明家所在的村庄老地名叫响水湾。响水湾又有上下之分。上响水湾人少，下响水湾人多，上响水湾穷，下响水湾相对来说家家都比较富足，其中只有一人例外，只有小三例外。小三是远近一带出了名的浪荡汉，自小无父无母，家里穷得叮当响，快三十的年纪还没结上婚。小三也不着急，继续有一餐没一餐地鬼混着。隔壁五娘看不过意，说三子这样下去终究不是个事，干脆我到大扁屋给你找个好人家好姑娘，你到那边过吧。小三愣过一阵，说五娘的意思是让我出去招亲？五娘说招亲有什么不好，招个好亲是你头世修来的福。我把话说在前面，大扁屋那人家可是头一等的好人家，江素珍更是头一等的好姑娘。五娘把江素珍一阵猛夸，加上周围几个人极力怂恿，第二天小三跟着五娘上路了。他们翻过一个山头又一个山头，穿过一个村庄又一个村庄，从大清早走到太阳当顶，大扁屋还不知坐落何方。小三站住不走了，小三说五娘，你这是要把我带到哪里卖掉吧。小三又说有一句话我想问问五娘，既然大扁屋有那么个好人家，有江素珍那么个好姑娘，你为什么不让自己儿子过去招亲，偏要让我过去招亲？小三把五娘丢在路中间，掉过身子顾自回了他的响水湾。后来每说到此事，小三还心气难平，说五娘这是要把他从村子里撵走，五娘一心要把他撵得远远的，自己好独得他那一亩田，几块地，还有一幢破房屋。五娘好心硬给当成驴肝肺，一口气上不来，哽得直翻白眼。

　　光明是无意间听到小三招亲故事的，听后心中随着咯噔一响。光明没有迟疑，找父母要了点钱，当夜到镇上称了两斤冰糖，两斤红枣，还有一斤荔枝干，鼓鼓囊囊用塑料袋提了，直接送到五娘家中。光明说五娘，明天抽得出空吧，明天要是抽得出空我跟你去大扁屋。五娘不懂光明的意思。后来五娘懂了，吃惊得把两手用力一拍，说你这是嫌我气没受足，要送我早点见阎王老子吧。五娘说小三那狗日的是什么狗日的，小三是活该要断子绝孙的关门户，你堂堂一个高中生，眼看要上大学了，如何能跟他扯到一起？别的不说，你爷你娘听到，还不得跟我拼老命。

2

婚后第九天头上，光明同江素珍的母亲，也就是他岳母陈宝莲大闹了一场。

陈宝莲运途不顺，用她时常挂在嘴头的一句话说，自踏进大扁屋这道家门，她还没能过上一天舒心自在日子。没有儿女的时候一心盼着早点生个一男半女，陈宝莲开怀晚，等头一个女儿出世，她已经年近三十，这中间不知求了多少医，吃进多少药，跑过多少路，拜下多少菩萨老爷。有一次她和丈夫差点还离了婚。女儿生下，却没能很好地带起来，一岁五个月时出麻疹，高烧三天后人没了。第二个生的是儿子，落地时胖胖大大，哭的声音壮得吓人，不想十几天后无缘无故突然抽筋，找个郎中吃了一剂偏方，胖胖大大一个儿子也跟着偏方去了。可能是伤心过度，急火攻身，这个时候陈宝莲开始害奶，左边大半个乳房红肿溃烂，脓血直流，像只给人踹过几脚的破西瓜，大半年后才慢慢收口结疤。素珍是老三，青珍老四，望来老五。望来生下没两年，他那死鬼父亲开始卧床不起，不久也撒手自去，做了一个真正的死鬼，只把一屁股欠债，及背着债的陈宝莲母子四人留在世上，当然比欠债更沉更重的，还有儿子望来的病，望来的头晕。

每次说到儿子的病，陈宝莲总要死鬼死鬼骂不绝口。陈宝莲认为儿子的病是那个死鬼一手造成的，是死鬼传过来的。望来生下的时候也胖也大，声音也壮，夫妻两人胆战心惊，日日夜夜加紧伺候，搂在怀里怕碎了，含在口里怕化了。望来一岁走路，一岁三个月开口说话，一把嘴甜得好似抹了蜜，婆婆娘娘大叔大婶一口气能把隔壁邻居叫个遍。没想自那死鬼卧床后，望来跟着得病，等到死鬼把两腿蹬直，儿子这边也瘦得皮包骨头，软绵绵躺在床上如一条面筋。那些日子陈宝莲基本上也是在床上躺过来的，接连多日不吃不喝，只睁大一双眼睛看屋顶，家里家外都由隔壁邻居带着素珍青珍照应。后来望来渐渐脱离险境，病算好了，体质却再没能恢复过来，人仍是瘦，脸色不好，说话有气无力，隔三岔五开始闹头晕，一发作便天旋地转，有时一连几天起不来床。村里人教了不少治头晕的偏方，茅花煎水、刺根煎水、红糖炒仔鸡、天麻炖板栗等等，能试的法子试尽了，也没见多大效果。又有人给过一个偏方，是吃那种鸡屎。一般要捡比较新鲜的干鸡屎，成条形，一小截一小截就似切碎的腌豆角，放到太阳下晒一天，端回家焙干，碾碎，兑进炒熟的荞麦粉，然后拌上红糖当点心吃。头晕不很厉害的时候，吃一把两把这种点心，往往还真能止住。于是一年四季，不分早晚，你总看到陈宝莲手端一只破筲箕，另一只手操竹筷，绕着村子四处捡鸡屎。

别看望来人没个人样，鬼主意却多，一双手刁钻得出奇。陈宝莲让他背着书包上学，他却在去学校的路上东挖一个坑，西掏一个洞，然后拉上屎，灌进黑粪臭水，上面用树枝树叶架空，盖好土，让伙伴们一踩一个准。路两边人家菜园里的北瓜、东瓜、西瓜、红薯，也给钻出一个个小洞，里面灌进乱七八糟脏物，再将揭开的表皮盖好。后来望来还将挖洞的爱好用到小伙伴身上，用点燃的烟头从后面去烫，让对方的光屁股从洞眼中不动声色露出。等到有人牵着小孩或抱一只给糟踏的北瓜东瓜找上门，陈宝莲不但没一句半句软话，反而不分青红皂白来一场好吵。她说别人欺负了她，她说她孤儿寡母，六亲无靠。在陈宝莲这里你是讲不出多少道理来的，望来能在外面调皮了，作祸了，同人吵闹打架了，对陈宝莲来说是一件高兴的事，值得多加鼓励才是。不过若是望来在外面吃亏了，被人打了，轮到陈宝莲拉着儿子找上别人家门时，那当然更没道理可讲。望来是她的命，你欺负了望来，她的命也就不要了，交给你算了。她一会投水，一会上吊，一会喝农药。这个时候唯一能劝得住陈宝莲的，大约只有本家长辈长山大爷。长山大爷黑着个脸，高声大调一叫一骂，陈宝莲讪讪地便能收敛几分。可有次她同长山大爷也闹起来，且闹得比任何一次都要激烈，陈宝莲扛把锄头，执意要将自己那死鬼男人的骨头从土里刨出，架到长山大爷家大门前当柴烧，吓得长山大娘跪倒在地，一个劲朝她直作揖。

"祖宗，祖宗，我叫你祖宗，你是我家活祖宗，行不行？"

"动不动说什么孤儿寡母六亲无靠，你孤儿寡母六亲无靠你就他妈了不起啦高人一等啦！"长山大爷也受吓不小，许多天后还这么气喘吁吁发牢骚。

对于岳母陈宝莲的为人作风，光明早有所闻，临分别时母亲也反复告诫，上门招亲不同于一般，端别人碗，服别人管，万事要小心在意。光明以为他已经够小心在意了，万没料到结婚第九天头上就把陈宝莲得罪下来，并且闹到那个程度。光明其实是一片好意，那是个阴天，一个雨天，光明没外出干活，便邀着素珍要把家里家外收捡整理一下。陈宝莲也看着他们收捡整理，并没说半句多话的。房中太脏，太乱，时不时还能闻到一股很怪的臭味。光明以为什么地方放着些腌鱼，找到一看不是腌鱼，是望来常吃的鸡屎棍，用塑料薄膜包好，搁在碗柜的底板上。鸡屎保留得太久，早已霉烂变质，板结干朽成一块。光明将鸡屎连同塑料包一同丢进厕所，素珍准备拦阻，却已经来不及。素珍不敢隐瞒，忙过去告诉母亲陈宝莲。陈宝莲对着厕所看过一阵，身子渐渐松弛，一屁股跌坐到地面，哇啦哇啦大哭起来。

"那还能有用啊。"光明惊奇。光明解释："我不知道那是有用的。"

陈宝莲不理光明，一把鼻涕一把泪高声哭诉，说光明和素珍这是串好了要害她，要害望来。光明和素珍眼里只多了一个望来。光明和素珍这才结婚几天，已经容不下望来。她本以为找个女婿上门，是找了个帮手，找了个依靠，她怎么也没想到找来个这么恶的白眼狼。白眼狼不只自己恶，几天工夫已把我们素珍带恶了，两个恶人捆到一起，以后哪还有她过的日子，哪有望来过的日子。

应该说起初那一刻，陈宝莲也许并没意识到什么，后来经自己一诉说，一推演，忽然发现不对了，事情大了，事态严重了。现在的问题已经不是光明无意之间丢了一包脏东西的问题，也不是丢了一包脏东西算不算得上害望来的问题，而是两个恶人捆到一起，占了这个家，长此以往怎么了结的问题，她和望来有怎么个下场的问题。"婊子婆，你行啊，厉害呀！"陈宝莲一声一声高叫。陈宝莲这骂的是素珍。光明结结巴巴往后退，素珍则吓得哇哇大哭。青珍也哭，望来也哭。村庄上的人越聚越多，其中一个小孩也跟着哭起来。光明想这到底算怎么回事。这如何扯得上，这完全是没影的事。

"这怎么扯得上，"光明说，"我看那东西早发霉了，没用了的。"

"谁说那东西没用啦？你知道没用啦？你怎么知道没用啦？我花多少工夫捡来，晒好，烘好，制好，你偏说发霉了，没用了！"陈宝莲拍着巴掌。

光明真正见识到陈宝莲的手段了。陈宝莲没有半点停歇的意思，陈宝莲越闹越凶，她一手牵青珍，一手牵望来，说要找个水塘投水，一会又找了一根麻绳，要到房梁上吊。她说他们死了算了，省得做这对狗男女眼中钉肉中刺。无数的人前遮后拥，挡住他们去路，陈宝莲左冲右突，拽得两边的青珍和望来歪歪倒倒。陈宝莲自己也倒了，她就势把双腿蜷起，身子伏地，一遍遍对着天空跪拜。陈宝莲叫着天，又叫着她那死鬼，陈宝莲说：

"你把我收了去，收了去，收了去——趁早啊！"

陈宝莲嘴角的白沫下来了。

"给娘陪赔个礼吧。"有邻居同光明说。光明明白邻居的意思，是让他给陈宝莲跪下来。实际上在陈宝莲拉着青珍和望来要去投水时，光明已经想到下跪的问题了。看来今天不下跪，事情永远没个完结的时候。他老老实实让自己对着陈宝莲跪下。在跪下身那刻，光明还回了头，对同他说话的邻居道："这真扯不到一起的，我以为那包东西早坏了，没用了。"

这次的丑出得可真大。事后好久光明慢慢琢磨出，陈宝莲的闹也许带有很多虚假的成分，也就是说，陈宝莲一半是真气，真闹，真拼命，另一半却在做戏给别人看，做戏给光明看，给素珍看。地方上好像有这么个风俗，入赘的女婿进门，女家一般都会借故闹一场的。这是给你一个下马威，杀杀你身上的傲气，收收你的野性，让你明白从今以后你的身份，光明想假如没有这丢的鸡屎，肯定会有其他事的。如此看来，村庄那么多人的围观，起哄，并且让他下跪求饶，也都是事件中应有的一部分。光明有些愤愤不平，感觉受到了莫大的伤害，莫大的屈辱。从陈宝莲及村人的态度上，传达出一个明确无误的信息：他们都在看不起他，他们都小瞧了他，以为他是一个没用的人，一个可以随便拿捏、随便欺负的人，否则绝不会如此肆无忌惮。光明清楚这其中主要责任在自己。上门招亲原本让人瞧不起，连小三那样的人也瞧不起，不是走投无路，任何一个长了鸡巴的男人大概都不会出此下策。光明当初只想着早点离开家庭，只想怎么找个地方把自己藏起来，藏得越远越好，不光同意招亲，连女方提出的所有条件无不一一答应，而等到女方反过来问他有什么条件，他却说没有。看那架势好像他有多么迫不及待，多么贱坏一个，生怕自己推销不出的。试想这样一个人还会有谁能瞧得起你，尊重你。光明很想找个机会向陈宝莲表明，他原本是怎样一个人。他绝不是他们所以为的那种人。他是一个高中生，他有文化，他在外面见过世面，自小他的父母也看得他重。本来他完全可以考上大学的，只不过差了那么小小的六分。然而令人难以相信的是，光明发现自上次一闹，他当真有些怕上了陈宝莲。这是一个不要任何脸面，不讲任何道理的人，一旦闹起，什么丑话都说得出，什么丑事都干得出。到了陈宝莲面前，光明举手投足不由自主会小心几分，讲话的声音也会随着降低几分。光明学会了怎样看陈宝莲脸色，怎样讨陈宝莲欢心。陈宝莲不用说也知道他的怕，知道他的小心，出出进进一张老脸也就越加拉长得厉害。

招亲的生活不知不觉便这么形成了：光明毫不讳言自己在内心深处对陈宝莲的蔑视。他在恨着。但他同样不能讳言的是，在内心深处他更在怕着。他怕陈宝莲，怕江家所有的亲戚邻居，怕整个大扁屋村上的人。家里家外遇有什么大事，需要做决定的事，光明固然是插不上嘴的。家内家外的大事都由陈宝莲一手把持，光明和素珍只需照吩咐做去便是。照吩咐去做，这也许就是光明的本分。做就做吧，不说话就不说话吧，光明想通了。想通了心里便平衡了，平静了。连母亲不也反反复复交代得分明，端人家碗，受人家管，光明不会不懂这个道理的。吃饭，做事，做事，吃饭，种田的时候种田，不种田时砍柴，翻地，种菜，放牛，喂猪喂鸡，到村上出义务工。结婚第二年，女儿冬梅出生了，于是光明又学会怎样伺候小孩，伺候过月子的人，给小孩洗屎洗尿，熬米糊麦糊，给大人端汤送水，用黄豆炖猪脚发奶。

3

光明的大弟光荣停学后，下一年小弟光彩也停了学。父母让两兄弟各学了一门手艺，光荣学泥瓦匠，光彩学做油漆。光彩跟着师傅断断续续学了两年，满师后自己也带上两个徒弟，一本正经做起师傅来。有段时间光彩带着徒弟出门揽活，来来往往从大扁屋经过，却从没上过一次光明的门。这事让父母听到，母亲把光彩叫到面前结结实实一顿好骂。下次再路过大扁屋时，光彩买了一瓶麦乳精，几种糕点，后面跟着他的两个徒弟，还真的来见光明，见光明的女儿冬梅，见陈宝莲一家了。光明着实激动，跑到厨房同素珍商量，让素珍找陈宝莲要点钱，他好去下村买肉。素珍用手到围裙边擦擦，说这半下午的，下村哪还能买到肉。光明想想也对，这时候卖肉的早该收摊了。光明说我弟从没来过的，要不你同妈讲一声，我们把家里的鸡捉一只杀了？素珍又用手到围裙上擦擦，带着光明去小河边找洗衣的陈宝莲，然后由陈宝莲出面，在长山大爷家借了一只鸡来杀。

光彩在光明这里吃了一餐饭，住过一个晚上，第二天清早离开时，光明把他们送出老远。光彩看看前后无人，忽然把光明拉到一边。光彩说："哥，这日子你就真打算这么过下去？"

光明一惊，问："这日子怎么啦？"

光彩觉得自己的话可能唐突了一点，他想了想说："你有没有这样的打算，打个比方，和那个老婆子把家分开？"

光彩说："这样下去真不成个事，我看还是分吧，早点和那个老婆子分开。"

光彩塞了点东西到光明手上，转身赶他的徒弟去了。光明展开手心，看见是一张十元的钞票。光明又一愣。待要把钱还回，光彩已经走远。看着光彩高高的后影，光明意识到离家这才几年，光彩似乎已长成个大人，怪不得要带上两个徒弟了。

那些天光明就让光彩给的十元钱在身上搁着，没人时还掏出摸上一会。他在认真琢磨光彩那句话的意思。光彩说的到底是什么意思。光彩不过在大扁屋吃了一餐饭，住过一个晚上，短短时间到底能看出什么。有一阵光明十分生气，生光彩光荣的气，生父母的气。父母家人凭什么总用那样的眼光看他，以为他在大扁屋遭了多大的罪，受了多大苦，经了多大难。有一阵光明又不由十分羞愧，因为他在大扁屋确实正在遭罪，在受苦受难。瞒是瞒不过去的，不承认也完全没必要。光明想莫非是他同素珍商量着找陈宝莲要钱买肉，让光彩看去了，或者光彩在周围一带村庄做生意，听别人说下什么了？操你老娘，光明骂一声，再一次窘迫得脸红心急。其实那天在同素珍商量怎样找陈宝莲要钱时，光明已经顾自窘迫过一次，羞愤过一次。一个二十多岁的堂堂男子，一个早已做了丈夫，做了父亲的人，为买一斤肉招待自己从没上过门的亲弟弟，竟要厚着脸皮可怜巴巴向别人讨钱，一个男人成年累月辛辛苦苦，累死累活，身上竟没有一分一厘钱，这到哪里也无法说通的，光彩看去了，心里会作何设想，这时候光明又该同别人如何解释，同自己的父母亲人，如何解释。

　　光明受了光彩的提醒和点拨，把几年来同陈宝莲的相处仔仔细细盘了一次点，清了一次账。陈宝莲精明能干，理家算得上一把好手，出外干活同样算得上一把好手。不精明，不能干，她一个女人根本无法撑持这个家，带大三个孩子，无法在地方上立足。不过陈宝莲大约太精明，太能干了，与这样的人共一个灶台吃饭，没有非同一般的耐性，也就是说，没有非同一般的懦弱你是不可能做到的。对光明的勤恳诚实，光明对她各方面的奉迎，陈宝莲不可能不明白。好歹也算一个长了鸡巴的大男人，给你服服帖帖治成这样，任何人看了也会不忍心，会加以同情，加以体谅的。可陈宝莲没那回事，你不听话时她需要你听话，等你听话了，低眉顺眼了，她反过来又越发看不起你，认为你窝囊，活该受人拿捏，受人欺负了。陈宝莲说光明笨手笨脚，不会干活，站没站相，坐没坐相，做事没有做事的相，吃饭没有吃饭的相。说光明没本事，不能到外面赚钱，只能死守着一个家。她甚至说光明个子矮小，屁股却大，还一个肩膀高一个肩膀低，走路时一条手臂奓开好像打断了翅膀的呆鸟。有时一家人围在一起吃饭，假如哪天弄了点好吃的，陈宝莲会毫不掩饰地声明，这是望来一人吃的，是给望来补身子的。光明不争，笑笑把碗端到一边去。后来他连桌子也很少上，连菜也很少吃了。在用钱上，陈宝莲手头更紧得滴水不漏，家中所有的收入，包括卖粮、卖猪、卖蛋，包括光明、素珍参加村上红白喜事得到的一点工夫钱，都得一分一厘交到她手上。

　　光明不同陈宝莲计较，是为着避免麻烦，谁知这样一来反而引出更多麻烦。陈宝莲忽然对他不放心起来。陈宝莲大约以为光明如此不计较，一定另有缘故吧。有那么几回，陈宝莲将一张两张钱票丢到地面，说是要试试家里这个人有没有二心。光明原本无心无肺，也就说不上什么二心，捡到钱后立即叫叫嚷嚷，说谁这么粗心，钱都掉到地上。事后听说才惊出一身冷汗。又有时候陈宝莲会出其不意几次问到光明经手的某一笔账。陈宝莲装作记性不好的样子，表面不动声色，有一句没一句，其实是想在不同的回答中找出破绽，找出前后不一致的地方。光明得出结论，认为陈宝莲对他的嫌恶，对他的敌意几乎是天生的，是从本性里发出来的。他闹不明白既然陈宝莲根本无法容得下一个外人，为什么当初又要把人招进来。

光彩说得没错，光明得分。否则在这个家庭他一辈子抬不起头，一辈子是个外人。来了客人想买一斤猪肉，他一辈子得可怜巴巴找别人讨钱，讨钱时还不敢自己出面，得让老婆素珍出面。这样的家早该分了，这样的家竟一直没分，绝对是让人难以想象的。可光明偏偏一直没分，光明想也没想过一次分家。直到弟弟光彩来了，光彩一眼把这个家庭最隐秘的部分看穿，明确提出照此下去不成个事，他得分，他这才知道还有分家一说，才知道家还是可以分的。光明为自己感到难过，光明想自己也许真的很无用，活该让人瞧不起，活该让人拿捏的。

围绕分家的问题，光明这一纠缠又是整整四五年时间。可惜如此持久而激烈的争斗光明却是放在自个内心里面完成的，光明打的完全是肚皮里的官司，外面的人，包括陈宝莲，包括素珍，一丝一毫也不知晓。光明不得不承认，所有关于分家的想法都是幼稚的，可笑的，没有半点切合实际之处。分家是大事，分家简直是塌了天的事，叫他如何同陈宝莲开口，同素珍、望来，以及村子里所有的人开口。有时当着陈宝莲的面，他也能无缘无故为内心深处所存有的那个心思而羞愧，而狼狈，直至紧张出一身汗湿。有时光明想平白无故说不出，那么可不可以借助于某个特殊的机会，相互斗气的时候，口角的时候，他让人逼急了，不顾一切将那句话说出？不过第一，光明极少有与陈宝莲正面闹气的时候，第二即便闹气了，闹气与分家毕竟属于完全不同的两码事。光明又设想过一种消极的方法，比如怠工，比如养出种种恶习，好吃懒做不干活，对家庭不负责任。陈宝莲不是说他笨手笨脚，不会干活，站没站相坐没坐相，成天这也看不惯那也看不惯吗，那么就让你好好看不惯吧。到时光明不提出分，陈宝莲自己也会提出分的。

可是光明无法做到。所有的一切光明都无法做到。

在这个家庭，在整个大扁屋，光明找不到一个可以说句心里话的人。素珍是靠不住的。素珍万万靠不住。照实说来，素珍对光明还算不错，不过那也得看什么时候。那得是陈宝莲不在的时候。只要陈宝莲在场，或者说陈宝莲与光明为什么事闹气了，产生分歧了，素珍就会毫不犹豫地站在母亲一边。素珍太胆小，太无主见，说穿了素珍是太怕她的母亲。这么厉害的一个娘偏偏配上这么无用的一个女儿，两人站到一起，总让光明感觉不可思议。也许正因为做娘的厉害，女儿才会没用的吧。不只素珍没用，青珍同样没用。在素珍青珍眼里，娘从来说一不二。娘的话就是圣旨，并且素珍青珍一厢情愿地认为，光明一定也把陈宝莲的话当作圣旨。平日里许多小事让人既可笑又可气，那次光明和素珍似乎也在家收捡东西，无意间将床下一瓶煤油打翻了。光明有些发怔，考虑着怎样向陈宝莲交代，素珍边扶起油瓶边夸张地哎嗨一声，说光明看你怎么办，打翻这么多煤油。把责任一股脑全推到丈夫身上。这一刻光明心情很糟。责备素珍也无必要，她是太怕了，怕惯了，完全出于一种下意识，一种自我保护的本能，但光明的心情仍然很糟。不管怎么说，这总是你的丈夫吧，不管怎么说，你毕竟不是一个小孩吧。

就是这样一个人，光明如何敢把内心的想法透露给她，如何跟她说他想分。这想法足够把素珍吓死，即便她口里不想说，眼睛，脸孔，一言一行，也随时可把那个秘密泄露出来。

有一点光明猜测得总算不错，分家的事最后是由陈宝莲提出的。这个时候青珍已经长大成人，成了家中又一个好劳力。望来读书没能读出，在高中二年级的头一个学期也回了家，陈宝莲不敢让儿子到田里地里累着，也不愿让他出门学手艺，只成天把他关在房里。望来也乐意待在房里。望来有自己的事要做。望来仍像小时一样，见人不喜欢说话，不过人的确不笨，不知从几时开始，他把早先那股刁钻劲用到身边一些小发明小创造上，做杌凳，扎条把，编簸篮，用自制的竹篓铁钩到水塘河沟里网泥鳅钓黄鳝，在田头山角设机关抓黄鼠狼。后来他又迷上机器，无师自通修起收音机电视机柴油机甚至农用车，村子上那台碾米机一出故障，就得找他帮忙。陈宝莲求爹爹告奶奶，又是请饭又是哭闹，干脆把儿子弄进了碾米房，做起开机子的师傅来，每月有一笔虽小却很固定的收入。而在光明这边，境况却越来越差，这年冬天到山上做木方时光明碰伤了脚，后来素珍又怀上新文。照规定怀第二胎算超生，眼看一笔罚款是跑不了的，陈宝莲不愿搅在一起吃这个哑巴亏，私下同望来一合计便提出了分。分家是光明多年来耿耿于怀的一个心愿，为此他不知费了多少心，劳了多少神，可有朝一日真正需要他把家分开的时候，他反而吓一大跳，感觉一切是那么突然，那么不正常。光明不知道陈宝莲的弯弯肚肠，他还以为陈宝莲看穿了他的心思，这在出他洋相，揭他老底，不由心虚得一个劲直往深处吸冷气。后来看看陈宝莲并非说气话，陈宝莲当真要分，望来和青珍真要分，光明于是陷入另一种慌乱之中。他的第一个念头是，陈宝莲他们这是要抛弃他。光明对自己多年来在大扁屋的生活忽然产生一种恍惚之感，他想也许从一开头自己真的错了，在这个家庭中起支撑作用的绝不是他，而应该是陈宝莲，吃了亏的也是陈宝莲。光明不单没用，光明还是一个缺乏起码自知之明的人，多年来一直受人照顾受人扶持而不自知，反倒以为是自己照顾了别人，养活了别人。陈宝莲他们已经容忍到了极点，现在再也不能支持下去，不得不把他丢到一边了。

分家的过程简单而又迅速，这一点又让光明吃惊不小。他没想到自己全心全意谋划几年之久也无丝毫进展的事，别人做来却如此简单，如此迅速。分家的各项条款当然一概由陈宝莲划定，陈宝莲划定的条款当然又对光明和素珍不利，其中包括房屋和田地的分割、日用家具及家禽家畜的分配，还有债务的分配，对望来结婚大事的负担，对陈宝莲的赡养等等。光明没有一句多余的话，爽爽快快接受了。光明的心思其实还停留在那两个暗结上，第一为自己所曾有的分家念头做一点补偿，第二也多少包含了对陈宝莲讨好的意思，乞求的意思，让陈宝莲尽量不要把事情做绝，以后真丢了他们这几个人不管。

4

分家后的几年是光明最为充实，最为快乐的几年，分家后几年也是光明在大扁屋生活中最为光亮的几年。或许是浑身的力气憋得太久吧，光明和素珍干起活来感觉与往日格外不同。他们只有一个念头，就是认真把事做好，把日子过好，不留下笑话给别人说。同时光明还必须证明一下，他是不是真的很无用，脱离了陈宝莲他们这日子是不是就真过不下去。分家的当年儿子新文出生，第二年光明把自家的以及分在陈宝莲和望来名下的房子一齐拆了，选个好房基做了幢新房。这中间他没有让陈宝莲和望来出一分钱，也没让他们费多少心，从谋划到请工，到拆，到做，由光明一手操持。尽管是拆旧做新，并没有增添多少材料，但毕竟也叫做了一幢新房，争了口气，就算图个吉利开门红吧。再下一年，青珍出嫁，光明和素珍备了份不薄的嫁妆，还给陈宝莲做了件呢子大衣。这可是陈宝莲一辈子也没穿过的好衣裳，光明和素珍心头高兴，想必陈宝莲心头也不会不高兴的。再往后光明着手筹备望来的婚事了。望来自小身体不好，女方对其他方面就挑剔得比较厉害，前前后后找下好几个，还没一处能最终定得下来。光明和素珍便有些后悔，想家里的房子不该做那么早的。假如房子能晚做一年两年，财力物力准备充足些，把房子做大些做好些，女方家里也就不会有今日的啰唆了。光明忽然作出一个大胆的承诺，说只要女方过了门，把婚结了，他就帮助望来干脆把房子拆去，在原址上重新再做一幢新的。女方的父亲一拍大腿，高声叫道："那么你先把房子拆了做一幢新的，然后接姑娘过门吧。"

做下没几年的一幢房子要拆了重建，已经够让人吃惊了，现在又得做了新房结婚，这搁在任何一个人也接受不了的，光明犹豫一阵，狠狠心把头点下了。光明想做一幢房子无非具备以下几点，一是人力，二要精力，再一个就是钱，是资金。人力和精力他们有的是，至于资金么，暂且先挪着借着吧。光明把女方父亲送出门，转身来到长山大爷家借一副皮尺，要把地基好好丈量一下。他没想到就这关头，在他把房屋设计拿出之后几天，望来开始发病了。

望来的病还是老病，是头上的病。望来的病已有好多年没发作，应该说早算好了。小时望来看不得旋转的东西，比如磨米的石磨、跑动的车轮之类，有次他站在河边，看到波浪一层一层涌来，竟也身子一软晕到了地面。而今当然不同，而今望来整天守着碾米机房的飞轮也若无其事，直到他病了，一病多日，仍没听他提到什么头晕。望来只说他感冒了，咳嗽，流鼻涕，打喷嚏，鼻孔堵塞得厉害，脑袋也有些发沉。陈宝莲熬了碗红糖生姜水给儿子发汗，陈宝莲还逼着儿子在家躺了一天。望来躺不住，第二天又来到机房。

送望来进医院那天，光明在十几里外的万家湾帮人看窑火。看窑火是光明近两年掌握的一门手艺。他先帮人砍窑柴，递窑砖，守窑棚，在窑上混得久了，就把窑师傅的一套技术偷偷看在眼里。光明毕竟有文化，能琢磨，私下摸索来摸索去，从他手下盘出的砖块又红又硬，敲起来铮铮作响像块钢，比哪个窑师傅烧出的都好，请的人也就渐渐多起来。路近时光明骑着自行车早出晚归，路远了，或者窑上脱不开身，光明也两天三天回家一次。万家湾不算远，光明早晨出门时，还看见望来蹲在屋檐边刷牙的，半下午他正同两个脱坯的帮工说话，便见长山大爷的小儿子毛鸭推着车子冲进窑棚，告诉他望来病得厉害，让他赶快回家。光明来不及多问，到柴堆边扶出车子就跟着毛鸭上路。两人骑过一阵，毛鸭忽然把光明喊住，说我们可能用不着回家了，我们抄近路直接去黄田医院吧。于是光明他们抄近路直奔黄田。毛鸭告诉光明，望来是在碾米机房倒地的，好在人还机灵，知道自己不行，忙从机子边挪开几步，扶紧靠墙的一排谷箩。毛鸭说要是在机子边倒下，倒在飞轮上，皮带上，那可就糟蛋。光明问给望来喂没喂原先吃过的鸡屎粉，毛鸭说喂了，怎么没喂？可是望来吃什么吐什么，有时东西还没喂下，已叭的一声吐出，溅得人满脸满身都是。

两人到达黄田镇时，太阳眼看就要落山了，医院门口早已聚集着一伙人。是村上的人，长山大爷、长山大爷的大儿子玉常，还有村干部玉兴等等，当然更多的是街头一些围观者。人群旁边还有长山大爷家那辆板车停着，不用说望来就是用这辆车从大扁屋拖出来的。玉常从板车旁边站起身，问毛鸭这么长时间都去哪了，怎么到现在才来。光明一听话音，知道不妙。他问望来在哪，望来怎样了。玉常说，望来还在病房躺着，可是医生要我们尽快转院。

"做什么要转院？"光明哆嗦。

"医生要我们转到县城哪。"长山大爷高声答道。

"不是说等你来，他们连吊针也不给打了。"玉常说。

在医院后面的病房里，光明看到了望来，看到陈宝莲。望来在打吊针，初初一看也并不见异常，只是脸色难看，呼吸有些急促。陈宝莲的嗓子早哭哑了，嘴巴一个劲抖动，可就是发不出声音，鼻涕眼泪倒呼隆隆首先冒出来。看样子陈宝莲他们是专等着光明过来拿主意的，长山大爷，包括玉常、玉兴他们，都在等光明拿主意。陈宝莲都拿不出主意，长山大爷以及玉常、玉兴他们都拿不出主意，光明又到哪里拿得出主意。光明到楼上办公室找医生，恰好医生也来找他。医生的意思还是早先那个意思，转院，转到县医院去，并且越快越好，否则引起什么后果，他们不负责任。光明问望来的病是不是很重，医生说："重不重现在还不好说。我们小医院设备太差，不然为什么急着要你们转院。"

望来是当天晚上从黄田镇转到县城医院的，用的还是长山大爷那辆板车。动身那刻，陈宝莲忽然对着长山大爷，对着玉兴玉常毛鸭他们下了一个跪，拖腔拖调喊怎么得了，这怎么得了。长山大爷吓一跳，仓皇着把陈宝莲拉起，他让她别急，别怕，别担心，望来不会有什么了不起的大事。长山说本来他也应该送望来一道去县的，只因年纪太大，近几天身体又不怎么舒服。他吩咐玉兴玉常几人关顾好病人，吩咐陈宝莲和光明尽管一心一意把望来病治好，家里的事一切有他们照应。一路上光明玉常毛鸭几人轮换着拉车，玉兴和陈宝莲在旁边跟着，翻坡过岭时帮着用一把力。望来在县医院住了两天，每天爬起来吃药打针，不吃药不打针了又忙着做各种检查。两天后医生告诉他们，病人还得转院，转到江州市里去。光明和陈宝莲都不相信，说病人来县后，眼看着好多了，不晕了，不吐了，人也清醒了，每餐还能吃下碗把饭，我们都以为能出院了，到头怎么还要我们转院？医生的理由跟黄田医院的理由竟然一模一样，说我们这里设备太差，你们应该到市内的大医院确诊一下。

　　光明打算再问问医生，望来的病是不是很严重，不过事情明摆着，根本用不着多问，并且光明也实在没那个勇气问下去了。时间很紧，光明原准备请留在医院陪伴的玉常回家走一趟，后来想想别人不行，要回得他自己回。光明上午回到大扁屋，找人借钱，安排家事，吃过晚饭再动身，徒步赶到县城，第二天一行三人扶着望来，坐上开往江州的班车。从县城到江州实在太远，加上沿途修路，车子摇摇晃晃，颠三倒四。不知是由于晕车，或者病又发了，望来吐得一塌糊涂。望来脸孔蜡黄，满头虚汗，手脚冰凉，似乎只有出的气没了进的气。陈宝莲哇哇大哭，大喊大叫着要司机停车，车停了又大喊大叫，叫司机不要停，叫司机开快点。某一刻她大约糊涂了，或者说急疯

了，一下把望来推到光明身上，自己跌跌撞撞竟冲到司机面前，似乎
要抢下方向盘。司机发火不是，不发火也不是，这么走走停停，等车
子进入江州市区，在火车站前的广场停住，已到了下午五六点钟。

　　按照事先安排，光明他们一到站，应该直奔江州第一人民医院找
一位姓张的医生。张医生是县医院负责给望来看病的那位张医生的朋
友，县医院的张医生很热情，反复嘱咐光明，说只要讲明是他介绍的
病人，市医院的张医生一定会帮忙的，临行前县医院的张医生还写了
一封信，让光明带在身上。可现在已到下班时间，市医院的张医生可
能早回家了。再说光明这还是平生头一次来江州，连个东南西北也无
法分清的。光明同玉常商量，决定先到玉常的亲戚家把人安下，明天
一早再去医院。陈宝莲又哭出来，说还要等到明天一早，明天一早只
怕这人早不行了哩。光明和玉常一看，这人只怕真的不行，望来瘫手
瘫脚躺在水泥地面，双眼紧闭，气息微弱，就似死去了一般。两人不
敢怠慢，一边一个要扶望来到街对面坐公交车。没想你这边一动，望
来又一次头晕发作，缩在脚下吐成一团。

　　"快打的，找出租车！"有人这么给他们出主意。光明和玉常回
头一看，发现四周已聚了不少围观的人，围观的人又挡住更多来来往
往的车子。光明想问问这打的该怎么个打法，一辆大红的出租车已在
远远的地方急速转弯，然后嘎吱一声停到他们面前。

5

　　头一次从江州治病回来，望来剃了个光头，面色明显白了，人
也长胖些了。村里人扶老携幼，接连不断来看，说不只望来白了，胖
了，连陈宝莲也白了，胖了。城里的水怎就那么养人。陈宝莲招呼素

珍给大家端茶倒水，又摸出一把糖果，趁人不注意时忽然塞在哪一个小孩的口袋里。房里房外一时笑声不断，众人一遍又一遍催望来讲城里的故事，讲打的坐出租车的故事。望来很骄傲，望来也很荣耀。冬梅已经六七岁了，穿了双刚从城里买来的新回力鞋，剪短发，一副假小子模样，寸步不离守在望来身边，不时爬上木凳，到舅舅的后脑勺摸一把。冬梅同样感到很荣耀。她还组织了一帮玩得好的伙伴，让他们排着队一个个爬上木凳摸舅舅的后脑勺，一人只准摸一下，摸多了就要被她大声喝止。而那些平日同她玩得不好的伙伴呢，则非常自觉而又自卑地缩到一边，满脸艳羡地看着有权力爬上木凳的伙伴。

"还行吧？"冬梅挨个问。

"还行。"伙伴们尽管有些茫然，但仍露出满意的神情，用力点了点头。

"我舅舅这里的骨头让医生挖走了，是用钢精锅补的！"冬梅郑重其事向大家宣布。

"冬梅，滚一边去，你就不能让舅舅歇一会！"光明吼她。

"医生有三瞎子补得好吗？"有一个与冬梅玩得不好，没资格爬上木凳的伙伴不服气地问。

三瞎子是村上一个手艺人，长年在外帮人修拉链修伞补钢精锅底。"三瞎子他算老几，"冬梅的权威受到挑战，愤激得一时说不出话，"医生，医生，"冬梅说。冬梅支吾一阵，终于得意扬扬叫起来，"医生是穿白大褂的！"

望来第二次从江州回来，那已在两年之后，村里人扶老携幼，接连不断又来看，说望来白了。村人们待到要说那个胖字，不由一怔。不是望来不胖，望来是胖得太过分，胖到了危险的程度。显而易见这已经远远不能称作胖，而是肿了，脸肿，头肿，脖子肿，连伸出来的一双手也有些发肿。身子一肿，人便显笨，神情上也有些痴痴的，傻傻的，陈宝莲让他坐他就坐，陈宝莲让他站他就站，陈宝莲扶他进房，他便乖乖迈步进房。村人们脸上一时有些讪讪的，谁也没料着一个病好刚刚出院的人会如此模样，倒似乎比没进院时更像一个病人了。光明和陈宝莲尽管强自掩饰，不过脸上的神情同样是讪讪的。他们同样不能说明，一个病好刚刚出院的人怎么会比进院前更像一个病人了；比进院前更像一个病人，为什么又说病好了，能够出院了。冬梅可能大了两岁，懂事了，也可能看出大人们脸色不好，再不像上次那么放肆，只低了头，跟在素珍后面端茶送水。这次陈宝莲带了更多的糖果，用塑料袋装了，要散给房里房外的女人和小孩。女人和小孩于是都有些惶恐，一个劲直往后退，说这怎么行，这怎么敢，你们手头紧成这样，再怎么好白白糟蹋了钱。别人不接，陈宝莲同样惶恐，固执地将糖果一下下塞出去。后来陈宝莲眼泪都下来了，陈宝莲反反复复说：

"做牛做马，来世给你们做牛做马！"

从陈宝莲家离开，村人们心头都罩上了一个阴影，果然没过多久，望来又得第三次进医院，第三次去江州了。头一次病好回家，到第二次去江州，中间好歹隔了整整两年，而第二次从江州回这才隔多久，满打满算不过四五个月，望来的情形已很不对头。首先是那胖，那肿。光明和陈宝莲曾私下同人解释，望来的肿是在医院开刀及吃药打针引起的，等时间一过，病情控制住，就会慢慢恢复。村人们也一心指望会慢慢恢复。可是望来没有恢复，相反却肿得越加厉害，颈脖粗得像只木桶，喉咙也变直了，变粗了，讲起话瓮声瓮气，粗声大气，舌头大得拐不过弯。后来连眼珠也微微朝外鼓出，没防备的人见面后会吓一跳，以为他正鼓眼暴睛冲你发火哩。光明和陈宝莲用板车将望来拖到黄田医院，说找医生吃点中药试试。医生一见就说这还吃什么中药，这是那病又发了，快送到江州去，越快越好，迟了只怕来不及了。

陈宝莲一听立时瘫倒在地。光明没瘫。光明其实早瘫过了。对黄田医院医生的话，他一点也不感到突然，他早知道望来这病是又发了，要重新送到江州去，并且越快越好，迟了只怕来不及。不过光明同样清楚，再一次把望来送到江州，基本上是没有半点可能的。因为在此以前他们已送过两次，现在他即便把自己杀了卖了，把冬梅把新文一齐杀了卖了，也筹不齐那去江州的钱了。

在光明睡房的床头柜里，藏了个还是他读书时用过的笔记本，前面写过字的部分早给撕去，后面的空页上便记满前后两次为望来治病所欠下的账目。光明是一个谨慎的人，平生从不愿向别人伸手借一分钱。他不愿无缘无故欠别人一份人情，更不愿在自家身上放一个包袱，钱没到手，他已在焦急地考虑着怎样还别人的债。便是这样一个胆小无用，一个不愿欠债的人，有朝一日竟然会弄得负债累累，这一点光明无论如何也接受不了。可是一切毕竟是真的，几年来他所欠下的那债一笔一笔都白纸黑字在本子上记着。有时暗下里算来算去，光明忽然糊涂起来，自己也弄不清到底欠下了多大一个数目，弄不清每笔债又是如何欠下的。记得第一次把望来送到江州医院后，光明曾中途回家过两次，玉常也回家一次。三次回来只为着一个目的，那就是弄钱。他们花光了为望来结婚及做房备下的一点积蓄，又由村上担保，到黄田信用社借了五千元无息贷款。光明找他大弟光荣借两千，找光彩借三千，青珍的丈夫又找人借了两千。这是几笔大数目，至于邻居亲朋处这个几百，那个几十，还根本没有计算在内。幸亏第一次发病后有了两年的空隙，这两年中光明、素珍及陈宝莲几人泼了命地干活，光明烧窑，卖砖，打猎，捉黄鳝，卖柴卖笋卖板栗，素珍和陈宝莲养母猪卖猪崽，养鸡养鸭卖鲜蛋，陆陆续续还掉了一些账。于是第二次的病又来了，这回光明他们卖掉了与另外一家共有的半头耕牛和半边牛圈，卖掉一头肉猪、一头母猪及母猪刚下不久的一窝猪崽，找光荣和光彩又各借两千。还有大半资金没着落，不知何人开的头，村子里每家每户你五块我十块地开始给他们捐起款来。陈宝莲哑着嗓子，肿起一双眼睛，每来一个捐款的人便下一次跪，喊一句："做牛做马，我来生给你做牛做马！"长山大爷几人一合计，干脆在村口路边摆下一张木桌，要向来往行人募款。后一天他们把木桌搬到十几里外的黄田镇街，玉常负责登记，光明带着素珍、冬梅、新文，当然还有陈宝莲，全家五口齐摆摆在木桌边一字跪开。一天下来，几个人额头都磕出了鲜血，有一次陈宝莲没注意，流血的地方让街头闲逛的一只大公鸡狠狠啄了一口，痛得在地面直打滚。

当光明、素珍他们跟着陈宝莲跪在村口，跪在黄田街头的时候，他们心中想着的当然只是眼前的一天两天。他们以为下再多的跪，磕再多的头，不过就这么一天两天。事情很快就会过去，等把钱筹足，把望来送到江州，一切便会过去。他们哪能料到，不过是四五个月之后，望来会又一次发病，一切又得从头开始呢，何况这次即便他们想下跪想磕头，也找不到合适的地方了。

每天吃过早饭，光明背着工具急匆匆出门，烧窑，砍柴，卖砖，捉黄鳝，或者在田间地头忙碌。实际上忙也没什么可忙的，你再忙再累，赚得的那点钱与背在身上的欠债比起来，与去江州所需的花费比起来，不过是大海里的一瓢水，多它少它也无所谓。光明出门主要还是为躲开那个家，躲开望来，躲开老太婆。老太婆爱哭爱闹，望来病到这个程度，她当然有理由更放肆地哭放肆地闹了。望来脸肿了，她哭一次，手肿了，她哭一次，眼鼓出了，她哭一次，说话舌头打个战，她又哭一次，脚脖子一时拐不过弯，她同样哭一次。那天望来房里飞来几只苍蝇，赶来赶去赶不走，她又得到机会大哭一场，说这苍蝇为什么赶了又来，并且为什么偏偏还要往望来头上叮，往望来衣服上落。还有一次她找长山大爷商量件什么事，长山大爷一时没遂她的意，她又哇啦哇啦当场哭起来。一天里的任何时候，你都可能会听到一声嘶叫在屋舍间响起，整个村庄的人不由都有些心惊胆战。陈宝莲甚至把哭当作歌来唱了，有事她唱，好好的一点事没有，她同样唱。那天光明也是一时多嘴，说万家湾某人家有一窝小猪要卖，他准备捉一对回来在身边养着，问陈宝莲要不要捉一只，猪账可以拖到年底再还。陈宝莲显然同意，说有那么好事，快去捉一只来呀。可陈宝莲不把这话好好从嘴里说出，她偏偏要哭出来，还哭得一抖一抖，中间夹了一两次哽咽。那神情，弄得光明好险没大笑出声，陈宝莲自己也觉察到什么，不好意思地把脸转到一边。又有一次望来下床时衣摆夹在床档与床板之间，光明帮他横扯竖扯扯不脱，陈宝莲嘴巴一扭又一次要哭。光明实在忍不住了，失声叫道："这有什么值得哭，家里又没死人！等死了人你再来号丧行不行？"

这可能是光明平生头一遭对陈宝莲发火，并且说出的话如此恶毒，如此不吉利。陈宝莲吓住了，望来也吓住了，一时愣怔着竟不知作何反应。

　　光明同样愣怔着。光明以为接下来，陈宝莲肯定会有一场好闹，在这种情况下，陈宝莲也应该有一场好闹，可是陈宝莲没有。这一刻光明发现，短短几年陈宝莲的变化实在太大，顶上的头发差不多白光了，平日又不知道梳一下洗一下，乱草一般纠纠结结，一半像人更有一半像鬼了。陈宝莲左边眼睛里还长了片白白黄黄的翳子，云雾一般把眼珠遮去大半，村上人说这是伤狠了心，流多了泪，等翳子把眼珠盖住，那就变成一个瞎子的。

　　也许光明这次发火起了作用，也许陈宝莲真老了，不行了，也许因为其他什么吧，自此以后陈宝莲还真把自己改变了过来，很少哭很少闹了，每次光明进房，陈宝莲只用目光静静看他。不知为什么这反而让光明感觉一阵阵不安。爱哭爱闹是陈宝莲的性格，是陈宝莲多年养成的习惯，哭了闹了，表明一切正常，而不哭不闹，反而给人以高深莫测之感。有一点光明十分清楚，陈宝莲是一个有主见的人，是一个内心坚定的人，在望来治病的问题上，她更有主见，内心也更加坚定。别看她不哭不闹，别看她老了，不行了，但内心里那个坚定的东西始终没变，这便是筹足钱，把望来送到江州去。无论如何，必须第三次把望来送到江州，这点没有丝毫商量的余地。陈宝莲不明说，是因为她不好说，她已经无话可说。望来两次治病的情况，她一清二楚，几年来欠下多少钱，小本子上记下的那些账，她全清楚，光明为望来吃了多少苦，尽了多少力，她一概清楚。那么望来已经病到何种程度，这么一回回往江州跑下去最后会得个什么结果，陈宝莲不能不清楚吧。记得还是第一次去江州时，村里就有好心人提醒光明，说该收手时就收手，别到时落个人财两空。第二次去江州，村子里各种各样说法就更多，说望来脑壳里长的那颗蛋是母的，你这边割了一个，那边马上又一个长出来，就像勤劳的母鸡下蛋一样。你想一只母鸡一辈子要生多少蛋呢？村人们尽管在背后说得厉害，却没一个人敢当面同陈宝莲说。到了陈宝莲面前，他们说的永远是吉利的话，是高兴的话。当然了，即便你说了其他什么，也不能对陈宝莲构成丝毫影响，生蛋的母鸡算什么，人财两空算什么，该进医院的仍然要进医院。

这天光明回家较晚，在小河边他碰到了村上的干部玉兴。玉兴问他从哪来，光明说了从哪来。光明问玉兴到哪去，玉兴笑，说不到哪去，就在这站站。两人说着话，慢慢往村里头走。光明说晚上没事，到我家坐坐？玉兴显得有点犹豫，说坐坐？那就坐坐吧，反正没事。后来他们遇到长山大爷，长山大爷也跟着他们一起走。两个人说着两个人的话，三个人便说着三个人的话，这么说过好一阵，光明才意识到什么，一颗心忽然咚咚跳起来，脚步也不由加得很快。到了家门前，他果然看到了村上另一个干部，后来又看到另一个长辈，后来又在家看到玉常。一伙人跟着光明到望来房里坐了会，然后到光明房里坐。素珍给光明递来一碗饭，光明不吃，转身到玉常那里要过一根烟抽起来。他们就这样坐了很久，却谁也不说一句话，只一根接一根拼命抽烟，好像一伙人聚到一起，只为着比赛怎么抽烟的。他们把玉兴的烟抽光了，又抽光明的烟，接着抽另一个村干部的烟，抽长山大爷的黄烟杆。抽到实在难受的时候，由谁起个头也说几句闲话，然后继续抽烟。直到夜深了，大家临出门，光明这才半吞半吐说了一句话："明天我回响水湾，再找我弟他们看看。"

6

第二天光明天没亮动身，骑车回响水湾找他弟弟光荣和光彩借钱。

　　去响水湾的路有两条，其中一条途经黄田镇，路宽，路大，是乡村那种沙土公路，不过却远，要绕五六十里一个大弯。一般来说光明更愿意走小路，也即当年他跟着下村五娘走过的那条路。便是这条小路，光明也走得极少，因为自来到大扁屋后，光明总共还没回过几次响水湾。最初三四年，他一次也没回去，连光荣光彩结婚也没回去。后来父亲去世，他回过一次，下村五娘去世，回去一次，新文出生，又回去一次。还有一次他同人合伙收购花草籽，顺路又回过一次。回去得少，内心不免感到惭愧，回去得于是更少了。这种情况直到近两年才有所改变，为着望来的病，为着找光荣光彩他们借钱，近两年光明一次次在通往响水湾的路途上奔走着，就像今天为了望来的病，为着向光荣光彩借钱，他又一次踏上通往响水湾的路途一样。

　　在响水湾一带，光明的名字曾一度传得很响。那些年在响水湾，光明的名字简直传得太响了，人们一提到他，笑声起哄声便接连不断。大家说他的高考他的补习，说他的夜盲症，说父母家人对他曾有过的希望，当然更有他的招亲，他提着几包点心连夜去找下村五娘。说来说去总要归结为乡里流传的一句土话：读书读进了牛屁眼。这中间说得最起劲最难听的是光棍汉小三。小三在光明招亲后还打了许多年光棍，最后和一位身后拖着两个女孩的中年寡妇结了婚，但小三念念不忘的仍是光明招亲。他不要的女人光明抢着要，他不去的地方光明抢着去，每次说起，小三总那么惊异，那么兴奋，又那么得意扬扬，似乎在这件事上他占尽了多大便宜，他又有多了不起一般。光荣光彩这时已渐渐长大了，两兄弟邀在一起，趁小三不备将他拦在路中打了一顿，此后小三多少算懂得了一点收敛。

　　光明走投无路之下，找了个地方不顾一切把自己嫁出去，本人没什么，却不知他的父母家庭要遭受这么多笑骂，承受这么大压力。光明性子倔，认准了的那条路，哪怕是道崖，要跳也得跳下去，父亲性子同样倔，到死没踏过光明的门槛。只有母亲在光明和素珍成事的时候，被下村五娘死拉活拉给拉到大扁屋住过一夜，回后直说路太远，一双脚都走扭了筋。乡里有人私下传说，光明的父亲就因为受不了这口气，几年后才郁郁去世的。这当然纯属胡说。不过光明两个弟弟光荣和光彩的变化，却和他这位做兄长的有很大关系。两个弟弟从小调皮捣蛋，不听调教，你让他上山他下河，你让他下河他上山，可自光明招亲后，光荣和光彩忽然之间懂起事来，两人认真学手艺赚钱，赚了钱后又各人为自己找老婆结婚。后来光荣拉起一个建筑队，四处修桥修路做房子，光彩也邀了几个人，专门到城里为人搞装修，两兄弟齐齐成为前后一带有名的富裕人家，响水湾人这才闭起他们一双鸟嘴。

应该说在这位大哥面前，光荣和光彩两兄弟是已经够可以了，望来两次发病，光明几次上门，光荣和光彩都两千三千地往出拿，一双手绝没有丝毫退缩。光彩还瞒着老婆给光明送过一套衣服，光荣也送过一双皮鞋，当然光明都没要。光荣光彩送衣服送鞋，这是看他没衣服没鞋，这点光明受不了。光明还受不了他们要瞒着自己老婆给他送衣服送鞋。光明看出当着自己的面，光荣和光彩不知为什么还会不由自主露出一种歉疚的神情，似乎光明没衣服没鞋穿，倒是他们的责任，光明离开响水湾到大扁屋结婚，也是他们的责任，是他们把他赶走的。这便很有点让人莫名其妙，要解释也只能往早先的日子里解释，往小时候的记忆解释。光明清楚在光荣和光彩内心深处，他这位大哥始终是一位大哥，无论大哥今天如何无用，如何落魄，光荣和光彩仍然尊敬他。光明比光荣大三岁，比光彩大五岁，光明自小听话会读书，在家深得父母爱重，在学校同样深得老师的爱重，这些都在两个弟弟身上树立了牢固的权威。那时光明还常常有点打人的爱好，记得有一次父母让他辅导弟弟做作业，一个简单的题目讲来讲去讲不通，光明一气之下把光荣打一顿，到一边去辅导光彩；过会又把光彩打一顿，过来辅导光荣。这么打来打去，直把一旁的母亲心疼得直掉眼泪，光荣和光彩倒自始至终心服口服，没有半句怨言。那么能干有威信的兄长到头落个如此下场，被人欺被人笑被人骂，没衣没鞋没依靠，现在又可怜巴巴回家找两个弟弟借钱，这大约就是光荣光彩歉疚不安的原因吧。

正是半上午时分，湾里人出外的出外，下地的下地，村道上看不到一个人影。光明迟疑一会，仍是往村后小山那边拐了拐，想找个更便捷更偏僻的地方插进去。光明不愿让任何一个响水湾人看见他，他也不愿看见任何一个响水湾人。他没想到越是僻静的地方，这个时候还越能碰到人，刚刚拐过一个屋角，便见儿时的伙伴林生赶着一头黄牯牛，踢踢踏踏向这边走来。光明把脑袋紧低，脚下用劲，就要从一旁冲过去。想想这样不行，无论如何今天他得打下这个招呼，否则整个响水湾人又不知要如何编派他。光明手一松，车子恰好停到林生面前，林生奇怪地看他一眼，随即明白什么，拉紧牛绳往路边靠了靠，要让光明过去。林生没有认出光明。从眼神中动作上，明显可以看到林生没有认出站在他面前的这人是谁，他只以为这人把车子停下来是等他和他的牛让道，或者为他和他的牛让道。光明翻身上车，逃一般窜开去。后来光明还遇到一对在菜园里浇粪的夫妻，令人不可思议的是这对夫妻仍然没有认出他。

　　没想到光明会回，这是原因之一，没想到光明会从村后的小路回，这是原因之二，许多年未见，相互之间变化都太大，这是原因之三。这时光明一抖，意识到自己岂止是变化太大，他简直已经老了。

　　陈宝莲老了，不行了，光明也老了，不行了。光明早已注意过，他两边的头发白了不少，额头和两腮的皱纹横横竖竖，不笑的时候一脸苦相，笑的时候又不好好笑，反显出莫名的尴尬，样子比哭还难看，谁见了都知道这是个天生的倒霉蛋。

　　家中老屋前些年拆了，光荣和光彩分开各做了一幢水泥楼房。父亲去世后，母亲一直跟光彩过，光明便推着车子先到光彩家去。光彩家大门开着，厨房门开着，卧室的门也开着，只是家里没人，屋前屋后楼上楼下找遍了，都没人。光明将带来送人的两蛇皮袋板笋从车后架卸下，搁到母亲房间里，独自在堂前小杌凳上坐过一阵，仍没见一个人回来。他想到邻居家找个人问问，或者到光荣那边看看，想想又继续坐下等。母亲房间的五斗柜顶供着父亲一幅瓷板像，父亲微微笑着，不过也笑得有些尴尬，光明不想看，看了只让人不舒服。他去找母亲平日梳头用的小圆镜，想照照自己是否真成了个老头。动身前他该刮刮胡子理个头发的，免得这模样让母亲看了伤心。小圆镜一般都挂在窗台边一根铁钉上的，今天却不知去向。他到床头找了找，柜顶找了找，后来又伏身拉开柜下一格抽屉。就这时听到身后传来动静，光明一惊，啪的一下将抽屉关紧，不过已经迟了，他看到母亲手拿一只湿淋淋的肥皂盒，有些痴愣地站在面前。

　　"光明我儿，是你回来了？"母亲一把抓住他的衣袖。"看到门前的自行车，就知道有人来了，原来还是我儿子回来了。"

　　"我，我想找一下家里原来那只小圆镜。"光明嗫嚅着。他很想同母亲做点解释，可自己都不知应该讲点什么。这一刻光明十分懊丧，他想他刚才为什么要翻母亲抽屉，翻了抽屉为什么听到动静又匆忙关起，关起了现在为什么又来做无谓的解释，仿佛他真在干什么见不得人的勾当。实际上这家是自己的老家，房间也是母亲的房间，即便他乱翻抽屉吧，也完全可以光明正大的，用不着如此躲躲闪闪。

光明继续尴尬着。母亲显然也注意到了他的尴尬，注意到他翻抽屉及关抽屉的动作，于是光明觉得这次他真得同母亲解释清楚了。可是这事他又如何能解释清楚，无缘无故，他为什么要找一只小圆镜，这么大远的路跑回来，莫非只为找一只小圆镜。

"你是说那只破镜子呀，破镜子早让新春打碎啦！"母亲不愿在这种小事上纠缠，风风火火四下忙碌起来，给儿子泡糖水，让座，又到楼上光彩的房间找来一包纸烟。光明说他不抽烟，戒了。这句话似乎提醒了母亲，母亲问："那边望来的病，是不是都好了？"

"好有什么好，"光明犹豫，"还不是早先那老样？"

母亲问："望来的病又发了吗？"

"没有。"光明回答。光明回答得很干脆。他不知道为什么要回答得如此干脆。

母亲松过一口气，问到儿子为什么这个时候回家，她怎么也没想到这个时候儿子会回家。母亲问："还记得要回来看看你老娘啊。"这次光明已有了准备，说他同上次一样，打算到县城边近的苗圃采购花草籽，顺路，这不就进家看看。

母亲到邻居家找到光彩的儿子新春，让他再到村上什么地方把光彩叫回，就说伯爷来家了。母亲告诉光明，光荣很忙，已经好多日子没归过家。光荣去年修的一条水渠出了点问题，要翻修，他正忙着四处找人说情。不过光彩正好在家。光彩原本也忙，这是抽空回来要同下村的某人谈一笔木材。讲完光荣光彩，母亲让光明讲讲大扁屋，光明想了半天，也没想到大扁屋有什么可讲的。后来扯到冬梅，扯到新文，光明脸色才慢慢开朗一些，活泛一些。母亲问，听说新文都会读字啦？光明一边高兴着点头，一边问母亲听谁说新文会读字。母亲想了想，到底听谁说新文会读字的呢。母亲终于想起了，原来还是上次听光明自己说的。母亲不好点明是听他自己说的，只道湾子里人们都这么讲起。光明又问湾子里谁这么讲起，新文能读几个字，一点点小事这么快就传到了响水湾。母亲看着光明，忽然一阵心酸，这些年在大扁屋光明的确过得太苦，这些年在大扁屋光明唯一的乐事大约是生了新文这个儿子，光明心里头也只装着这么一个儿子，每次谈到儿子，光明的话不知不觉就多起来。光明又一次给母亲讲新文如何会读字了，新文如何聪明，如何机灵。新文个子长得比别的小孩高，身板比别的小孩结实，饭也吃得比别的小孩多。母亲说，吃得多才会长得壮么。两人说着话，母亲手头并没忘了忙碌，好一会光明才觉察，母亲这是在为他忙碌。母亲一连敲了三四只鸡蛋，还切了过年的一块腊肉，说要给他煮碗汤，打个点。光明连忙阻拦，说不饿，早上在大扁屋吃得很饱。母亲说早上吃得再饱，跑这么大半昼路还吃不下一点东西？光明说还是等光彩、二麦他们回家一同吃吧，母亲说你吃你的，等他们什么。光明拦来拦去拦不住，脸都急得有些发白。母亲若有所悟，看看他，把手上的火钳到灶窝里放下。

"你是说光彩、二麦不在家，你不好背后吃他们东西？"

母亲一下点中光明心思，光明吓一跳，嘴里一个劲嘟哝，说也不是不好背后吃他们东西。

　　"你是说要吃也当着他们的面，大家一起吃？"

　　光明继续嘟哝。母亲说："孬儿子，弟弟的家也就是你的家，何必要这般尴尬呢。再说我是你的娘，也是光彩的娘是二麦的娘，在这个家至少能做得半个主吧，怎么就连一碗汤水也不敢喝呢。"母亲说着，眼泪快下来了。

　　光明一阵心烦。光明感受到一阵抑制不住的心烦，刚刚得到的那份好心情，转眼烟消云散，他对母亲叫一声："谁连一碗汤水也不敢喝了！"几步从厨房走出去。看来今天这钱不可能借到了，在今天这种情况下他也不可能会开口借什么钱。借不到钱那还不如回，现在就回。

7

　　吃过中饭光明推着车子回大扁屋，母亲紧紧跟在他后面，光彩跟在母亲后面，二麦拉着新春的手，又跟在光彩后面，一行人把他送出村道，又送到村头。光明不止一次让母亲回，可是母亲不回，说多了，她的眼泪似乎又要下来。光明有了一个很清楚很强烈的念头，他发觉自己又想发火。他很想说出这么一句话："跟这么多人干什么，又不是送葬！"不过他忍了。今天他实在发了太多的火，同母亲发了，后来在饭桌上又同光彩发了一次，他甚至对光彩五岁的儿子新春也发过火。新春找光彩找了几次没找到，找不到回来看看又坚持出去找。在他最后一次出门时，没想光彩正好进门，新春不由大叫一声："爸，伯爷来了，伯爷又来找我们借钱！"

　　光明一张脸立时憋得通红，光彩的脸也憋得通红。光彩伸出巴掌，大叫一声："小狗日的胡说什么，小心找打！"

光明也伸出巴掌："这狗日的是要找打！"

光彩看到光明回来，表现得同母亲一样高兴，打发二麦杀了鸡，买了新鲜肉，开了瓶白酒，热心地劝大哥吃菜喝酒，言谈中自然问到大扁屋的事，问到望来的病。光彩的意思还是早先那些意思，光彩的意思都不知说过多少遍了，他劝光明孤身在外，该忍的要忍，不该忍的也就不能忍。一个人不能太老实，人善被人欺，马善被人骑。光彩懂他的大哥，光彩的话说得小心，吞吞吐吐，半吞半吐，生怕什么地方说重了，会对大哥造成伤害。不过光明渐渐仍把眉头皱起了。他听不得光彩的话，更看不得光彩的半吞半吐。有话直说有屁快放，何必这么忸忸怩怩，好像我真就承受不住的。光彩的意思不外乎是说他在做牛做马，一个人成年累月做牛做马，帮人养老的带小的，到头还要被人嫌做狗屎臭。就说买了一头牲口吧，也不能那般对待的。光彩当然是好意，是出自兄弟骨肉之情，不是兄弟不是骨肉他不会说，搁着外人绝对不会这么说。光彩是真心同情他，要帮助他。但光明仍然听不进。他想我再怎么做牛做马做牲口也是我心甘情愿，与别人没有任何关系，用不着你来同情，用不着你来教训我。不就是学了个手艺赚了点钱吗，不就是没出去招亲吗。不错，今天光明回响水湾是一心一意要借钱的，新春没有冤枉他。事实原本如此。光明每次回响水湾都为着借钱，不借钱他也不会想到回来，这点光彩、二麦，也包括母亲心里十分明了。不过这次光明不借了，光明把主意改过了，自从进村时遇到林生，遇到菜园里浇菜的那对夫妻，再加上母亲一唠叨，他便不准备借了。可光彩仍以为他是借钱。光彩以为他一回来只为着借钱。新春的话不会无缘无故，没有大人在背后议论，一个五六岁的孩子发明不出那种话。果然在沉默一阵之后，光明把本来已经很小的声音压得更小。光彩的话语更加吞吞吐吐。光彩提到了钱，他问光明这次回来，是不是需要借点钱。

"借什么钱？"光明问。光明不懂，或者装作不懂。

"你的意思是，我回一次响水湾还真就是为了向你借钱？"

他把手中的饭碗重重搁到桌面。这一刻光彩脸都吓白了。

光明想不通，不管从哪方面说自己都可以算得上一个没脾气的人，在大扁屋一待多年，被别人握到手心横捏竖捏，要扁就扁，要圆就圆，乖得像个龟孙，为什么一回到自己家，半天不到的工夫要这么一次次发脾气？其实他有什么资格发脾气，父母拼上老命供他读书，没想他把那书一股脑全给读进了牛屁眼，留给父亲母亲的是村人们无穷无尽的笑骂，可是父母不怪他。十几年过去，不说他怎么孝敬母亲，帮助兄弟，反过来倒好意思一而再再而三厚着脸皮回来向两个弟弟借钱，两个弟弟也不怪他。你借钱不好开口，光彩主动帮你提起，明白问你要不要，在这个世界上到哪能找到这么好的弟弟，他到底凭什么要对人恼火发脾气？明明是他伤害了自己的家人，让父母他们丢尽脸，为什么到头来似乎还是他受了别人伤害，似乎人人得罪了他呢。光明为自己莫名其妙的恼火而越加恼火起来。

借钱没借到，又惹出一身气，光明骑着车子顺乡间公路一阵猛跑，跑到后来发现不对，他把方向搞反了，这不是回黄田回大扁屋的路，这是往县城去的路。他掉过车头又一阵猛跑，跑到后来发现仍不对。这么急急忙忙回去干什么，陈宝莲正在家等着他借钱，长山大爷、玉常、玉兴他们，都一心指望他能借到钱。没有钱看来今天他是不能回去的。一想到大扁屋那个家，想到家里那个粗脖子、鼓眼睛的人，他全身就似给浇过一盆冷水，从里到外透凉。他再次把车子掉过

头，朝县城方向慢慢骑，他想无论如何，今天他得到哪里待上一阵，
他总要想出个好一点的办法。

　　陈宝莲暗暗打什么鬼主意光明十分清楚，村子里的其他人，比
如长山大爷、玉常、玉兴他们全清楚。陈宝莲想卖房。她想把光明辛
苦做成的那幢房子卖了。可是这房子如何能卖，房子虽破，虽简陋，
却是光明和素珍多年的心血，是一家大小遮风挡雨的窝。房子卖掉是
容易的，不过卖了就卖了，再想重新做一幢，看来这辈子绝不可能。
没了房子，那他们连个落脚之地也失去了，一大窝人真得做猪做狗，
睡猪圈睡牛栏睡人家屋檐了，这可是真正的家破人亡了。可是老太婆
是不会顾及这些的，在老太婆那里，这一大家人能算得什么，连猪连
狗也不如，连根草也不如。这家人原本就是工具，是帮她养儿子的工
具。这家人是死是活对她全无所谓，她的心中只有望来，只有那个粗
脖子鼓眼睛的半死人。一家人都得为那个半死人活着，为那个死人活
着，然后跟着死人一起去死。光明想不出，一个人怎会狠心到如此程
度，歹毒到如此程度。也许正因为如此歹毒，这才得来一个报应吧，
望来的病，原本就是对她的报应吧。光明趴在自行车上恶狠狠笑起
来。

　　当然按照陈宝莲的意思，房子不卖也行，不卖那么你就必须出
去弄钱。陈宝莲他们认定了，光明能借到钱。光明的两个弟弟光荣
和光彩有钱。光荣和光彩大约在家里开了个银行，你借一次又一次，
永远借不完吧。老狗日的我操你个娘啊，光明看看公路上前后无人，
放开嗓门高声叫骂。老太婆你也不想想，光荣光彩再有钱也是光荣光
彩的，跟你没有丝毫关系，他们前辈子没有欠你的，没有义务帮你儿
子治病。千不该万不该，他们不该遇上我这个不争气的兄弟。光明

身体里什么地方忽然感到阵阵抽痛，他想起一件被自己忽略的事情。记得头次回响水湾借钱，光彩当即一口答应下来，上楼同二麦嘀咕好久，然后一个人匆匆出门。不一会回来同二麦嘀咕好久，接着又出门。事后母亲告诉光明，光彩那三千块钱不是自己的，他也是从朋友处东挪西借来的。第二次借钱，光荣光彩同样答应了，不过却让光明先回，两天后光彩才把钱专程送到大扁屋，现在想来很有可能也是临时找人借的。二麦也向光明说起过，光彩在外面做生意很省，做包工活是自己准备伙食的，光彩舍不得买菜，加上又忙，便餐餐吃那种辣椒蒸土豉。

光荣光彩的钱来得不容易。光荣光彩很可能真没什么钱。光荣光彩即便再没钱，每次光明上门，也从没有一句多余的话，该借的借，该拿的拿。光荣光彩同光明一样，骨子里也是没用的人，是懦弱的人，面对自己兄长的敲诈盘剥，没有丝毫办法。

兄弟，这辈子遇上我，算你们倒霉。

光明将车子越蹬越快，经过一个镇子，又经过一个镇子，等他意识到应该停下，发现今天已实在跑得太远，这都快到县城了。太阳即将落山，光明知道他不能再往前走，再往前今天就回不了大扁屋了，即便现在掉头，看来他也得摸几个小时的黑路。光明有些茫然，同时又一次感到心烦，脚下猛一发力，自行车就向县城直冲而去。他想回家回个鬼家，今夜就进县城住旅社下馆子，反正身上还带的有钱，反正谁也不想过日子，有点钱就全他妈花掉吧，光明长这么大，还没好好下过一次馆子住过一次旅社哩。他想他再没必要那么一心一意抠自己苦自己糟蹋自己，你便是把自己苦死糟蹋死，人家也不会讲你半句好话，人家只以为是应该的，是你罪有应得。

　　这夜在县城，光明把自己弄得糟透了，他根本没有下馆子铺张浪费乱挥霍，也没有花钱住旅社。头几个小时，他推着车子在灯光人影中走来走去，后来人群消散，再这么走让人看去会觉得奇怪，于是骑上车子到城郊的公路上继续来来去去。光明读书时的中学就坐落在路边的土山上，学校新做了一幢教学楼，此刻所有的窗户都放射出光亮，夜色中好像一座从里到外给烧得通红、烈焰直冒的砖窑。光明曾是这座学校成绩最好的学生之一，作为一个成绩最好的学生，光明怎能料到多少年后的今夜，他会像头猪像条狗一样夹着尾巴在校门外的公路上溜来溜去。后来光明觉到饿，到一家饭铺吃了几根油条，喝下一碗蛋汤。油条是早晨剩下的，又脏又硬，不过光明一直喜欢吃油条，冷了硬了更显得有咬劲。光明也进过一家旅社，一问价格吓一跳，一个床位竟要三十元钱。接下来光明陆续还问过几家，价格最少也是条件最差的那家也得十五元。十五元光明也不干。于是光明想到在县城上班的几位往日同学，在县城摆小摊开裁缝店的几个熟人，响水湾的，大扁屋的，都有。不过目前这种样子他是不适宜找同学的，似乎也不适宜找响水湾和大扁屋的熟人。光明唯一可做的看来只能推着车子，反反复复继续走。夜深了，光明终于发现一处地方，那是汽车站候车室外的水泥平台，平台很宽，很避风，下面还有密密麻麻一排餐饮店挡住街道上的视线。平台上已经有了几个歇宿的人。一位破衣烂衫，显然是个疯子，另两位是拉板车的，还有一人带着两只大大的旅行包，似是等车的旅客。光明把自行车挨着板车放好，身子再挨紧自行车的车杠坐下。光明很累，一坐下便呼呼睡去，第二天天亮时醒来，一路紧赶慢赶，上午十点多钟才回到大扁屋。

　　素珍在大门前等他。光明知道素珍会在大门前等他。他以为素珍会问他借的钱，可是素珍并没问到钱。素珍很焦急，同时也很神秘，把他悄悄拉到一边，说今天从大清早起，陈宝莲一直在家笑。

"笑什么？"光明问，"为什么笑？"

光明随素珍走进望来房间，他看到了青珍，又看到青珍的丈夫。青珍嫁得远，回一趟娘家不容易的。青珍丈夫站起身，给光明递来一根烟，然后重新坐下去。陈宝莲果真刚刚笑过，脸皮还是皱的，只因光明进门，才让她停顿下来。不过这种停顿极短暂，没等光明问点什么，她的脸皮继续皱起，一手指定望来又嘿嘿哈哈笑。这次陈宝莲是给光明笑的。陈宝莲显然还有话要说，只是一时说不出。陈宝莲笑得太厉害了，后来扑哧一声，鼻涕口水随着一齐喷出来。

"像只，像只蛤蟆。"陈宝莲说。陈宝莲这在说望来像只蛤蟆。陈宝莲就带着满脸满腮满下巴的鼻涕口水，笑了又笑，怎么也合不拢嘴。

从素珍这里，光明了解到事情前后经过。早上望来坐在机凳上吃粥，不小心调匙掉了，他伏下身到地面去捡。调匙就在眼面前，可他横摸竖摸硬就摸不到，后来换过另一只手来摸。后来不知怎么没坐稳，身子一侧，整个人轰隆一声倒栽下去。栽下了还硬起不来，吭吭哧哧，手脚并用，正如陈宝莲所说，像一只蛤蟆。从这时起陈宝莲开始发笑。陈宝莲是看着望来怎么摸调匙，又怎么翻到地面的，搁在往日她一定又哭又叫又闹了，但今天不同，今天她根本没想到上前帮一把扶一把。她只在一旁发笑。素珍进来，她对素珍笑，青珍和她丈夫大老远回家，她又对着青珍他们笑，现在看到光明，忍不住又要笑了。

光明走到望来面前，用手到他耳朵边拂了拂，拂去倒地时留下的一些灰迹。光明当着陈宝莲和望来、青珍他们的面做出一个决定：卖房。

8

两明两暗的一套房子，外加一间厨房，一个厕所，一座院落，院角的一口水井，作价六千元，卖给前几年刚从江州城回来的退休工人马国富。价钱低是低了点，但这属于一个愿打一个愿挨的事，谁也不好多说什么。

马国富五短身材，塌鼻梁，小眼睛。别看眼睛小，却一刻不停地朝你眨动，好像有什么特别的深意在表达着。马国富家属于大扁屋极少的几户外姓之一，经历也就比一般人要曲折得多，他放过牛，要过饭，略微大一点又被村上派在外面挑圩埂，修水库，炼钢铁，到矿山上开石放炮挑土方。马国富就这么七挑八挑，忽然把自己挑到了江州，成为一个正儿八经的国营地质队工人。当了工人的马国富开始看不起家中的半聋老婆，自己拿着工资在外面喝酒，抽烟，同别的女人做露水夫妻。浪浪荡荡一辈子，到头仍要回到大扁屋靠老婆靠儿子。老婆、儿子当然对他没有好眼色，但马国富不在乎。马国富有退休工资。马国富说在一起过不了就分开，我另外买一幢房子。于是他放出口风执意买房。马国富其实为人不错，上次望来发病，他先捐了五十，后来又借出两百。望来在江州住院时，他人虽在家，却热心地为光明写信打电话介绍熟人，提供生活方便。他说这次买房，一半为自己，一半倒在为望来着想，为光明着想。马国富只要求光明早点把房子腾出，说你们急着用钱，我也急着早一天住上自家的房子。

光明当然急着早点把房子腾出，他当即找好几个人，将后山坡上那座碾米机房略作收捡，然后准备搬家。

自望来病后，村子里的碾米机房也渐渐荒废。先是传输带断了，后来米筛让一颗石子打穿，后来油箱也出了问题，开始漏油。这么修来修去，修理的日子倒多于碾米的日子，有一天终于连大门也关了起来。机房原是生产队时的仓库，当时人们叫队屋。队屋虽脏虽破，面积却大，上下加以打扫，将墙头地角的米尘油垢铲去填好，暂时住一家人应该没有问题，村子上几个干部也已经研究同意的。搬家这天恰巧碰着个大晴天，一人说起，男男女女老老少少都过来帮忙。冬梅斜倚床沿正一口一口喂望来吃饭，陈宝莲坐在床脚边，蓬头垢面，目光呆滞，丝毫没有察觉房间里进来了一伙人。倒是望来有了反应，直起嗓子鼓着眼睛大声叫妈。

"妈，有人看我们来啦！"

不知是房里味道不好，或怕陈宝莲望来不能接受，众人谁也没提搬家的事，只围在床头说了会安慰话便默默退出来。陈宝莲仍一动不动坐着，同样没有察觉众人走了。一伙人站在大门外直叹气，素珍告诉大家，陈宝莲只怕是痴了，傻了，不行了。自前些日子望来捡东西摔在地上，她看见大笑一通后，一个人便变成这副模样，天天坐在望来的床面前发呆，不说话，不看人，不端给她吃她便不知道吃，不端给她喝她也不知道喝，到了夜里你不催她，不帮她脱衣上床，她自己就不知上床，她会整夜这么坐下去。望来得病几年，端茶送水，煎汤熬药，以至后来的大便小便，床上床下一应事务都让陈宝莲包下的，有时素珍光明冬梅他们想代替一下她都不愿。现在别说服侍病人，她自己也全靠这帮人服侍，招呼得不及时，可能还会出纰漏。有次上厕所，不知是衣裳没解开，或其他原因，陈宝莲竟把一泡热尿淋淋漓漓全拉在裆里。素珍不止一次向光明流泪，说照眼前情形，只怕老的要走在小的前面了。

村人们不用吩咐，先从光明这头搬起。别看房间塞得满满的，那都是些零碎，大家抬的抬扛的扛拎的拎，几个来回已里里外外搬了个空。有人找来一把老虎钳，将墙头几只铁钉也拔下，塞在抽屉里送到机房。陈宝莲养了一头猪，素珍养了三头，分两个圈关着。人们将圈门打开，四头猪好像认得路，也不用吆喝指点，跑出门直奔机房而去。那种急猴猴兴冲冲架势倒把人们弄得笑起来，说几头猪怎么就等着要搬家似的。该搬的搬完，最后剩下望来一个房间。望来这边比较简单，原先有几样准备结婚的家具，组合柜、人造革沙发之类，上次发病时都已经卖出，望来现在睡的是一张老式绷子床，床对面一只矮柜，同样是老式的，油漆已经剥落干净。两个人上前扶望来起身，让他坐到一把竹躺椅里，毛鸭和另外一人来拉陈宝莲。

"宝莲娘，我们走，我们扶你到新房去呀。"有一个妇女大声同陈宝莲招呼。

陈宝莲同样不作声，只是略显惊异地看一眼说话的妇女，然后默默随搀扶的人向门外走。过门槛时她挣扎起来，众人一看，是她脚上的一只鞋挂脱了。有人蹲下身给她穿鞋，陈宝莲不愿，接过鞋硬要自己来穿。

"我们这是去哪？"陈宝莲穿好鞋，将两只臂膀重新交给人扶着，"我们是说去机房吗？"

"先在机房住几天，等望来把病治好，以后赚了钱，我们再做一幢新房子，"毛鸭说。

毛鸭感觉臂膀上的重量陡然增大，他停下脚步准备换过一个姿势来扶，没想臂膀上的重量越来越大。毛鸭给拽得歪歪倒倒，摇摇晃晃。"宝莲娘。"毛鸭叫。他知道陈宝莲在用力推开他们。陈宝莲继续在推。陈宝莲渐渐把身子从两个搀扶的人手上滑脱，一屁股坐到了地面。

"我不，我不去机房啊，"在鼻涕眼泪进出的同时，陈宝莲一双手掌在地面拍得叭叭响，"房子我不卖啊，你们不能这样对我啊！"

尽管陈宝莲呜呜哇哇，同时又哽哽咽咽，她的意思却表达得十分清楚：她不愿去机房。房子她不卖。人们一时都有些疑惑，有些难以置信。素珍说她母亲痴了，傻了，糊涂了，这可不真是在发糊涂，在发痴发傻胡搅蛮缠么？明明讲好了的房子，定金都付了，家都搬好了的房子，到时又不卖？这卖房的意思，最早不就是她自己的意思吗。许多日子来她念念在心的，不就是这幢房吗。房子不卖，那么望来的病怎办，莫非不治了，不去江州了？好在都是同村的人，对陈宝莲性格大家知根知底。陈宝莲哭了一辈子，闹了一辈子，有事没事她都会闹上一场，现在碰上这样的事，把自己房子卖了去住机房住队屋，她当然受不了。不只陈宝莲，搁着任何一个人可能都受不了。房里房外的人越聚越多，不少人开始上前解劝。人们说宝莲娘事情是这样，我们在机房里不过暂且住一住，等以后有了钱，我们重新做一幢新的，做水泥平顶的。

"我不做，我不卖呀！"陈宝莲说。

"等以后有了钱，我们再从马国富手上把房子重新买回，行不行呢？"又有人哄她。

"我不，我不卖。"

陈宝莲准确无误表示着她的意思，她不卖。房子她不卖。陈宝莲连哭声也停住了，只反反复复强调她不卖。看样子打马虎眼是打不过去的，必须把话最后说穿，告诉她事情的真相。有人严肃地蹲下身子，用温和却又不容置疑的口气说，宝莲娘，眼下我们把房子卖了，不是坏事，是好事，卖了房子我们才有钱给望来治病么。

"治好了病，我们有了人，房子不就可以重新做起来了？"

没想一听这话，陈宝莲再一次涕泪交迸。

"这病不治了啊，这病治不好，治不好，治不好……鸡飞蛋打，人财两空啊！"

陈宝莲没痴，没傻，没糊涂，也不是在胡搅蛮缠。陈宝莲清醒着。陈宝莲也许比谁都要清醒。她终于弄清了一个事实：望来的病是治不好的，望来的病再这么治下去，只能落得个鸡飞蛋打人财两空。看来这些天陈宝莲坐在望来床边发痴发傻，并非真痴真傻。她只是在弄清那个事实，然后慢慢承认那个事实，接受那个事实。现在轮到众人发痴发傻了。大家用眼睛去看光明，光明也用眼睛看大家。这一刻谁也不好做出决定，可是又不得不立即做出决定，地面上的人还赖在地面坐着，望来也歇在房后不远的一处坡路上。到底是把地上的人扶出门，还是扶进房，是把望来抬到机房，还是重新抬回来？有人提议能否找马国富商量一下，谁料马国富不用去找，马国富闻讯早已赶了过来，此刻就站在人堆中间。马国富见众人把眼睛放在他身上，猛地朝地面吐了口唾沫，几步冲到光明面前。

"给我！"

光明哆嗦一下，"给，给什么？"

"还有什么，"马国富说，"我买房子付给你的定金！"

前后不过小半昼工夫，搬到机房的家具零碎又给重新搬回来，望来和陈宝莲也扶到了房里，整个过程就像小孩玩游戏一样。许多人这么搬着，忽然就忍不住想笑，不过最终也没一个人笑出声。长山大爷出面征得陈宝莲同意，向光明素珍转达了这样的想法，厨房里的两座灶台拆掉一座，两家重新合到一处吃饭。光明素珍当然没什么不同意的，其实自望来头次发病，两家人差不多早已合作了一家。光明表示望来的病并不是就此不治了，望来的病继续要治。既然外面的医院治不好，他们就在家里吃中药，他一定要请最好的医生，让望来吃最好的药。长山大爷点头同意。这个时候光明对陈宝莲满心里都怀着感激，对望来满心里怀着愧疚和不安。光明说话算数，说到做到，第二天一早他就骑车赶往一两百里路外的邻县，找一位据说能专治各种疑难病症的老中医。

9

陈宝莲病了。先是怕风，怕冷，冷得直打哆嗦，身上压两床厚棉被仍无济于事。到下半夜又开始发热，发烧，呼吸急促，两眼两腮通红一片。光明到外村请来一个土郎中，打过针吃了药，天亮时烧退了，第二天中饭前后又接着烧，接着吃药打针。这么一连折腾多日，后来病好了，人也能爬起床四处走动，不过眼中的那种红色似乎一直不能很好地消去。尤其在看人的时候，尤其在看身边那些活蹦乱跳年轻人的时候，陈宝莲的目光会不由自主发直，发僵，发呆，长时间一转不转，泛出一种红红的或绿绿的颜色。有次她这么看一个正在场地上玩耍的六七岁小男孩，竟把人家孩子吓得哇哇大哭起来。

大扁屋的人开始在私下里传递着一个惊人消息，陈宝莲要把新文带到身边了。

　　所谓把新文带到身边，意思当然人人能懂，那是要让新文过继，让新文改姓。让新文跟素珍姓跟望来姓，做江家的后人。陈宝莲要将光明的儿子抢了去，将新文抢了去。可光明只有这一个儿子，光明只有一个新文，你抢走了那么他自己就没有儿子了。你抢走了新文，等于是绝了他的后刨了他的根断了他的血脉，你想光明如何能接受得了。改姓是大事，抢人家儿子是大事，岂是你想做就做得出，想抢就抢得走的。何况眼下是什么时候，眼下望来一病不起，连陈宝莲自己也承认，望来不行了，没得治了，治下去只能人财两空。可陈宝莲偏偏在这个时候提出让新文改姓，让新文过继，那么她的意思只能有一点：看见望来不行，干脆丢到一边，另外找一个人代替他，找新文代替他，以尽早为自己找一条后路，找个依靠。村上的人一齐惊骇了，光明更惊骇了。光明就似给人猛击一棍，一下清醒过来，想：原来这样。光明想，原来这样，原来在反对卖房的背后，藏着这么个歹毒的主意。光明上当了。光明就用这种惊骇的目光看定前来找他说话的长山大爷，长山大爷越加不自在起来，一个劲左躲右闪，喃喃辩解说若你不愿，可以再同陈宝莲商量，他只是在中间转达个意思。陈宝莲一而再再而三找他，不答应也不好，他是长辈。光明知道在内心深处，长山大爷同样为陈宝莲的做法感到惊骇的。陈宝莲同望来的关系，村子里没有人不清楚，陈宝莲对望来的感情，远近一带也没有人不清楚。望来是陈宝莲的命根子，陈宝莲是把望来捧在手心里、含在舌头底下养大的。为望来的病，陈宝莲一辈子伤了多少心，流了多少泪，又哭坏过多少次喉咙。就是这样一个儿子，等到有一天病重了，不行了，陈宝莲竟也能狠得下心，说丢就丢到一边吗。即便你要把望来丢到一边，另外找一个人来代替，人们仍能理解，不过那得看什么时候。那得到一定的时候。绝不能如此急不可待，如此赤裸裸不加半点掩饰。要知道这个人还没死哪，你完全可以等他咽下一口气，再让新文改姓，再为自己找后路也不迟的。

"光明，怪只怪我今天不该来。"长山大爷小心着说。

"怪只怪我这把臭嘴。你只当我什么也没说。"长山大爷给光明丢下一句话，不声不响走了。

接连几天光明沉浸在他的惊骇他的激愤之中，久久无法脱身。其实光明是最后一个知道消息的人，村子上传得沸沸扬扬，唯独把他死死瞒住。改姓真是大事，对光明而言更是一件残酷的事，谁也不敢贸然提起，就连陈宝莲也不敢。陈宝莲只三番五次找着长山大爷，要他去帮她开这个口。光明当然无法答应。别说长山大爷，你就是天王老子来了，光明也不会答应。光荣光彩他们说得的确不错，光荣光彩他们说得对极了，这个老太婆实在是欺人太甚，大扁屋人实在欺人太甚，在他们眼中，你这边一个人当真连猪也不如连狗也不如连畜生也不如的，他们想剥夺就剥夺，想宰割就宰割，事先根本用不着同你打半句招呼。

光明脸色阴沉，见到谁都爱理不理，村上的人见了他，也自动躲到一边。光明甚至也不理睬素珍、冬梅、新文他们，对那个陈宝莲，当然更不愿搭理了，看到了就当没看到一样。白天有事没事光明继续在外面忙，回家后有时也到望来床面前坐坐，帮望来喂喂饭，扶到墙角大小便，然后将尿桶提到厕所倒干净。陈宝莲要让新文改姓的事，望来一定还不知道的。若是知道了，也不知会有何种想法。别看他眼是鼓了，身子肿了，舌头大得出奇，人有时候也糊涂，但起码的事理还能明白的。光明死也不懂面对这样一个儿子，陈宝莲怎就产生那么可怕的念头。光明不懂一个人怎就那么狠，那么毒。这也算一个做娘的吗，这是一头狼，一条蛇。狼也不会这样，蛇也不会这样。光明微微发着抖。光明想从现在开始，这个人已经被人当作一个死人了，让一辈子宠他疼他的亲娘老子当成一个死人了。这个人活着，只不过在一心一意等死。别人也在一心一意等他死。也是这一刻光明想到，来大扁屋十几年，尽管他一直在和陈宝莲磕磕碰碰，所有的磕碰几乎都因望来而起，可光明却似乎从没有和望来本人发生过一次冲突。光明把记忆找遍了，真的没有找到一次。许多时候陈宝莲对光明动气，望来回家碰见，陈宝莲竟遇到救兵一般向儿子诉说，似要怂恿儿子上来一齐对付光明。望来却理也不理，躲进自己房间去了。长年累月待在同一个屋檐下，不说和睦相亲，至少相安无事，做到这一点也是不容易的。

光明不理睬陈宝莲，陈宝莲自然不会理睬光明。陈宝莲同样谁也不理，从早到晚在床上躺着，不吃不喝不说话，素珍、冬梅以及几位隔壁邻居每餐死劝活劝，想让她好歹进一点东西，可陈宝莲只一个劲死不松口。光明又怎么会松口。光明知道陈宝莲这是在同他拼命。陈宝莲动不动就同人拼命，陈宝莲一辈子都在同人拼命。不过唯独这次光明不怕。这次所有的道理都让光明占着，陈宝莲哪怕就是拼死饿死，道理同样让光明占着。这次从一开始，光明就做好了让陈宝莲拼命的准备，陈宝莲再用这一点吓人，那是妄想。光明想他自来到大扁屋，做牛做马做畜生半辈子，到头什么也没给自己留下，连遮风避雨的一幢房子你想卖就卖，想不卖就不卖，光明也没说半个不字，可现在他唯一的儿子你也想夺走，那你真是妄想。为了表明自己的决定不可更改，让陈宝莲趁早死了这条心，光明也在村子上放出风，说你不就知道一个拼死吗，你若真想死，我也没办法。这是你自己要死，不是我逼的。你若真死了，望来就包在我身上。望来在世上活一天，我就服侍他一天，给他治一天病，有一天他真死了，我们给他披麻戴孝。可光明无论说什么，要想让陈宝莲吃口饭喝口水，都是难下加难。陈宝莲甚至连屎连尿也没有了，早上你看她躺在床上是什么姿势，到了晚上去看，她还是那个姿势。这时如果有谁说陈宝莲已经死了，没气了，是丝毫不让人奇怪的。光明借口万家湾窑上有事，打算到外面躲上几天，夜里也不回来。

　　光明头天来到万家湾，第二天清早长山大爷一行便跟过来了。光明一见，双腿软成一摊泥，怎么也拖它不起。长山大爷朝他摇摇头，意思是没事。陈宝莲目前还没事，不过也差不到哪去了。

　　众人聚在窑棚深处，不声不响又抽了好久的烟。光明试试探探提出，照一般的规矩即便说过继，说改姓，要改也该让头生的一个改，让老大冬梅改。长山大爷又摇头。玉兴表示这话他们早说过多遍了，但没用，陈宝莲一定要带新文。陈宝莲说要带就带个男的，带个儿子。长山大爷把黄烟杆里的最后一颗烟屎吹出，用脚认真踩熄了，给光明说我们这次来没有别的意思，仍只是给你传个话。你若要能听当然好，不听我们也没办法，不管怎么说吧，大家都不希望一个家门里同时抬出两副棺木。

　　长山大爷神情淡淡的，语气也淡淡的，不过在光明听来，那淡淡中似乎有一种不容置疑的东西存在，这让他微微愣怔了一下。

　　玉兴说："光明你尽管放心，我们跑这么远，又来这么多人，就是找个地方把事情谈妥，同时大家也可以相互做个见证，好让你放心。我们说的这个改只是暂时的。暂时就让新文姓几年江，带在老太婆身边。哪一天老太婆不行了，过世了，我们再改过来。你想想就眼下那副模样，又能过多久呢，一年两年，一个月，两个月，再不三天五天也有可能的。你若是还信不过，我们可以当场签个字，这里的几个人一齐当你面按手印。"

"你们帮我说说，这人是不是发癫了，发狂了？"光明说，"这又不是个东西，一件不行再换一件，这是个大活人，是你自己屎一把尿一把带大的儿子，就能这么狠心？"

光明说："要照我说，这真是一条狼。狼也不如的东西。"

光明没有多余的话，默默随众人回到大扁屋。从这天下午起，陈宝莲开始慢慢进食，接着慢慢走出房门。光明看那副无血无肉的阴毒模样，眼中火星都要冒出来。不过陈宝莲不管。陈宝莲坐在场地那边一块青石上，顾自看几只母鸡争食，眼皮也不给光明抬一抬。三天后，陈宝莲在素珍、冬梅的帮助下，还杀了鸡，买了肉，搞了两桌饭，把左右邻居及村上几个干部请来，众人聚在一起当场写下一张纸约，并盖上村里的大红公章。陈宝莲可能也担心空口无凭，担心众人是不是在含糊她，光明是不是在含糊她。陈宝莲一辈子就相信写在纸上的字，相信盖在白纸黑字上的公章。纸约一式两份，一份给光明和素珍，一份交给陈宝莲。陈宝莲接在手上，直到墨迹干了，这才小小心心收拢，折起，藏到裤腰深处。素珍、冬梅把碗筷摆上来，菜端上来，酒水也提上来，不过众人却没有半点享用的意思。众人就似听到什么号令，一个接一个站起身，乱纷纷向门外拥去。这个时候谁也没心思坐下吃这餐饭的，尤其是想到隔壁还有一个人正鼓着眼睛肿胀着面孔，半死不活喘粗气，叫大家如何来吃这餐饭。

"伯伯爷爷大娘大嫂！"陈宝莲高声嘶叫。众人慢慢回过头，看到陈宝莲一手扶紧侧旁的桌沿，身子剧烈摇晃起来。陈宝莲摇晃一阵，忽然双腿一软，咕咚一声跪在众人面前。

"伯伯爷爷大娘大嫂，今天你们不要走，今天你们一定要吃我一口饭。"陈宝莲说，"我知道我不是人，我这样做不该，可我也没办法……这一辈子我靠山山倒，靠水水枯。这一辈子我什么也没给自己留下，一点把柄也没留下……"

陈宝莲哇哇大哭。

"这一辈子，我竹篮打水，一场空啊！"

10

光明母亲头一次来大扁屋是由隔壁五娘陪伴的，两个老太婆走了将近一天，脚丫脚掌全打起了血泡。打血泡的印象特别深，两相比较，光明母亲第二次来就觉得格外轻松。因第二次她坐的是汽车，走的是大路，又有光荣在身边照应着，大清早出门，半上午已坐在光明堂屋里喝凉茶了。光明以为母亲有事，母亲却说没事，这次她是专程来大扁屋玩玩，或者说，她是来看看大扁屋这边是不是有事。上次光明回家，匆匆来匆匆去，母亲私下越想越不对头，觉得光明仍应该是有点事，否则照他的性格，还真的不会回。母亲让光彩抽个空骑车到大扁屋看看。母亲还让光彩再带点钱在身上，说光明若有事不是其他事，一定又为着钱。一定为着望来的病。光彩口里答应着，说这段时间忙，让母亲等等。这么三拖四拖，最后母亲下了决心，说你不去我去，我一个人去。昨天恰好碰着光荣回来，两人相约着便动身了。母亲把话说到这一步，光明也不好多加隐瞒，承认上次回响水湾是想再借几个钱。他们还一度准备卖房。他们甚至把家都搬了一次。但现在一切都已过去，事到如今，他们用不着再借什么钱了。

母亲和光荣在大扁屋住了两个晚上。当着母亲和光荣的面，光明一直惴惴不安。他担心母亲也许并不如她所说只是过来看看，他担心母亲是为新文而来。光明同样不敢隐瞒，一五一十把经过从头到尾说了一遍，他着意强调那天在万家湾窑棚同长山大爷他们讲好的条件，新文改姓只是一时的，等机会一到，会再把姓改过来。母亲和光荣连连点头，有时还说一句行，这行。不知是说改姓行，或把姓改回来行。其实无论是光明让新文改姓，或把姓改回来，在母亲那里都行。母亲清楚光明不会无缘无故让新文改姓，光明有光明的理由，光明有光明的无奈。母亲没有多余的话，母亲似乎把力气全用到两只手上了，她在大扁屋住两天，便结结实实干了两天的活。她洗衣，洗碗，扫地抹桌子，望来床上的被单拆下洗了，光明、素珍的被子洗了，连陈宝莲床上的被子也洗了。母亲还帮着光明和素珍给望来理了一次头发，洗过一个澡。母亲边干活，边夸素珍好，夸冬梅好。母亲一定还想同陈宝莲谈谈的，母亲当然更想同新文亲热亲热，但是她基本上看不到新文和陈宝莲的人影。陈宝莲带新文出去玩了。陈宝莲是有意躲出去的。陈宝莲同光明一样，也一定以为光明的母亲和弟弟绝不会平白无故而来。他们是有目的来，有缘故来。他们是为着新文来。

母亲临走给光明留下了五百块钱。母亲说这不是光荣的钱，不是光彩的钱，这是她卖猪卖蛋夏天卖冰棒雪糕赚来的钱，要光明无论如何收下。

"亲家，女婿半个儿，上门的女婿便是自己亲生的儿子，"母亲拉着陈宝莲的手久久不放，"光明在你面前有不周到的地方，你只管调教，不用同他客气呀。"

母亲和光荣离去，光明暗中大松一口气。可松到一定程度，这口气又渐渐收回来，并且越收越紧，沉甸甸压在心头，像一块巨石那么堵着，悬着。一段时间来，新文的事一直是他心中一桩大事，他担心着如何同母亲他们解释，担心母亲他们接受不了。当年他高考落榜，走投无路之下出来招亲，已经在响水湾一带被人们当作笑料，给父母给家庭带来巨大羞辱。谁知一次不够，现在还得来个第二次。人们不都说光明生了一个好儿子吗，一个小小年纪就能读字，长得比别人高生得比别人壮脑子也比别人灵活的儿子，现在你连这个唯一的儿子也保不住，硬让人活生生从手上夺去，响水湾人听了，又该如何说如何笑如何嚼你的舌根呢。尽管光明一再声明改姓只是暂时的，等陈宝莲一过世，就可把姓改回来，但那毕竟是停留在口头的一种说法而已，能不能作数谁也说不定。母亲和光荣一定会吃惊。母亲会流泪，然后又硬把眼泪逼回去，只用一双眼睛直呆呆看儿子。光荣则会发牢骚，会嘀嘀咕咕讲大扁屋人心狠，大扁屋人欺负人，大扁屋人把人当牛当马当畜生。可在大扁屋两天，母亲没有流泪，光荣没有嘀嘀咕咕发牢骚。母亲和光荣只是点头。光明说什么母亲和光荣都点头，说行，这行。似乎在光明身上发生所有的事都是可以接受的，都是不让人吃惊的。他们早已做好最坏的心理准备，随时接受任何可怕的打击，接受任何可羞可耻的消息。他们知道光明是什么样的人，他们对光明已不存丝毫指望。他们认命了，一切只能随他去了。临走时母亲还拉着陈宝莲的手，说上门女婿是自己亲生的儿子，有什么不周到的地方你只管调教，不用客气，这不是明确表示有关光明有关新文的事你只管怎办怎好，他们从今以后会撒开手，再不管了吗。

"这一辈子，我竹篮打水，一场空啊！"耳边忽然想起陈宝莲的嘶叫，光明身子随着绷紧，结结实实打过一个寒噤。

大扁屋这边是靠不住的，这点光明十分清楚。在大扁屋，在大扁屋这个家，他永远是个陌生人，是个外人。不过光明还有他的响水湾，光明有他的母亲，有两个弟弟光荣和光彩。现在看起来他连响水湾也靠不住了，母亲及光荣、光彩要把他撤在大扁屋再不想管了。

近些日子光明的心情一直不好。光明心情不好当然与陈宝莲有关，与陈宝莲逼新文改姓有关，更与陈宝莲那天夜里的下跪有关，无论他坐着、躺着，或手上忙着，无论在家里，在万家湾的砖窑上，他的耳边无缘无故总响起陈宝莲那声嘶叫。陈宝莲一手扶紧桌沿，身子剧烈摇晃着。当陈宝莲把自己摇晃到一定程度，忽然双腿一软，咕咚朝众人跪下来。陈宝莲的神情是骇人的，陈宝莲的声音更瘆人。陈宝莲的声音就似一把锋利的刀刃，一下把人们从里到外划成两半。那一刻光明僵住了，所有在场的人都僵住了，以至陈宝莲在地上跪下半天，竟没有一个谁想到应上前扶一扶。可以想见，接下来的那餐饭吃得有多么别扭，多么紧张。大家夹菜，扒饭，喝酒，抽烟，不过眼睛却有意无意一直盯在陈宝莲身上，似乎担心着略有不慎，陈宝莲又会干出让人目瞪口呆的事情。正是从那一刻开始，光明发觉他有些真正懂得了陈宝莲。光明似乎也变成了一把什么刀刃，一下贯穿了陈宝莲的内心，贯穿了陈宝莲一生。陈宝莲和光明其实是一类人。陈宝莲在怕着。陈宝莲不安着，惶恐着。陈宝莲一直在暗中发着抖。光明想一个人这么在世上活着真得应该依靠点什么的。可陈宝莲没有依靠，陈宝莲无依无靠。别看陈宝莲一辈子哭哭叫叫，吵吵闹闹，那正是她不安到极点，惶恐到极点的表现。陈宝莲孤儿寡母一辈子，正如她自己所说靠山山倒，靠水水枯，现在连唯一的儿子也得眼睁睁失去，叫她如何能够承受。她必须抓住点什么，把捉点什么，也就是说她的手上应该有点东西。她真的不能两手空空。就这么，她随手在身边抓着了光明，抓着了新文。她想也没想，就把自己整个攀上去，吸上去。这就好比一个落水的人，面对即将来临的灭顶之灾，已经完全糊涂了，分不清上下左右东南西北了，逮着谁就是谁了。

　　光明不止一次猜想，在陈宝莲嘶叫一声然后跪下的那刻，她肯定也有过一丝后悔，一丝犹豫，一丝对自己行为的震惊与恐惧吧。正如她自己所说，她对不起大家，对不起光明、素珍，对不起新文，更对不起自己躺在隔壁房间奄奄一息的儿子。她不是人，她比狼还狠，比蛇还毒，比虎还忍心。虎毒还不食子哩。不过陈宝莲作为陈宝莲的地方就在这里，所有的后悔、犹豫都是暂时的，事情一经过去，该干什么她仍得干什么。尤其在光明母亲和弟弟来过后，陈宝莲大约以为最后的顾虑也已消去，新文已铁板钉钉，成了江家的后代，成了她带在身边的人，于是她便认认真真把新文带在身边，而把床上那个人基本撇到了一边。陈宝莲有陈宝莲的理由，讲起来陈宝莲还一套一套，似乎她不能不把床上的人撇下来。什么时候陈宝莲给新文算过一次命。算命的说新文身上带刀，又带箭，见不得病重的人，不是他克病人，便是病人克他，两者水火不能相容，顶好面也不能让他们见着。陈宝莲一听脸便变了色。自家明明有一个病人，你不可能阻止他们不见面的。想来想去办法只有一条，尽量让新文走出家门，到外面去玩。过完立秋新文眼看要满七个周岁了，正是贪玩满天飞的时候，能成天待在外面他当然求之不得。于是新文走到哪里，陈宝莲也随着跟到哪里。陈宝莲怕新文累着，摔着，伤着，被水淹着。于是从早到晚，满村庄都是陈宝莲呼唤新文的声音。"新文哪，新文啰。"声音长长短短，短短长长，就像多少年前陈宝莲满村庄呼唤望来一样。不知是心头的负担卸下了，或者成天跑来跑去对身体也算一个锻炼吧，一段时间后陈宝莲脸色明显好起来，人也胖些，讲话的声音也响亮些。高兴了陈宝莲甚至还会不由自主欢笑出声。一个平生没怎么开过笑颜的人，到老了，特别是儿子一病不起的时候竟然还学会了高兴，学会了笑，每次看到，光明不由都有些恍惚。又有时候新文不听话，嘻嘻哈哈在前面跑，陈宝莲一边新文新文地叫，一边撒开大步在后面追。新文跑得轻松，跑得迅捷，陈宝莲则脚步歪斜，呼吸急促，嘴巴大张一口一口喘粗气，眼看就要一跤摔到地面爬不起来。可陈宝莲没有半点罢休的意思，陈宝莲喊着叫着，脚步更歪斜，呼吸更急促，嘴巴张得更大。陈宝莲简直把一条老命拿来拼上了。光明又一次恍惚起来。不错，陈宝莲是不顾一切的，陈宝莲是舍得拼命的。这是一个落水的人，面对即将来临的灭顶之灾，她什么也顾不得了，完全糊涂了，哪怕是一根稻草，她也会不顾一切把自己吸附上去。新文在她眼里应该就是这样一根稻草。可新文这才多大，哪能禁得住她拼出老命死缠活缠。

光明想她什么人不好缠，为什么一定要缠上我，缠上新文这么个小东西呢。

一个下雨的傍晚光明从外面回来，看到陈宝莲带着新文正躲在院子一角吃红薯。新红薯尚未收下，那么他们吃的一定是头年剩下的红薯，也可能是什么地方残存的红薯种。红薯就那么一根，偏要两个人共着吃，陈宝莲咬一口，新文咬一口。红薯显然没洗，陈宝莲随便到衣襟上揩一揩。有的地方可能实在太脏，陈宝莲张开大嘴，将一对大门牙当作了刨刀，叽嘎叽嘎咬去脏皮，然后重新递给新文。光明看到当陈宝莲将啃过的红薯拿开时，嘴头亮晶晶的口水拉出都有一尺多长。

"丢掉！"光明不由自主大喝一声。

"把红薯丢掉！"光明又喝。光明大步上前从新文手上夺下红薯，扬手掷进对面的厕所。在再一次的恍惚中，光明仿佛看到面前的陈宝莲已真真切切变作村人们常说起的那种妖和怪，那深更半夜从棺材里爬出的东西。陈宝莲不是在啃红薯，她正捧着新文的脑袋吸精气，吸脑髓哩。

11

接连下过三天大雨，雨过后不久望来去世。家里人来人往闹翻了天，素珍、青珍、冬梅哭成一片，可是陈宝莲不哭。陈宝莲没有一滴眼泪。陈宝莲有时也到这边看一眼，帮个忙什么，但她没有眼泪。陈宝莲好像在收拾着一个外人，而不是收拾与她相依为命二十多年的儿子。"你只有这个寿，要去就一心去吧。"陈宝莲喃喃着。直到盖棺了，上山了，有人问她要不要再看看望来，陈宝莲还用茫然的眼光来看说话的人，似乎不知这说的什么，不知为什么一定要她去看。说话的人把她往前拉，陈宝莲也跟着拉的人一步步往前走。她迟疑着揭开望来脸上的草纸，又用手到望来面门摸一下，跟着整个身子扑进了棺材。等众人把她扶起，额头早已在棺沿磕去一层皮，人事不知了。

丧事料理完毕，光明着手实行一个计划，准备想个办法把家搬回响水湾去。光明想他无论如何得回到响水湾，并且越快越好，再不快点，说不定哪天陈宝莲会将新文杀了剐了连汤带水煮着吃下去了。实际上近段时间来光明一直在考虑着怎样搬回响水湾的问题，只碍着望

来在床，碍着自己上门女婿身份，碍着新文改姓了江，无法提出这个
走字。另外光明还有一个心思，他想用眼下几年时间好好赚上一笔钱
再谈搬家的事。响水湾与大扁屋尽管只隔着短短五六十里路程，两地
境况却大不相同。响水湾靠着公路又靠着镇子，离县城也不是很远，
交通方便，过日子的门路广，连人的脑子也要灵活得多，光明担心一
旦搬回，无论从哪方面他都无法跟上众人的趟。光明是丢着丑从响水
湾出来的，他不愿意再一次丢着丑回去。光明想哪怕拼上一条命也得
赚上点钱，至少回到响水湾能盖上一幢房子，为自己找个住人的地方
落脚的地方吧，至少把身上的债还掉一些吧。不过光明的想法已经改
变了，望来这边包袱卸下，光明再也无法等下去了，光明觉着自己的
想法其实幼稚得很，好笑得很。在大扁屋他都混上大半辈子了，从来
也没赚过什么钱，这一时半刻叫他又能到哪里赚钱。再这么等下去，
耗下去，他与响水湾的距离只会越拉越大，他会更跟不上那边的趟，
永远也别想回去了。光明想反正要经过这一关的。反正要丢一次丑。
反正这辈子他已经丢够了丑，迟丢早丢都一样，迟丢不如早丢。哪怕
被别人当成讨饭的叫花子，哪怕真正睡屋檐睡牛栏猪圈吧，他也得为
自己找到一处结实的地方，为新文、为冬梅找一个结实的地方，比在
大扁屋这里无依无靠漂着悬着，做一个外人做一个陌生人，要强。大
扁屋人清楚光明意思，便有相关不相关的上门来劝，边劝，边把目光
往陈宝莲房里看，似乎担心着让她听见。众人的意思光明当然也清
楚：你这么一走，丢下那个人怎办？众人不提陈宝莲犹可，众人提到
陈宝莲，光明走的意思更坚决了。光明想我们日日夜夜顾着她，她这
一辈子又顾着谁？她对望来那样，别人又为什么不能那样对她？大难
来临各自飞，各人能抓点什么就尽快抓点什么吧，这个时候真的谁也

管不上谁了。

光明采取的是两步走的方法，先试着把自己到响水湾安置下来，打个基础，再讲素珍和冬梅的事，再讲新文的事。听说光明要回，母亲自然高兴至极，光荣光彩也高兴至极。母亲把两兄弟叫齐了，几个人一商量，事情已基本安排妥当，让光明跟光荣搞建筑，修堤坝。光荣的建筑队里正缺一个帮手。打仗亲兄弟，上阵父子兵，有自己亲哥哥把手头上的杂事接下，光荣便能腾出更多的精力用来打场面。光荣说了大哥做帮手只是暂时的，等条件成熟，另外再拉一帮人单干，光荣会从各方面加以照应。

光明跟光荣干建筑真是暂时的，光明做了两个半月的帮手，便一个人不声不响退出来。光明给母亲说他怕。光明是真怕，怕出事。光荣已经出过不止一次事的，去年他经手修筑的一座桥梁就让洪水冲垮，尽管上蹿下跳，请客送礼，结果仍赔上大大的一笔。光荣没有吸取丝毫教训，继续坑蒙拐骗，偷工减料，似乎一心一意要为自己招灾惹祸，制造事端。砂石只有按比例拌上水泥才能浇筑堤坝，这点对于一个老包工头来说总不可能不懂。可是光荣不懂。光荣弄来的水泥质量差，有的可能放久了过期了，板结成一块，你几个人拿大锤敲都敲不开。这样的水泥光荣还当成个宝贝，拌浆时倒得少而又少，有时干脆不倒，只弄点沙子到水里打湿了就往坝桩里浇。光明想这哪是什么钢筋混凝土结构，这是纸扎店哪。光明给光荣说，光荣不听。光荣嬉皮笑脸只给你打哈哈。说到后来他竟有些不高兴，似乎你在有意戳他老底坏他事。

从光荣的水库工地离开，光明又跟着光彩到县城北郊干了一段时间装潢。这次大约母亲在中间讲过什么话，光彩在光明面前越加小心，似乎他找来的不是一个帮手，他是找了一个老爷来养着，找了一尊菩萨来供着。光明上脚手架，他怕光明摔着，要自己上前接下，光明到住处拖材料，他怕光明伤着力，或怕板车在大街上拐不过弯，要另派一个人帮扶，光明顺楼道往下运垃圾，他又让光明先搁着，说垃圾到完工时一起运。总之光明干点什么都让光彩不安，似乎所有这些都应该是做弟弟的事，而不是做兄长的事，他恨不得让光明来当这个老板，自己给光明做小工。你不能不承认光彩的一番好意，光彩的心有多么细，对人有多么体贴。可正因如此，光明感到一种透彻心肺的焦虑。一个人到了此种程度，到了时时刻刻要别人小心敬着伺候着的程度，可见这人有多么不正常，多么怪僻，多么敏感刻薄。光明发现自己可能真不行了，他完全无法与人相处了，他丧失了与人交往的起码能力。这时光明不由自主会怀念起他的那个大扁屋。他想他只能适应大扁屋，他也只应该待在大扁屋永远不再出来的。他应该及早回去。

认识到这一点是可怕的。也许正是认识到这一点，认识到他这一辈子只能待在大扁屋，光明更不敢回去了。光明想他无论如何得在外面赖住。开弓没有回头箭，哪怕被人当成讨饭的叫花子吧，哪怕做猪做狗做畜生吧，他也得在响水湾赖下去。要做他也得做响水湾的猪响水湾的狗响水湾的畜生。光明不好过多为难光彩。光明在光彩那里只待了短短半个月，便提出了回，回响水湾。当光明说到回时，光彩的眼泪都要下来了。光彩给了光明一笔钱，说是半个月的工钱，其实比工钱不知要高出多少。光明收了。收了是免得光彩不安，另外他要把这笔钱派点用场。光明把这笔钱到响水湾村头摆了个小杂货摊，卖气球、拉链、钥匙串、磁带、记事本、胸罩、鞋垫等等。中饭到小铺里买两个馒头包子对付一下，早晚两餐在母亲那里，也即在光彩家搭伙，每月给二麦交五十块钱饭费。光彩老婆二麦是个大大咧咧的人，对谁都很随意，对光明也随意，但光彩多半不在家，光明总觉隔了层什么，用餐时连饭桌也不愿上，只端了个饭碗到灶门前与母亲说话。有时母亲菜还没炒熟，他三口两口已把饭倒进了肚子。家里家外的重活脏活力气活让光明一齐包下了，似乎不如此他便对不起每餐吃下的那两碗饭。光明还特别胆怯光彩的儿子新春，担心哪一天这小孩又会说出难听话让人下不来台。每次见着新春，都有些讪讪的，愣愣的，有时还会不由自主露出一脸讨好的媚笑。

12

　　光明、光彩跟着玉常，三个人各骑一辆自行车赶到黄田镇医院，已是夜里十一点多钟。玉常从黄田医院动身时原本晚，因为考虑到晚，他就没想到应该先去响水湾问问，而是直奔县城找搞装潢的光明。他没料光明早已不搞装潢，早回到响水湾摆小摊了，于是玉常又由光彩陪着去响水湾。光明听了不敢相信，说这不是大冬天吗，哪里来的蛇。玉常说他们也不相信，但陈宝莲一口咬定是一条蛇。陈宝莲真真切切看到的，是一条蛇，三角头，花背脊，白肚皮。蛇把新文咬着后，还用奇怪的眼神看陈宝莲一下，然后慢腾腾游到墙缝里去。看新文手臂，确实有排在一起的两个小洞，洞里见血，像是蛇的牙痕。后来听黄田医院的医生说，新文没大事，新文手颈上印是有两个印，有两个出血点，但不一定就是蛇咬的，即便是蛇咬的，也是一种无毒蛇，不然新文早不是眼前的新文了。医生给新文伤处搽了药，又吃了些药，还打过一针，一个人便下地四处乱跑了。进院时手颈的伤处似乎还有点肿，有点红，摸着有点发烫，搽药后一齐消了去，什么事没有。医生说要紧的倒是陈宝莲，跌倒的地方太高，坡度太陡，大腿骨断了是没问题的，胸门前的肋骨也摔折了两根。玉常离开时，医生正忙着给陈宝莲拍片，做进一步检查。

陈宝莲在新文身上的用心讲起来令人难以置信。新文说一声热，她会怀疑那是不是发烧，新文讲冷，她又怀疑是不是打脾寒，新文赤脚下水，她担心会得关节炎，新文咳一声打个喷嚏，那一定又是感冒了。有次新文真感冒了，头痛，发烧，陈宝莲整整一个晚上没睡，先请来邻村的郎中，然后痴痴守在新文床前，眼睛大睁着一眨不眨，没等天亮又拉着光明硬把新文送到黄田医院。新文大约从中尝到什么甜头，以后闲在家没事，他喜欢耷拉个脑袋装头痛，又捏着嗓子装咳嗽，每次都能把陈宝莲吓半死。更多的时候新文装得并不像，装得不像他也要装，装模作样自怜自爱，时不时还深深叹口气，弄得众人大笑不止，陈宝莲也跟着笑起来。这次新文可不是装的，这次陈宝莲亲眼看到那条蛇咬伤了新文。当时陈宝莲带着新文在灶窟窿的火灰里烤黄豆，黄豆烤熟，扑哧喷出一口气，随着裂开来。陈宝莲捡出，到手心揉几揉丢进新文口里。黄豆熟一颗，新文就这么吃一颗。后来有一颗蹦到墙边的柴堆里了，新文用手去翻，没想就翻出那条蛇。陈宝莲抓住新文的伤处用口使劲吸，吸了一阵手颈反而红起来肿起来，陈宝莲一声号叫，抱起新文就朝黄田跑。路上有人问她跑什么，她只说蛇。陈宝莲并没跑出多远。好在她没跑出多远，若是摔在前不着村后不着店的地方，只怕一时半会还没人发现得了。

"这么大冷的天，哪来的蛇？"见到光明光彩两兄弟，陈宝莲眼泪忽然流出来，"你们说说，这么大冷的天，灶角里哪就能跑出一条蛇？"

陈宝莲说："我没带好新文。我是个没福的人。"

陈宝莲的眼泪流得更多了："说不通啊，说不过去啊，这大冬天的。"

第二天清早，陈宝莲醒来头一件事是提出要出院，要回家。医生匆匆跑来问为什么要出院要回家。陈宝莲伤得不轻。陈宝莲的问题看来不只是断了一条腿断了两根肋骨的问题，陈宝莲可能还有其他问题，从头天半夜起，陈宝莲开始咳嗽，并且发烧。医生经过一番诊察，当然不允许出院，相反医生建议他们转院，转到县医院做进一步确诊。陈宝莲一听叫起来，说我不转院，我不检查，我要回家，我要回大扁屋。陈宝莲真要回家。陈宝莲闹得厉害。陈宝莲就似受到什么提醒，受到什么惊吓，突然之间大哭大叫，把输液的针头都拔出甩到一边，她还要把墙头的盐水瓶取来砸了，把大腿上绷着的石膏板扯下丢了。陈宝莲不顾一切扯绷带，吓得医生护士一齐大叫，说你扯掉容易，要第二次接上可就难了。

"扶我回，回大扁屋。玉常，光明，你们做做好事，扶我回。"陈宝莲四处寻找，同时身子往床外挪。众人不知她找什么。后来知道了，她在找送她进医院的那张竹躺椅，躺椅就竖靠在房外的走廊上。光明和玉常极力向她解释，说就这么回去是不行的，你受了伤，我们即便不转院吧，但也不能回家。我们就在黄田住几天，等伤好些了，再抬你回去不迟。

"不住，不住，治不好啊，我晓得。我不能死在医院哪，"陈宝莲说，"我晓得，到时候了。我作多了恶，到时候了。"

转院不行，可这么闹下去看来也不行。陈宝莲要回是铁了心，谁也不敢不依她，要不然她真会把夹板扯下丢掉。直到出了医院大门，出了镇子，一路往大扁屋去，陈宝莲仍不能安静，她一次次从躺椅上翻起身，这边看一下，那边看一下，生怕人家糊弄了她。众人也真想糊弄她。众人以为陈宝莲会不会又是一时犯迷糊，头脑不清醒，准备到外面转上两圈然后再回医院，反正她不知道的。陈宝莲没犯迷糊，陈宝莲回家，看来是有什么重大事情的，路走了一半，她开始在躺椅上吩咐，让玉常去找谁，光明去找谁，然后又找谁，再找谁。总之找的仍是往日那些管事的人，长山大爷，村上干部，左右邻居。陈宝莲一直等大家到齐了，让素珍从大衣柜底层找出一只塑料袋，打开，是一张纸。是上次让新文改姓时签下的那份纸约。陈宝莲在纸面上小心摸摸，尤其小心地摸了那枚公章印。她让光明把另一份纸约取来，同样认真摸过，然后叠起，揉成一团，一把把撕碎。

陈宝莲牵过新文，把他的手交在光明手上。陈宝莲说："光明，我把你儿子还你了，我把新文还你了。从今以后吧，新文不再姓江，新文还跟你姓。"

陈宝莲说："命里只有八合米，走遍天下不满升，新文是个好儿子，新文是个好新文，乖新文。怪只怪我无福消受，载不起呀。新文再跟我，还会出事的。谁跟了我谁就会出事，会出大事。"

陈宝莲似被自己的推断吓住了，身子一抖。众人也被她的推断吓住了，随着一抖。陈宝莲的声音于是转作喃喃低语，是众人听惯了的那种低语："这么大冷的天，灶角里怎就跑出一条蛇呢？"

一句话说完，陈宝莲眼皮合上，渐渐睡去。陈宝莲太累了，或者说她受的刺激太大了，就这么迷迷糊糊一睡多日，有时素珍、青珍、冬梅她们一边给她喂饭，她的眼睛也是闭上的。下村的医生来看过，看过后只把头直摇，说早早着手做准备吧。医生是叫光明他们准备后事。光明他们于是忙着准备后事。光彩回响水湾了，当天下午又赶过来，给光明送来一笔钱。光明不要，光明不愿再求人，再负债，他说他能对付。这天光明和素珍给陈宝莲的伤处搽药，陈宝莲也不知是醒了或仍然迷糊着，忽然抓住光明的手，说光明，你是我的靠背山，我死了，你一定给我多哭几声，你带着素珍、新文他们给我多哭几声，行不行？陈宝莲说，我死了你不能把我送得太远，你就近给我找处地方，行不行？把我送远了，孤山冷洼，我怕的哩。光明睁大眼睛来看陈宝莲。光明看确实了，这一刻陈宝莲绝没犯迷糊，陈宝莲是清醒的，陈宝莲在认真给他说着话，陈宝莲正紧张地等着他回答。光明双眼一湿，泪水下来了。光明知道这一刻他是无须点头的，陈宝莲从他的神情里已经得到肯定的回答。但光明仍用尽全力点了点头。陈宝莲又在说了，陈宝莲说我认真想过了，这一辈子我对不起望来，对不起新文，对不起素珍，但我顶顶对不起的还是你。等我死后，你带着素珍新文他们走吧，你们回去，回响水湾去。你们到热闹的地方去，在这里孤身一人，会受人欺。

光明眼泪越流越多，但光明一句话也没有，光明只把陈宝莲抓得更紧。他以为陈宝莲不行了，让素珍出去多叫几个人来。可陈宝莲没事。以后几天陈宝莲情况更好一些，伤势似也正慢慢恢复，在外人的搀扶下，她甚至能靠住床头把身子坐直。于是陈宝莲坐着，又几次提到让光明他们搬回响水湾的事，提起她对不起光明的事。陈宝莲忽然提到长山大爷一家。陈宝莲提到长山大爷一家时目光亮亮的，却又暗暗的，说不出是恐惧或愤恨。她说长山大爷共有三兄弟，每兄弟下面又各有三兄弟，在村庄上势力大，称王称霸，素珍家从老一辈手上就受他们欺负，她一辈子也受够了他们欺负。她说她怕他，怕他们。这些年望来得病，别看长山大爷一家忙上忙下，奔前奔后，帮着做了不少事，操了不少心，其实那只是大面子上的事，在内心他们巴不得你这边倒霉，你越倒霉他们越高兴，他们都暗暗站在一旁看你的笑话。光明听了不由大为惊讶，在他印象中，长山大爷一家是他们最亲近的一个家族，用陈宝莲的话说，是他们在大扁屋的靠背山。没想其中还有另外一段隐情。光明在大扁屋生活十几年，竟一直未能勘破这段隐情，由此可见陈宝莲并非只是一味地吵吵闹闹，喊喊叫叫，在吵闹喊叫的里面还包含着另外一种东西。或者说陈宝莲对长山大爷一家的惧怕已深入骨髓，以至在平日的一言一行中也不敢有丝毫表露。陈宝莲说许多事情要按道理解释是解释不通的，比如青珍出嫁吧，她一直想就近给青珍找个人家，结果青珍偏嫁得那么远，帮不上你半点忙。又比如光明，她辛辛苦苦找一个人上门，当然是想找一个帮手，找个帮衬，可光明真正进了门，她又不顾一切把他当作了一个仇人，一个对头，好像前世有多了不起的深仇大恨一般。她不止一次想改，可她改不掉。她实在没办法。她知道自己可怜，光明更可怜，两个可怜人为什么偏偏这样，好像我可怜，一定要把你逼得更可怜的。陈宝莲说光明是太善了太弱了，实话说，太没用了，明明受了别人的欺负，自己还不知道这是受人欺。而她，陈宝莲，眼睁睁看自己女婿受人欺负不但不上前帮一把救一救，她反而在一旁暗自高兴，恨不能让别人更凶点狠点，欺负得更厉害点。说到这里陈宝莲忽然笑起来，无奈的，也是无赖的，无耻的，嘻嘻有声。

"我还喜欢在外面讲你坏话哩。我讲了你无数坏话，我就想让你没面子，让村上人人小看你，这样我从心里舒服，"陈宝莲继续嘻嘻笑。她问光明记不记得那次的事，那时新文还小，不过两三岁吧。光明坐在屋门前逗新文玩，新文伸开巴掌忽然到光明面门上抽了一下。新文抽得很准，也很狠，光明给打蒙了，生气不是不生气也不是。陈宝莲看了那么解气，就似她自己在光明面门上抽了一巴掌。

"早先我那么嫌你，那么对不住你，到头来又只能依靠你，你看我这人是不是很不要脸？"

陈宝莲这么问光明。陈宝莲说："要是有一点办法，我也不会这样的。"

13

陈宝莲在床上坐几天，讲几天，光明也在旁边听几天。陈宝莲一辈子没跟人讲过这么多话，当然更不会给光明讲这么多话。现在她把一辈子的话集中到一起讲出来了。离开的这天陈宝莲很平静，离开这天陈宝莲太平静了，故此谁也没料着她这是要离开。那天光明到万家湾的窑上看了看，也是担心着有事，上午去，傍黑便赶了回来。到家看见村上的两三个老人正陪着陈宝莲聊天，聊的大约也是他光明，老人们一时表现出少有的殷勤，站起身要给光明让座。吃过晚饭又有村上几个人来坐了会，人走后素珍服侍陈宝莲躺下睡觉，陈宝莲让光明素珍也早点睡。半夜时陈宝莲还起床方便一次，第二天早上光明从菜地回来，太阳恰巧照在客堂一侧的墙面上。冬梅催陈宝莲起床吃饭，陈宝莲说想睡，不愿起来。后来素珍又去叫，光明也去叫，陈宝莲仍不愿起，说你们先吃，我想再睡一会。说着话，还边打出隐隐约约、长长短短几声呼噜。光明和素珍嘀咕，说既然想睡，就让她再睡一会吧。素珍把陈宝莲的饭菜温在锅里，半上午素珍又看了两次，床上的人还在睡。这之后素珍出了会门，回时许多人家烟囱里已在冒烟，准备中午饭了。素珍在村路上遇到一个人，讲起家中的事，讲起陈宝莲，素珍还笑她母亲能吃能睡，这大半昼也不愿起床。话未说完，素珍觉到有些不妙，随便敷衍一句就急着往回赶。听话的人从素珍神情中看出什么，后脚也随着跟过来。两人用力把陈宝莲从里侧翻转，发现这人早没气了。

　　光明回了一趟响水湾，又到了一次县城，找到他的母亲及两个弟弟光荣和光彩，告诉他们几件事。第一，他准备让新文正式改姓，让新文跟素珍姓，改姓江；第二，回响水湾的事他想暂且放一放。他想在大扁屋再待上几年，反正大扁屋那边房子总是现成的，再说也待久了，待习惯了，人头上更熟些；第三，借钱。光明说我们家人丁还是很兴旺的，我们三兄弟，光彩有一个儿子，光荣有一儿一女，加上你们两家境况好，在响水湾一带要声音有声音，要颜色有颜色。何况我自己还有冬梅，何况新文即便改了姓，过了继，儿子毕竟还是我儿子。对于这点，母亲和光荣光彩一句话没作声，表示完全默认。他们的意思是，我们原本就没指望你能把新文的姓改回来。至于暂且不搬回响水湾，光荣光彩同他争论一阵，最后仍是同意了。搬迁是大事，是关系子孙后代的事，那主意归根结底还得靠自己拿，别人再想帮忙，也不好多说什么。不过对于第三点，对于借钱，光荣和光彩一致表示为难。光荣问借多少，光明说借两千，光彩问借多少，他也说两千。光荣和光彩哆嗦一下，说人死都死了，为什么还要借这么多钱。光明说正是由于人死都死了，我才想到应该借钱，我想给老太婆做几天道场，请一班和尚、道士热闹热闹。光荣和光彩不由有些着急，觉得在这件事上同他们的大哥说不清。他们多年前就有过议论，说光明是不是读书真读多了，把脑子读坏了。今天他们又一次感觉光明是脑子坏了，否则如此简单的道理为何硬不能弄明白。他们不得不耐下心，极力要把道理同光明说明白。光荣和光彩说，你做大哥的上门借钱，本来我们不应该回绝，我们就是手头再紧，也不紧在你这点钱。你想前两次借钱，我们是不是有过不答应的意思。你借钱为望来治病，我们不反对，为老太婆治病，我们也不反对。那是救命。不过今天不同，今天你借钱是为着办丧事。办丧事那是什么事？办丧事是个无底洞，你多少钱抛下去也不会有半点响声的。说好听点这叫浪费，叫糟蹋，叫死要面子活受罪，说不好听点这叫什么呢？光荣和光彩激愤起来，光荣和光彩说不怕你计较，说不好听点这叫发傻气，这叫脑子里少了一根筋。

光荣和光彩问："是大扁屋那帮人撺掇你回来的？"

光明摇摇头，眼睛里忽然流下两行泪来。光明说没人，他回响水湾别人还不知道，连素珍也不知道。他回来是他一个人的主意。

光明继续流泪。光明说为这事他实在想过很久了，想来想去还是觉得应该回来借一笔钱，好好做一次道场。老太婆一辈子怕冷清，一辈子怕孤单，可老太婆却一辈子冷清，一辈子孤单，从没一个帮衬的人，没个依靠的人。现在她走了，若再不抓紧时间热闹一下，那一辈子可就真冷透了，孤单透了。

"再说我吧，好歹这也算一辈子，算大半辈子了，"光明说，"大半辈子过去，我还没做成过一件像样的事。我就想做成这件事，我想热热闹闹送一送她。"

光明设想得没错，陈宝莲的丧事很热闹。光明请了一帮和尚，又请了一帮道士，打擂台一般又念又唱，敲锣打鼓吹唢呐。亲戚朋友，包括那些多年没走往的都一一请到，光荣和光彩也带着各自妻子儿女来了。村子上下老老少少一起过来帮忙。为了把场面做得更大些，光明请人到黄田镇买来几大捆白布，找裁缝裁了半天，一律做成长三尺宽一尺五的孝巾，不管大人小孩，谁愿意戴谁就可以自取一块。按习俗谁戴的孝布三天后就归谁，于是村庄上下一时给弄成了一片白。出殡那天，光明带头扑在棺沿上使劲哭，使劲号，也不管有没有眼泪，不管真哭假哭，只要有声音就行，人多就行，能让陈宝莲听见就行。光明一心要让陈宝莲知晓，她的身边有人，她的身后有人。这些人是为了陪她送她，才聚拢到一起的。

陈宝莲去世一个月后，过年了。一年之中家里少去两个人，加上又逢着这大年大节，房里房外一时显得格外冷清，吃过年饭一家人各自抱了只火炉在客堂前呆坐，连冬梅，连新文也那么老老实实呆坐着，不说话，也不看人。隔壁邻居，村上村下，鞭炮声有一阵没一阵响着，忽然之间又响成一片，半天停息不下。光明回过神，觉这么傻呆呆坐着是不好的，别人家里都热闹，自己一家这么静更不好。不知从何时开始，光明怕上了静，素珍和冬梅、新文他们可能都怕上了静。可事情怪就怪在这里，你越怕什么，事情还越就是什么，你越躲着那静避着那静，那静偏偏就跟定了你。这完全是一种不由自主，几个人一回到家，有意无意脚步都会迈得格外轻，你这么走着迈着，猛不丁遇上另一个人，相互能把对方吓一大跳。大人怕静还可以理解，光明想卯大一个小孩为什么也这样，比如冬梅，比如新文，正是调皮捣蛋瞎折腾的年纪，正是懵里懵懂没心没肺的年纪，为什么也不出去找伙伴玩玩，而硬要在家这么陪大人傻坐？光明感到一阵不安，暗暗将目光从新文身上扫到冬梅身上，又从冬梅身上扫到新文身上。他一点也弄不清此时此刻新文在想点什么，冬梅在想点什么。他受不了一个六七岁的小毛孩如此落落寡合。他想他无论如何得让新文和冬梅快活起来，让他们吵一吵闹一闹。过年就得有个过年的样，有个过年的气氛。他从房里找出一挂鞭炮到大门前放了，又拿出另一挂鞭炮，拆散了分成两堆，让新文和冬梅一根一根炸响。冬梅胆子不大，光明自告奋勇上前帮她放，边放边发出一阵阵喧哗。某一段时间新文和冬梅还是玩得很投入的，光明无疑更加投入，连一旁的素珍也给逗得笑起来。不过你总不可能一整夜就这么放鞭炮放下去，越到后来，光明的一招一式便不由显出几分勉强，几分夸张，于是越加不安了。黄田镇小电站送来的水电原本不足，加上过年时耗电量大，灯光也就格外暗，有时一闪一闪眼看就要熄灭了去。光明终于耐不住，把鞭炮火柴丢到一边，拉起新文、冬梅往门外走。没多大工夫，三人喜气洋洋提进两只塑料包，后面还跟着几个与新文、冬梅差不多年纪的男孩女孩。

"到哪买来这么多东西？"素珍惊讶。素珍把塑料包打开，全是些吃的玩的用的，瓜子、花生、糖果、饼干等等，还有两副崭新的扑克牌。

"这么多东西得花多少钱，"素珍问，"是不是又跟谁家赊了账？"

"赊没赊账你别管。"光明说。

光明将堂前的饭桌拉开，拆开一副扑克牌，让新文、冬梅及随来的男孩女孩打着玩，又在每人面前摆上一堆吃食，桌面上一时乱成一团糟，孩子们叫着，喊着，抢着牌的同时也抢着相互的吃食。后来又进来几个串门的大人，大人们先站在一边围看，指手画脚当军师，终于忍不住技痒，把孩子们挤到一边，自己接过牌干起来。光明又摆开另一张小桌，拆开另一副牌，让孩子们在一边玩。到下半夜，打牌的男孩女孩相继被各家的大人接走了，但大桌上的一副扑克牌却一直甩到了天亮，光明和素珍也坐在一旁陪到天亮。打牌的人打得兴起，光明和素珍也看得兴起，以至天亮了众人还毫无觉察。众人打着哈欠，伸着懒腰，边议论刚才的牌情边惊讶天怎么亮得如此之快。这么漫不经心离了牌桌，把大门打开，不由吓了一跳，原来什么时候外面下雪了，雪已经下过厚厚一层。

何物入怀

一

　　春节刚刚过完，吴兰兰要到江州参加一个函授班学习，汪成不放心让她一人出外，汪成说，这年边在家闲着也闲着，我请个假陪你走一趟吧。两人在江州一待十余天，依汪成的意思，原准备到街头随便找家旅社住下算了。他不愿挤在吴兰兰的同学向玉丽家受那个拘束。可汪成拗不过吴兰兰。吴兰兰说什么拘束不拘束，人家自小一块长大，随便惯了的，再说向玉丽回歌山，来来往往哪次不到我家落个脚？汪成想吴兰兰的话也有道理，住旅社说起来简单，两个人十多天吃住花销，那费用加起来肯定惊人。能将就只得将就一下吧，好在向玉丽家也不是一个正式的家，那只是小街旁边两间租房，黑乎乎的楼梯，泥迹斑驳的墙体。每天的上午和下午，三个人便踏着这楼梯，锁好门一同外出，向玉丽到湖坝那头的单位上班，汪成陪吴兰兰坐公交车前往市中心的商业学校上辅导课。

　　吴兰兰与向玉丽也许真是那种相处得很好的朋友，加上多久不见，一旦见了话自然就多，两人凑在一起说啊笑啊。中午或者晚上，她们甚至毫不客气地早早把汪成赶出，关上门压低声音叽叽咕咕。姑娘们有自己的话题，有纯粹属于她们个人的或性别上的秘密，这点汪成能理解。汪成不理解的是进城后吴兰兰身上表现出的某种奇怪倾向。有意无意间，吴兰兰似乎在极力表白着什么。吴兰兰一言一行都在同向玉丽表明，她与汪成之间清白得很，不存在半点见不得人之处。他们光明磊落，襟怀坦荡。汪成想吴兰兰的行为是多余的，可笑的，也是莫名其妙的，仔细想想更是令人恼火的。实际上早早晚晚有许多机会，两个人完全可以待在一起亲近一番，比如吴兰兰提前下课回来了，或者没课在房中闲坐了，也或者向玉丽因事耽搁，不能准时赶回吃饭了。但是吴兰兰不让。吴兰兰宁死也不让汪成动她一下。吴兰兰把眼睛瞪成铜铃般大小，吃惊着叫道，怎么可以，在这里？吴兰兰就似受到天大侮辱，揪住汪成袖口领口拼命又推又搡，汪成说这都像一条要跳墙的狗了。汪成又羞又怒，讪讪着不知如何是好。

"装什么假撇清，"有时汪成真想这么恶狠狠大吼出声，"我们都有过两次小孩了！"

汪成也想过种种其他办法，在许多办法中，当然包括这么一条，他设想向玉丽因事外出了，出差了，把房间留给他们一天。机会说来还真就来了。元宵节，向玉丽要到城那头的姑妈家吃饭。向玉丽对吴兰兰和汪成说，中午你们就不用等我回来了。

把吴兰兰送到商业学校，汪成照往日那样来到大街，沿着人行道不紧不慢向前走。汪成逛了商场，逛了公园，又到江边高大的防洪墙上坐过好久。中午他搞了几个精致小菜，有荤有素，还买了两瓶啤酒。两人有说有笑把饭吃完，吴兰兰起身过去洗碗。汪成不让吴兰兰洗碗，汪成把吴兰兰推到一边，三下两下将碗洗好，房间收拾干净，然后关紧窗扇，放下窗帘，转身对吴兰兰说：

"我们休息一下吧。"

汪成说得平心静气，不动声色。

汪成没想到会又一次遭到反抗，且反抗的程度比任何一次更激烈。今天中午的时间是完全属于他们的，向玉丽不会回来。他们不应该再有多余的顾忌，不应该有任何推托的理由。吴兰兰应该明白此点。汪成想也许正因为明白，吴兰兰才会那么穷凶极恶吧。吴兰兰说今天不行，今天正危险。吴兰兰一遍遍说今天危险。汪成承认今天危险，但是汪成想为什么赶得这么巧，偏偏就今天危险。汪成咕哝一声，什么危险！汪成已经不顾一切了。吴兰兰更不顾一切，吴兰兰用了那么大力气，手脚并用，拳打脚踢。趁着对方一愣神工夫，吴兰兰翻身下地，寻着鞋就向房门冲去。在吴兰兰把门拉开那瞬间，汪成恰好赶上来，用身子当头一横，同时一巴掌狠狠甩在吴兰兰面颊上。

吴兰兰把腰弯着，一手掩住遭打的面颊，眼睛一动不动看汪成。汪成也把腰弯着，低头看看打人的那只手，然后一动不动看吴兰兰。吴兰兰眼中渐渐积起两泡亮晶晶的泪水，泪水把眼眶浸红了，浸涨了。汪成眼里也渐渐积起两泡泪水，泪水很快把眼眶浸红，浸涨。汪成很想说一句什么，他想伸过手给吴兰兰摸摸脸，擦擦泪。但汪成什么话也没说，什么事也没做，只让自己把腰弯起，一动不动看吴兰兰，只让眼中的泪水一颗接一颗不停往下滴。他清楚今天完了，说什么话，干什么事都已经晚了。今天他把吴兰兰打了。两人来来往往，如影随形几年，没想就这么完结了。汪成的泪水流得那么快，那么久，一颗一颗接连不断，倒把吴兰兰的泪水吓回去了。

"你，怎么了？"吴兰兰吃惊，继而有些害怕起来。

吴兰兰迟迟疑疑伸过手，来给汪成揩泪。不想如此一来，汪成眼泪就似受到无形的挤压，流得更多更快了，刚刚擦去一颗，跟着又滚出一串。有不短的时间，吴兰兰便这么一颗颗一串串忙着揩，泪也一颗颗一串串忙着往下落。吴兰兰终于受不住，放弃了要把泪揩干的企图，她用双手捧住汪成脸颊看看，猛然用力搂到怀中。汪成感觉吴兰兰身子抖动得厉害，汪成的身子当然抖得同样厉害。两个相互探出的身子，就似两支相互抚触的高压电棒，一时间刺刺啦啦，火星四溅。

接下来的那场欢爱对于汪成对于吴兰兰来说都有些惊心动魄，两人在一起还从未有过的。事过好久，他们仍僵卧着一动不动，也根本不能动，只机械地你抱着我，我抱着你，大脑里一片空白。后来汪成动了，汪成摸摸吴兰兰。吴兰兰不动。吴兰兰将双眼紧闭，没有丝毫声息。兰兰，汪成叫，身子随着往起一弹。

吴兰兰醒了。吴兰兰双眼大睁，神情惶恐而又呆滞。

"你，"汪成问，"睡着了？"

吴兰兰摇摇头，说没有，她没有睡着。但她做了一个梦，很奇怪的一个梦。汪成不解，说没睡着怎么会做梦？吴兰兰似受到提醒，犹疑着四处环顾一遍，接着又认认真真思考一阵。

"刚才我是做了一个梦，"吴兰兰也表现出大惑不解神情，"我没睡着，知道你在我身边，我们在床上这么躺着。我还知道被子没盖好，我们的脚都露在外面，很冷。我很想将被子往上拉拉，可我明明做了一个梦，我看到一个人。"

"看到一个人，"汪成问，"看到谁？"

"一个女的，一个女护士，"吴兰兰说，"女护士穿白衣，戴白帽，用医院里那种活动病床推着一个病人，可能是一个死人吧，似乎也是一个女的，一个姑娘，从房外进来。房间里也是白的，从天花板，到墙壁，一片白。我还听到隐隐的人声，还有音乐的声音，很慢，很低，似乎是一种哀乐，就是死人时放的那种。"

吴兰兰似被自己的叙述吓着了，身子微微一抖，停住不说。汪成问她后来怎样，吴兰兰说，后来么。她慢慢将眉头重新皱起，极力思考着，追忆着，"后来我看到这床，这房间，好像一个画面，像一张照片那般，从一角烧着了，慢慢卷起来，然后变黑，变红。"

汪成打算再问点什么，吴兰兰却向他摇头，表示不知道，或让汪成别说话。因为这时她正紧张地侧起耳朵，极力朝一个方向倾听。"哀乐，还有人哭，"吴兰兰自语，"原来什么地方还真死了人，真在办丧事。"汪成照她的样，也侧起耳朵听。汪成却什么也没听到。他用怀疑的目光看吴兰兰，吴兰兰让他重新听。"明明在放哀乐么，还有人哭，有许多人哭，还放鞭炮。"不错，汪成听到有人放鞭炮，那应该是庆元宵的鞭炮。有人将一扇卷闸门拉上又拉下，有人敲击什么东西，有人说话，喊叫，有人唱歌，还有无数的车声机器声，但就是没听到什么哀乐，没听到人哭。"这么大的声音，一个人怎么就听不见？"汪成奇怪，吴兰兰显然更奇怪了。不容对方再说什么，吴兰兰开始摸索着穿衣服。她让汪成也快点穿衣服起身，说哀乐声越来越响，那肯定是一个送葬的丧队，丧队正迅速向这边移动，在楼下的巷子中移动。两人手忙脚乱整理好衣服、床铺及房中零乱的杂物，推开窗户来看。

吴兰兰又一惊。巷道内根本没见什么丧队，同时所有那些哀乐声及人的哭声，在窗户推开的瞬间也一齐消失了。吴兰兰硬不能相信，趴在窗框上长久地向左向右看，又拉了汪成下楼四处搜寻，同样一无所获。巷道是平日看惯了的那条巷道，没有半点丧队经过的痕迹。

二

三天后考完最后一门课的结业试，已是下午四点来钟，两人到住处捡了几件东西，拎着旅行包直接去长途汽车站坐车回歌山，连跟向玉丽打个招呼的工夫也没有。

回县后接连多日，吴兰兰心烦意乱，坐卧不宁，静等着预料中那个揭晓的日子，那宣判的日子到来：她到底怀上了，或者没怀上？身边没外人的时候，吴兰兰便顾自掰起指头一遍遍反复推算，越推算越感到绝望。吴兰兰一口咬定，除非世上有奇迹出现，世上没有奇迹，这次就非得怀上不可。

对吴兰兰这套，汪成很有些不以为然。汪成极力装出无所谓模样，百般排解着，安慰着，说你尽管放心，那不可能的。那怎么可能。吴兰兰一听他的不可能就火往上蹿，但吴兰兰不理他，只不屑地低下头洗衣，刷碗，或看书背课文，做那永远也做不完的习题。下一天汪成又说不可能，吴兰兰实在忍受不了，说这次不可能，还有什么时候可能？吴兰兰说汪成，除了不可能，你就不能说点别的话吗。汪成呆愣着，小心问那你想让我说什么。吴兰兰叫，你应该说，假如这事可能，这次是真的，你应该怎么办，你应该有个怎样的打算。

"那还有什么打算，"汪成迟疑着，揣测吴兰兰的意思，"那我们不就结婚？"

"好，结婚，"吴兰兰道，"你说怎么结？"

"这有什么怎么结，"汪成道，"别人怎么结我们也怎么结！"

"说说吧，说说你的计划。"

汪成问："什么计划。"

"结婚的计划，比如，结婚的新房安在哪里，总不可能让我住到你那个狗窝，与破帐子烂袜子挤一起吧。还有，结婚的家具呢，家用电器呢？还有我的工作安排，你又有什么打算，你都给我具体说说，也好让我心里有个底。"

"这不还早得很么！"汪成被吴兰兰一番话问得同样心烦意乱，转而也生起气来，"到时候再说吧。"

"还怎么早得很，若这次事情是真，所有的一切马上就要着手办理的。"

"即便马上就要着手办理，也用不着急成这样，"汪成叫，"何况那事有没有可能现在还完全说不上。一个人怎会如此纠缠不清！"

汪成绝望了，吴兰兰更绝望。吴兰兰眼泪又下来了。吴兰兰说，这倒是我纠缠不清了？吴兰兰说汪成，你好让我失望。汪成看看她，想说什么又没说，只把脸转到一边去。吴兰兰说，看来你是不到黄河不死心，不见棺材不落泪了，到这时候仍心怀侥幸，不敢正视面前的现实。

"我怎么不敢正视面前的现实，你以为就你一个人担心，我不担心？"

"担心当初就别干！"吴兰兰叫。

吴兰兰叫得声嘶力竭，同时涕泪迸流。

吴兰兰就似一挂给撂在一边的鞭炮，没事时不声不响，可稍不留意便能噼噼啪啪炸开来。不管炸或者不炸，都是一种无形的威压，两个人每每相对着坐上一阵，汪成总感到胸闷气逼，浑身冰凉。这个棺材板脸，他想起乡下形容某种人的一句话，恶狠狠这么骂着。我又不是罪犯，哪有一天天这么给审着的。有几次被逼不过，他真想对着吴兰兰大叫出声。汪成烦了，怕了，不止一次下决心不再去见她，看她一个人要死要活，到底能闹到何种程度。当然不见更不行，吴兰兰原本少有主见，不更世事，性子又急，加上心境不好，身边没个人陪伴，真不知会闹出何种变故的。吴兰兰的父母同女儿一样，都属于那种棺材板脸之列，成天只知愁眉苦脸，唉声叹气。"这不就完了，你一辈子就这么完了。"从公司出来的第一天，吴兰兰父亲见面便是这么一句话。吴兰兰父亲责怪女儿平日上班不认真，不负责，以至把自己的饭碗玩完。吴兰兰说，这又不是一个人两个人的事，整个公司倒闭了，所有的人都出来了，有什么认真不认真负责不负责！父亲说当初若听了我的话，不去读那个保险学校，哪又会有今天？吴兰兰说我要有那个先见之明，当初就不到这人家投胎了，我投到外面大地方去，投到当官发财的人家去。父亲冷笑道，说得好，我女儿聪明。你是该到外面的大地方去，到当官发财的人家做太太去，你现在可能还来得及的。吴兰兰哭了，吴兰兰母亲也哭了。吴兰兰说，一个做父亲的有这么说话的吗？吴兰兰母亲说，当初她何尝不想去读个好点的学校，她当初还想读大学读研究生，还想出国留洋哩，有那个命么。

吴兰兰的心思汪成清楚，她想通过自学通过考试，为自己重新找一份好点的职业，等各方面安定下来，再谈结婚成家怀孕生小孩之类。职业不稳定，生活就不能得到起码的保障。汪成尽管有些不以为然，不屑一顾，但也不得不同意这一做法，并且认为这也是他们唯一正确的做法。就目前情况看，假如担心中的那件事果真来到，他们根本没别的路可走，他们只能同上两次一样，去医院，把那种手术再做一次，把那嘶喊，那痛叫，重新经历一次。

汪成不止一次打定主意，要带吴兰兰出外走走，散散心。汪成说事情就那么个事情了，急也白急，不如自己放开朗点，快乐点。假如一个人霉运当头，他不想法调剂好自己，反而成天担惊受怕，伤害了身体，那不加倍倒霉了吗。汪成当然无法把这番道理说通。吴兰兰将一本书端在手上，做出稳如泰山模样，你说的话只好比一阵狗叫。汪成想长此以往不只吴兰兰会发狂，他自己怕首先就要发狂的。他想有什么事要发生就赶快发生吧，只求别再拖着。

这天汪成到上班的地方找他朋友杨清远，两人隔着办公桌面对面聊了一阵，又去沿河的街道上走了走。临分手时杨清远用力拍了下脑门，想起什么似的问汪成最近回没回过黄田。汪成说年后他刚从黄田出来的。杨清远的意思当然不是指过年的时候，他是指从江州回来后，汪成去没去过黄田。

汪成摇摇头，说没有。

"那么你在江州期间，黄田那边有人打电话找过你吗？"

汪成又摇摇头。

杨清远道，这就怪了。

杨清远介绍，前几天的哪个中午，他接到从黄田乡下打来的一个电话，说找汪成。杨清远问找汪成有什么事，汪成陪他女朋友去江州了。对方似乎知道汪成去了江州。对方说汪成家有个什么老人死了，或者一个亲戚死了。杨清远吓一跳，问那怎么办，汪成这一时半刻回不来的。杨清远以为事情紧急，问要不要他把消息转告汪成，电话里忙说不用不用。杨清远说要不然他可以代汪成回一趟黄田，他和汪成是玩得最好的朋友，汪成的事就是他的事。那人又连说不用不用。

杨清远说："我想这人的话好生奇怪，明明知道汪成去了江州，怎么又把电话打到我这里找汪成，明明说一个老人过世了，他找人找得急，这会又说不用不用。没等我再问，电话已给挂断了。"

有一点杨清远可以肯定，电话不是汪成家里人打来的，讲话的声音仓促，沙哑，还有点敷衍了事，似乎正后悔着不该打这个电话。还有一点可以肯定，那死去的老人绝不是汪成家要紧的亲人，大约连亲戚也算不上。另外杨清远以为，对方在和他讲过话后，一定又把电话打到江州了，故此也没把这事放在心上，今天若不是顺便说起，他几乎给彻底忘了。

汪成沿着河边大街独自往前走，一边想着黄田那边去世的老人究竟是谁，打电话找他的又是谁，越想心中还越放心不下。杨清远的意思，不管有事没事，事大事小，他都该抽时间回黄田看看。汪成当然会回黄田看看，不过他得在动身之前给吴兰兰打个招呼，如可能，正好带她一起到乡下走一趟。

吴兰兰家住城北，七楼。汪成站在楼道口按了好久的铃，楼上没有丝毫反应。半上午时分，吴兰兰父亲上班还没回来，吴兰兰母亲大约仍骑坐在汽车站剪票口的铁栅栏边卖她的瓜子花生饼干矿泉水，那么吴兰兰又会去哪里。自去年夏天离开保险公司后，吴兰兰成天把自己关在家中看书背习题，一般很少出门的。汪成考虑着是否到哪里找个人问，就这时只听身后咔嗒一响，似乎门开了。汪成上前一推，门果然开了。

"进来还是不进来？进来就快进，不进来给我把门重新关紧！"

门头上的电喇叭里传来一个人吆喝，正是吴兰兰声音。汪成不由探了头要朝楼上张望，他怀疑吴兰兰是否正从窗口盯着自己。这人明明在家，怎么半天也不给人吱一声，汪成咕哝着。

不只吴兰兰在家，吴兰兰父亲也在家。吴兰兰父亲戴一副扁扁长长的老花镜，坐在客厅一角边看报，边剥一只橘子往嘴里填，吴兰兰则蹲在卫生间门口搓衣服。汪成怯怯地给吴兰兰父亲打过招呼，吴兰兰父亲脑袋仍低着，只递了手中橘瓣朝他伸过来。汪成忙说不吃，卷卷袖子要代替吴兰兰洗衣。

"停水，洗什么洗。"吴兰兰说，将手头一件内衣狠狠丢在脸盆里。

汪成找一只铁皮桶，一只塑料桶，到巷口一家熟人的铺子里连提了几趟水，让吴兰兰把池中衣服清了。他接着又提了两趟，倒在灶台边的蓄水池里。沥沥拉拉的水渍洒在楼梯上下，吴兰兰父亲皱皱眉，说等会不就来水了，这么高楼层，你能提得了多少？汪成笑笑没作声。汪成把回黄田的打算，把杨清远接到的那个电话同吴兰兰说了，不过他没敢邀吴兰兰同行。其实邀了也白邀，吴兰兰不可能跟他去什么黄田，搞不好反招来一顿不必要的喝骂和哭叫。

三

汪成头天下午到黄田，第二天半上午便接到吴兰兰打来的电话，让他尽快返回县城。吴兰兰说那件事看来是躲不掉了，那件事是真的了，今天一大早她和母亲到医院做过检查，医生说她怀孕了。

放下电话，汪成连饭也来不及吃，给母亲和大姐、大姐夫他们交代一声便往门外走。母亲和大姐跌跌撞撞追在后面问是不是兰兰那边有事，汪成说平白无故哪有什么事。汪成不得不耐下心给母亲和大姐编造出一个半真半假故事，说今天中午他原本和吴兰兰约好到一个朋友家吃饭的，后来因为要回黄田，计划中途打断了。现在既然在家也是玩，他们还是应该赶到那位朋友家去一趟。

对于目前这个结果，对于怀孕的结果，汪成当然有着足够的心理准备，不过一旦事情真正来临，仍感到说不出的突然和震惊。这一刻汪成明白，吴兰兰说的话是不错的，在内心深处他从一开始就抱有多么大的侥幸，即便现在吧，汪成坐在回县的班车上，他仍顽固地认为吴兰兰在电话中报告的消息有许多含糊的地方，需要他回去做进一步证实。吴兰兰当然不可能骗他。吴兰兰不可能在这样的事情上骗他。但是第一，昨天他明明还和吴兰兰在一起的，怎么短短一夜过去，就会发生如此大的变故，她会跑到医院做什么检查？即便吴兰兰去了医院并且做过检查，她也不可能让母亲陪着去，要陪也只能由汪成陪去。汪成清楚吴兰兰性格，也清楚吴兰兰同父母家人那样一种紧张关系，涉及比较大的事，尤其是有关怀孕这类塌了天的大事，吴兰兰无论如何不会轻易同父母开口。第二点，假如吴兰兰所说是真，她做了检查怀了孕，那么吴兰兰肯定会对着汪成又哭又叫，吴兰兰会绝望得发疯。一段时间来吴兰兰已经处于半疯半狂状态了，现在预感一旦得到证实，那她还不得好好发作一回。可电话里的吴兰兰没发作，没发疯，吴兰兰声音沉静，柔软，还有点怯生生。吴兰兰在电话里先不说自己，反倒先问黄田这边情况。她问那个打给杨清远的电话是怎回事，村上那去世的老人又是谁。汪成告诉她，老人是一位孤寡老人，与汪成家扯得上有一点亲戚关系，汪成几姐弟平日都叫她姨婆的。不过姨婆并非真正的姨婆，这是母亲早年间认下的一个干亲戚，谈不上半点血缘关系。

"原来是姨婆呀。"吴兰兰道，语气中透出几分惊讶甚至亲切。吴兰兰说那个姨婆她见过，有次还专门送来一只鸡给她和汪成吃的。汪成想想不假，去年吴兰兰到黄田，姨婆真送过一只老母鸡过来。

　　按照一般情况，汪成的判断当然不会有错，吴兰兰绝不会在短短时间内做出如此重大的决定，要到医院做什么检查，并且让她母亲陪着一同去检查，检查结果出来后又如此平心静气跟汪成通报消息。汪成没料到的是这次上医院不再属于吴兰兰个人行为，而是吴兰兰及其父母一同采取的家庭行为。近段时间来吴兰兰的一系列异常表现早为父母察觉，昨天汪成走后，吴兰兰父亲也是一时好兴致，竟顺嘴夸了汪成几句，说依他看来这人还算实在，心眼也好，让吴兰兰以后说话时注意一点，别动不动对人家吹胡子瞪眼睛。父亲一句话未完，吴兰兰的泪水咕嘟嘟就往外冒，反弄得父亲手足无措。傍晚吴兰兰母亲从长途汽车站回家后，父亲同她凑在厨房里好一阵嘀咕，吃过晚饭两人又嘀咕好久，这才一前一后推门站到吴兰兰面前。吴兰兰大约感觉到事情真有些过于重大，自己再不能这么偷偷摸摸独自承担，她也没这个能力单独承担。在鼻涕眼泪再一次咕嘟嘟冒出的同时，脑袋一低，把什么都说了，包括以前两次跟着汪成做人流，都说了。于是第二天一早，母亲带吴兰兰去医院找医生，于是当汪成风尘仆仆从黄田赶回，他头一眼看到的不是吴兰兰本人，而是吴兰兰父亲和母亲。

　　吴兰兰母亲找出拖鞋给他换，客气着点点头："回来啦？"

　　吴兰兰父母从没对他如此客气过，当然客气中也带几分冷淡。

　　吴兰兰在房间等他，具体说吴兰兰仍趴在书桌边做她的习题。吴兰兰身子微微侧起，可能因为冷，一只手夹在桌下的两腿之间，另一只手长长地伸到桌面去写字。因为手伸得长，写字的姿势就显得格外费劲，嘴巴一张一合着似乎也在帮忙用力。吴兰兰直到把最后一个字写完，这才给汪成仰脸一笑，起身找杯子到饭厅那边倒水。汪成不让她出去倒水，汪成一把拉住她衣袖，问："给我说说，到底怎么回事？"

吴兰兰挣脱他的纠扯，坚持到客厅倒来开水，又将桌面的课本习题收好理整齐，然后从枕头下翻出一张巴掌那么大的纸头摆在汪成面前。

"会不会有这种可能，" 汪成顿了顿，"会不会跟其他人搞错了？"

吴兰兰愣过一下。吴兰兰问："医生每天做那么多检查，莫非都会搞错吗？"

"那，"汪成问，"你说怎么办？"

吴兰兰问："你说怎么办？"

"你爸爸他们，怎么说？"

"先别管他们怎么说，"吴兰兰说，"我只想听听你的意思。"

"我的意思，"汪成说，"我们是不是，把小孩留下来？"

吴兰兰松了一口气。汪成看出，吴兰兰明显深深地松了一口气。吴兰兰说她的意思，也是想把小孩留下来。不过这就意味着，他们必须马上结婚。

吴兰兰说她主要想征求一下汪成的意见，如汪成没有其他想法，他们再同各自的家庭商量一下。

汪成不习惯同吴兰兰父母说话。好在吴兰兰父母也没多说什么话，所有的主意原本就是他们的主意，根本用不着再一次说。当然这个时候汪成还不清楚所有的主意原本是吴兰兰父母的主意。他以为吴兰兰父母会阻拦，吴兰兰父母会同往日常见的那样，暴跳如雷把吴兰兰骂一顿，也把汪成骂一顿。吴兰兰父母会提下岗的事，考试的事，文凭的事，以及吴兰兰工作安排的事。他们会嚷，会叫，说结婚，你们拿什么结婚，就你们这个样子还想结婚？可吴兰兰父母没叫，没嚷，吴兰兰拉着汪成来到父母面前，只笨拙地说一句："那，就这样了。"吴兰兰父亲随着点点头。吴兰兰父母连一句多余的话也没有，一切算这么最后决定下来。这一刻汪成有些发愣。汪成很着急，他想不顾一切提醒一句：事情还真就这样了，说结婚就结婚了？那么吴兰兰的工作安排呢？吴兰兰父母还真打算什么也不管了，就这个样子把女儿交在他手上？

　　不容汪成再多迟疑，吴兰兰又拉他回到房里，商量有关结婚的具体事宜。吴兰兰说别的事倒在其次，眼下最要紧的是把结婚证及小孩的准生证办下来，而办结婚证和准生证必须通过婚前检查这一关，按规定，先孕后婚是要罚款的。

　　"结婚证、准生证固然要办，不过我看汪成还是再回黄田跑一趟吧，"吴兰兰父亲推门进来，"结婚是多大的事，结婚是一辈子的事，莫非就不要同家里人先通个气？"

　　汪成答应再回一次黄田同家里人通个气，却又借口太忙，一天天往下拖着。这些日子汪成内心乱得厉害，头脑里更是稀里糊涂一片，无论是上班，或独自一人待在房里，或同吴兰兰一起时，他的举止神情都有些痴痴呆呆。不过有一点却是清晰的，坚定的，不容置疑的，他觉得有关结婚生小孩的事绝不能如此匆匆忙忙决定下来，他必须花点时间，静下心从头到尾好好想想，清理一下思路。环境不好，条件不成熟，加上吴兰兰职业不稳定，以后的生活得不到基本保障，这只是其中一部分原因，但不是全部原因，不是根本原因。根本的原因说起来实在有点难以出口，出口了也只会让人感到好笑，感到荒唐，它竟与前几天的黄田之行有关。这么说吧，前几天回黄田，汪成遇到了一件很奇怪也很神秘的事，一件涉及那位死去的姨婆及姨婆之死的事。记得当母亲头一次提到元宵节这个时间，汪成胸腔里什么地方就晃悠悠紧颤了一下。今年的元宵节给他的印象实在太深，他永远不会忘记在江州那几天自己处于怎样一种焦灼状态，怎样一门心思寻找与吴兰兰单独相处的机会。他不会忘记元宵节中午那场搏斗，搏斗后突如其来而又惊心动魄的欢爱，还有欢爱后吴兰兰所梦见的那个画面，那莫名其妙的哀乐。汪成一直以为这一切已经够神秘够奇特够不可思议了，他没想到所有这些其实只是事情的一半，是事情的一个部分。事情还有更神秘更奇特更不可思议之处。他没想到就在自己和吴兰兰欲死欲活、飘飘欲仙的同一时刻，也就是说，在他们的小孩正式怀上那一刻，在另外一个地方，在黄田乡村某一幢僻静房屋中，一位无儿无女的孤老太婆恰好咽下了最后一口气。如此严丝合缝的巧合，好像经过什么人精心安排精心设计过一般，让你不能不怀疑这两者之间存在着某种神秘的联系。投胎，转生，转世，民间流传的许许多多说法活灵活现，汪成左躲右闪，却怎么也无法摆脱。

四

　　结婚的事同家里人当真用不着过多商量，汪成母亲多年来一直盼着这一天，她都不知催促过多少遍了。汪成的三个姐姐也一直盼着这一天，听到消息，她们放下手中活计，解开围裙拍拍两肩的灰尘当即赶了过来。一家人坐在一起商议着出钱送礼，汪成一听脸红了，他知道三个姐姐各自的日子过得艰难，尤其这春荒头上，凑一笔钱绝非易事。他说自己在外读书多年，又在县城上班多年，不说给家里多少帮衬，到头反过来要挖家里的钱，那万万不行。可姐姐姐夫们不答应，母亲更不答应。母亲说这么大年纪的弟弟结婚，做姐姐的大家帮着出点钱还不应该？别说姐姐们挤挤压压还能拿出一点，便是手头一分一厘拿不出，去借，去讨，该出的钱还是要出的。

趁着身边没人，汪成装作漫不经心模样，随意把话题又扯到不久前死去的姨婆身上。汪成主要想在时间上做个最后确认。明知道时间就是那个时间了，母亲及大姐大姐夫他们说得很清，不可能有丝毫存疑之处，可正如吴兰兰所说，汪成不到黄河心不死，不见棺材不落泪，总抱一丝侥幸心理，想从中找出一点矛盾和疏漏。母亲对姨婆的话题显然不再感兴趣，答话简短，匆促。母亲现在感兴趣的是儿子婚姻。母亲说，元宵当然是元宵了，正月十五过大节，还会错到哪里去。

"这个姨婆头世造多了孽，这世忙着还债呀，"母亲又一次哀叹，"要不然，哪能就遭那份罪，连死也没个自在的，连死都要死上两次？"

据母亲所述，姨婆第一次的死亡时间应该在正月十三。也可能还不是十三，实际上姨婆几时发的病，一人在床躺了多少日子，根本就没人搞得清。山背那地方名义上跟这边同一个村子，离开得却远，从一条山垅进去，左转一个弯，右转一个弯。自从三年前丈夫去世，山窝里的老屋便剩姨婆一人独住，除了下田的，上山的，放牛的，平常日子一般很少有人走到这边来。那天村子上一户人家丢了几只鸭子，那家的女人又呼又叫又骂，把整个村庄翻遍了，后来就找到了山背，找到姨婆家。她先去推姨婆家大门，门从里面闩住了。女人想想不对，这大白天的，为什么独自把自己关在家里，怎么叫也没个答应？七弯八拐绕到屋后，女人趴着窗户朝里张望，于是便看到倒在地面的那个人，具体说，是跷在睡房门槛上的两只脚。一惊之下，女人如风一般刮回村里，又哭又嚷说什么两只脚两只脚。

村子上的人闻讯赶来，砸开大门，发现人早已死了。人们各自将鼻孔捏拢，站在天井里你推我我推你，谁也不敢上前。后来有人找来一根长竹篙，小小心心朝前捅。竹篙先对准尸体脑袋，想想不是地方，又移了移要对准肩膀，对准腰身。"莫动，先莫动！"有人叫，"谁家还有鞭炮吗，拿一挂来放了驱驱邪气。"

三挂鞭炮同时炸响，一挂丢在大门边，一挂丢在后厅，另一挂打算丢到黑咕隆咚的睡房去，但丢的人没有把准方向，鞭梢扫在门头，接着反弹回来，恰好落在尸体爹开的手颈上，聚成一团噼里啪啦猛一阵好炸。等到烟尘渐渐消散，奇迹于是发生了，人们探头探脑上前察看时，竟发现刚刚被炸的那只手臂悄悄在动，侧向一边的脑袋不知什么时候也转了过来。

"天。"地面上的人喃喃吐出一个字，同时眼皮一抽一抽，似乎要极力睁开。但她终究没能把眼皮睁开，倒是喉咙里猛然发出一阵嘎啦啦响声。

"天哪。"地上人清清楚楚这么呻吟一声。

明明已经死去的姨婆又活过来了，人们都说，姨婆是给那挂鞭炮炸回来的。姨婆又整整活了三天。在这三天中，姨婆不吃东西，更不能说话，手脚都已经冰凉了，除了偶然睁睁眼睛，除了有一口似气非气的气在鼻间进出一下，基本上跟一个死人并没有两样。直到正月十五过元宵，汪成母亲和大姐还邀了几个邻居，大清早赶到山背给姨婆换过一次衣洗过一次被，等中午吃过饭再到山背，发现床上那人胸口早已冰凉了。

对山背姨婆的死，汪成表现出如此异乎寻常的关切，如此刨根究底，母亲显然也有所觉察，讲述的时候偶尔把话停下，用疑惑不解的眼神默默看儿子一阵。汪成当然也知道母亲有所觉察，知道母亲的疑惑，不过他已经不能很好地掩饰自己。据母亲分析，姨婆的死亡时间准确地说应该在昼边下。昼边下是方言，意思是临近中午的时候，或者说快要吃中饭的时候。而在另一方面，在江州那边，汪成记得很清，吴兰兰那天是十二点二十分钟回的家，回后吃饭，饭后洗碗，扭打，哭泣，接着和好，最后的时间应该在一点半左右。两者相差半到一个小时，这点空当不用说是用来赶路的，似乎一个灵魂从那边出来，风驰电掣赶半小时路，然后从这边进去，严丝合缝，毫厘不爽。

这次在黄田，汪成多住了一个晚上。那天中午从大姐家吃了饭出来，汪成忽然提出要到山背看看。母亲不让他去看，母亲说山背不就剩一座空房子，还有什么可看的。汪成迟疑着，说那我要不要到姨婆坟上烧点纸？母亲更不愿意了，说又不过年又不过节，无缘无故跑到人家坟上烧什么纸。母亲说汪成这几天跑来跑去也跑得累了，回家没事，可抓紧时间睡一觉。汪成这些日子果然很累，回到家里果然上床睡了一觉。这一觉直睡到天黑。吃过晚饭一个人仍感觉倦倦的，于是脱了衣上床继续睡，第二天一早由母亲喊了起来，坐班车赶回县城。车子转过一个弯，他猛然看到对面山窝那边有一丛白花花的东西，疑惑着可不可能就是姨婆的坟，是坟上的花圈。待要仔细分辨，车子颠簸一下，已把方向转过了。

要么不讲，讲就尽快，汪成经过再三考虑，决定还是要讲，并且尽快，晚了一切都来不及。目前他面临的问题绝非一般的问题，目前这问题实在过于重大，他不可能再一个人独自藏着掖着，遮遮掩掩，又心惊肉跳。小孩是两个人的小孩，问题也就是两个人的问题，属于他，同时也属于吴兰兰。吴兰兰应该了解事情的全部真相，用一句流行的话说，吴兰兰享有充分的知情权。他不能剥夺人家这种权利。现在重要的是怎样找到一个更好的时机，以怎样更好的方式告诉她。吴兰兰为人性格及心理状态、心理承受能力汪成都清楚，一句话说出会造成多大后果，汪成更清楚，时机和方式这时便显得尤为重要。有好几次他都以为这样的机会来了，但汪成嗫嚅半天，就是开不了那个口。

结婚的新房租在老城区一条小街上，房子很旧，空间却大，收拾得也干净，新铺的水泥地面，墙壁连着天花板也经过一番修补粉刷。按照吴兰兰父母的意思，是打算在自己家里腾出一间房把婚事办了的，吴兰兰父母也是好意，不愿让汪成他们每月出那笔房租钱。但汪成不同意，汪成家里人更不同意。汪成大姐夫说新房安在女方家里，那不就等于上门招亲？吴兰兰家住房确实也挤，于是吴兰兰父母不再坚持，一心一意到外面找房。找房的标准有两点，第一要便宜，第二是离家近。吴兰兰父母怕哪一天小孩生下来，离家远了不好照顾。

汪成与吴兰兰的婚事从一开始便带着那种慌促的痕迹，因为慌促，许多该讲究的地方就无法讲究了。汪成每月工资收入不高，加上缺少料理生活的能力，加上慌促，尽管工作多年，却拿不出多少积蓄，当吴兰兰小心着把情况向父母说明时，吴兰兰父母一言不发。第二天吴兰兰又说了一次，吴兰兰父母仍不作声。吴兰兰握着汪成东拼西凑来的一点钱，眼泪出来了。首要的问题是，除去结婚当日应有的花费，再除去吴兰兰怀孕及生育期间必须预备下的开销，手头真正是所剩无几了。对策只有一个字，借。吴兰兰说借，第一到哪借，第二借了拿什么还。结婚事大，必须用钱，可生小孩事更大，更必须用钱。吴兰兰同她的父母商量来商量去，认为借是不可能的，他们无法想象等哪一天小孩生下来，一边是嗷嗷待哺的哭叫，一边是债主上门催讨。

简单买下几件家具，在内房外房布置了，接着买气灶气罐及一些瓶瓶碗碗，算是把场面摆开。吴兰兰父母相约着来看过，看完把女儿拉到一边嘀咕好久，第二天吴兰兰便拖着汪成上街买彩电。汪成把手挣脱，说买彩电，那得花多少钱。吴兰兰一笑，说看把你吓的，放心吧用不着我们花钱，你只需跟在后面帮着挑选挑选就是。原来这不是他们买彩电，是吴兰兰家里买彩电。吴兰兰家的电视已用过多年，早想换台新的了，吴兰兰父亲说迟换不如早换，不如趁这机会买来，先借你们摆段时间吧。汪成一听急了，说这怎么行。吴兰兰说这怎么不行，摆段时间就还他们的。汪成无论如何不答应，汪成只说，不行。

"为什么？"吴兰兰舔舔嘴角，一动不动看汪成。

"你是说借台电视机结婚，传出去不好听是吧。这借的又不是别人，这是借父母的，我们自己不说，外人哪知道电视是借来的？"吴兰兰用力推汪成，说走吧走吧。吴兰兰推着汪成往门外走。吴兰兰说自己女儿出嫁，做父母的即便陪台电视机作嫁妆也理所应当。现在我们不指望有什么陪嫁，我们只借来暂时用用，莫非还有什么过分的。

看吴兰兰兴冲冲模样，汪成忽然心中一酸，他用力揽过吴兰兰颈脖，另一只手在她脸腮轻轻抚摸一下。

五

吴兰兰忙进忙出，大事小事一人操办，汪成提醒她多注意休息，吴兰兰父母也说怀孕初期不能过多跑动。但是吴兰兰无所谓，吴兰兰说这上上街又没多远，有什么不能跑动的。有工夫闲下来了，吴兰兰又躲在房中为未来的小孩准备小衣小鞋小帽，手织的，机子缝的，春夏秋冬形形色色，应有尽有。汪成看她累是累，精神却好，性格也乐观开朗。吴兰兰说汪成办事她不放心，其实有的事没吴兰兰在场，汪成当真办不下来。那次他们去一家商店订购席梦思床垫，一个星期后床垫到了，汪成运回来一看，发现并非当初订购的那种，两者产地品牌相同，型号却不同，价钱整整隔了上百元。汪成让店主退货，可店主不愿，汪成要求重新定做一床，店主还不愿。店主硬说这型号就是当初那型号。后来吴兰兰来了，噼里啪啦一番话，不但让店主退了货，而且出了二十块钱的来去运费。汪成不由大为惊异，在他印象中，吴兰兰一直是个半点世事不懂的小姑娘，成天只知缩在家里愁眉苦脸，唉声叹气，为文凭，为职业，为父亲母亲一句相关不相关的话。没料转眼之间这人已成熟起来，懂得怀孕懂得谈婚论嫁了，懂得同人吵架撒泼了。说起近些日子吴兰兰身上所发生的变化，的确是突然而又巨大的，粗粗一看简直给人以判若两人之感。于是汪成懂得，当一个女人有了结婚的打算，尤其是怀了小孩之后，都会变成另一个人的。

正是在买回席梦思的这天晚上，汪成终于说出了他早已想说的那番话。

也许是考虑的时间实在太长，要表达的意思早已准备充分，汪成在说话的过程中还能装作轻松随意模样微微笑着。不过这轻松这随意毕竟是装出的，其实内心仍紧张得厉害，脸上的笑容便显出几分僵硬甚至怪异，口中更是结结巴巴。他结结巴巴说了会江州，然后把元宵节及元宵节前几天在黄田大汪村发生的事复述了一遍。他讲到村上某某人家丢的几只鸭子，从后窗看到的两只脚，讲到姨婆死而复生又生而复死的过程。讲一阵，他看看吴兰兰，然后讲一阵，又看看吴兰兰。他想观察吴兰兰的反应。可吴兰兰并没什么多余的反应，吴兰兰将身子斜靠在床头，一动不动任他说。直到他说完了，她仍一动不动。

"还有吗？"吴兰兰问。

吴兰兰的镇定让汪成很慌乱，他继续结结巴巴说没，没有了。

"黄田的那个姨婆是元宵节中午去世的，这点我知道，你早同我说起过的，"吴兰兰神情仍然平淡，"那么，这些又能表明什么？"

汪成双唇嚅动，迟疑着想说又没说。这一刻汪成发现，他完全不知自己应该说点什么了。他开始对今天的行为感到后悔。也许他真不该提起这些，至少他必须另找一个机会提起这些。正这么独自惶恐，不想外面的房门忽然被人敲响了，打开看看，原来是吴兰兰父亲和母亲。

吴兰兰父母进门时，汪成和吴兰兰都有些心不在焉。吴兰兰母亲发现了，眼色狐疑地往这边来看。吴兰兰母亲以为他们私下里刚刚争吵过。汪成手忙脚乱搬凳子拉椅子，端茶倒水招呼两人坐下。吴兰兰母亲问吴兰兰晚饭怎么不回家吃，下午她专门炖了排骨汤在那等的。吴兰兰说晚饭她已吃过了。母亲问晚上吃的什么，吴兰兰说这还有什么，不就吃饭吃菜？吴兰兰母亲说吃饭吃菜当然吃饭吃菜，不吃饭吃菜还吃屎？我是问吃的什么饭什么菜！

今天从一进门，吴兰兰父母似乎就没什么好声气，因此汪成有理由怀疑，两人在来这之前也为什么事，搞不好就为这结婚的事争吵过。在吴兰兰与她母亲说话时，吴兰兰父亲不声不响将房里房外看个遍，然后拉过木凳一屁股坐下。吴兰兰父亲问："房里的东西，就这么个样子？"

汪成有些愕然地站在吴兰兰父亲面前。照吴兰兰父亲的意思，房里的东西一定不应该就这么个样子，但汪成弄不清房里的东西到底应该怎样。

吴兰兰父亲问："你们就这个样子结婚，就这样让别人来看你们的新房？"

汪成分辩一声，不过自己也不知讲了句什么。

"你们见过人家养的母猪生崽做窝吗？随便哪头母猪临产前总要花上几天时间四处衔草，一口一口把草从外面衔回来，然后扒拉到一起，然后铺好，躺下。躺了一会不舒服，又爬起身继续扒拉，一遍遍这么反复不止。猪也知道讲究，知道尽量把自己的窝弄得舒服些，何况我们这些做人的？"

吴兰兰父亲一手牵住汪成，一手牵住吴兰兰，把他们拉到床面前，指着墙壁高处说："这里可以挂一幅画。"接着又把他们拉到外房，指着墙壁高处说："这里也可以挂一幅画。"吴兰兰父亲说："这里的画可以买大点，买那种风景的，视野开阔点的。"

吴兰兰父亲问："买张画的钱有没有？"

吴兰兰父母离开的时候，吴兰兰坐在床头不声不响流眼泪。汪成在一旁坐过一阵，忽然拉她的手。汪成问兰兰，我们还有多少钱？吴兰兰不作声。汪成知道她不会作声。汪成自然清楚他们还有多少钱。汪成说明天上街的时候，你把钱全部带上，我们买台电视，要不，买个冰箱？

第二天上午汪成和吴兰兰带了钱上街，他们没有买电视，房里已有一台电视摆着，再买一台就显得是有意地斗气了。他们也没买冰箱，商量来商量去，最后买了一套音响回来。音响的价格相对便宜些，并且结婚那天有客人坐时，放一放也能制造点气氛。汪成就着送货的人把机子装好，又到隔壁借了张影碟放过一会。吴兰兰上前把机子关了，吴兰兰说汪成，这家里闷得很，我们到哪里走走？

汪成陪吴兰兰顺旧城区的小巷弯弯曲曲往城外去。城外是大片河滩，河滩上有草地、菜地、河沟以及杨树林，近些日子汪成和吴兰兰经常来这边散步的。吴兰兰找了处突露在地面的树根坐下，问汪成："昨天你说元宵那天的事有些奇怪，到底有什么奇怪？"

吴兰兰有话要问，汪成心里早已清楚。一天来汪成一直在等着吴兰兰问了。昨天自己不顾一切说出一番莫名其妙的话，吴兰兰不可能不问，事情不可能没有个结果的。吴兰兰胸中搁不住半点东西，吴兰兰惯会大惊小怪，见风是雨，神经兮兮，更何况是这样的事。可吴兰兰却一直不问，吴兰兰就这么把东西在心里搁着，从昨夜一直憋到今天，倒让汪成感觉不对头。汪成又一次发现自己有些惶恐，有些后悔。汪成怕吴兰兰真会向他问起什么。他只愿事情就这么不了了之，谁也不要再提起半句。

"你家里那个姨婆是元宵节那天，是元宵节中午死的，而我们小孩正好在那段时间怀上，你是说这奇怪？"

"我没有这么说。"汪成嗫嚅。

"你是说我们小孩与那位姨婆之间有什么关联，我们小孩是那位姨婆变的，是她托的生，投的胎，轮的回？"

吴兰兰一句紧接着一句，言辞锋利尖锐，咄咄逼人。汪成更不敢承认了，汪成说："我没有这么说！"

"你就是这么说的，你怎么没有这么说？"吴兰兰大叫，"好话没听你半句，全他妈在这里胡说八道，狗屁不通，满嘴里喷粪！"

吴兰兰涕泪交流，咧开嘴巴大哭不止。吴兰兰说，我们小孩还没生下来，我们小孩还在肚子里，他怎么就得罪了你，你要这么嫌他，咒他？世上哪有一个这么做父亲的，世上哪有这样的男人？这是混蛋，是猪，是狗，猪狗也不会这样的。吴兰兰拖长声音泣诉，汪成，你不是人，你狼心狗肺，是一个猪狗不如的畜生哪。

劈头盖脸一通骂，就似迎面泼来一盆冷水，自上而下把汪成浇了个透。汪成立即清醒过来，有一种恍然大悟之感。这一刻他至少弄清了两点事实：第一，吴兰兰根本就不相信他的话，根本没把他所说的这些当回事；第二，他所说的话也根本不成为什么话。那是一种地地道道的屁话，鬼话，正如吴兰兰说的，全他妈是胡说八道，满嘴里喷粪。好好一个人竟会产生那么一种念头，说自己刚刚怀上的孩子不对头，说什么奇怪，说什么投胎，说什么托生、轮回等等，这一切并不能表明别的什么，只表明讲这番话的人本身有多么荒唐，多么不可思议。他还以为自己是个读书的人，是有知识有学问的人呢，他还以为自己一句话说出，吴兰兰会怎样大惊小怪、六神无主、承受不了呢，他还要一本正经选择时机，并为选择这个时机费尽了心力呢。想起这些汪成不由又羞又愧，尴尬不已，懊丧不已。

有很长一段时间，汪成坚持半嬉起脸皮，要笑不笑地笑着，看吴兰兰一阵接一阵哭，一声接一声骂。吴兰兰哭得越凶，骂得越厉害，他便越心悦诚服，内心里越轻松，越快意。后来他又花了更多时间，试图向吴兰兰做点解释，同时也给自己做点解释，以表明他并不如想象中的那么荒唐，他多少还带有一点理智的成分，只不过一时糊涂而已。他说他原来也不相信的，只因事情过于巧合，让他不能不朝那方面想。在内心深处，他一直把自己未来的小孩看得过于宝贵，过于神圣，不愿让他与任何不洁的东西发生丝毫关联。哪怕只是一种心理上的关联，哪怕只是一种巧合，他同样不能允许。汪成说他这个人什么地方大约真出了问题，任何一件事在别人那里根本不成为一件事，在他这里却能成为过不去的难关，今天假若没有吴兰兰提醒，还不知他会陷在这种怪异的念头里何日能得解脱的。汪成告诉吴兰兰，近段时间他也暗中做过许多努力，想尽量说服自己。他明明知道这种巧合半点不能说明什么，世界上每时每刻有多少人怀孕，多少人出生，又有多少人死去，你能说这所有的死亡与怀孕与出生之间都有种种神秘的联系吗？汪成还到书店到县图书馆借来过不少书籍资料，书上有关投胎有关转生的种种描述十分清楚，那一般并不发生在怀孕的时候，而发生在出生的时候，比如某地一个人死去，魂魄飘飘荡荡，随风而去，忽然眼前一暗，似沉入某个洞穴之中。出来时这人已变得很小，原来已成为另一个人，成为一个婴儿，周围都是陌生的声音，是接生人的声音。于是他感到惊骇，委屈，同时憋闷，不由焦躁起来，高声大叫起来，叫出的原来也是婴儿的声音，是婴儿的哇哇大哭。

"你看的都是什么书？"吴兰兰忽然问。

"那还有什么书，"汪成脸又红了，再一次结结巴巴起来，"不都是我早先常看的那种古代人笔记，古代人小说，明朝的，清朝的，各朝各代多得很，反正都是神神道道鬼话连篇瞎扯淡的那种。"

六

婚后的生活平静而又紧张，心头疑虑一旦消去，汪成浑身舒畅自在，开始认真为即将到来的小生命奔忙，每天上班下班，弄饭，洗衣，跑菜场，以各种方式为吴兰兰增加营养，陪吴兰兰出外散步，到县医院做定期检查。这方面汪成不懂，诸事都得吴兰兰母亲出点子，拿主意。

吴兰兰食欲不好，饭量不大，任汪成使尽全力，每餐变换一个花样，也无法让她多吃下几口东西，并且在精神状态上，吴兰兰似乎又回到了从前，成天病恹恹的，同她讲话也爱理不理。吴兰兰母亲说怀孕的人都这样。汪成道，听说怀孕的人有的喜欢吃酸，有的喜欢吃辣，吴兰兰要是喜欢吃酸，汪成说他会去弄酸的来，吴兰兰喜欢吃辣，他便弄辣的来，现在这人怎么既不吃酸又不吃辣？吴兰兰母亲同样急，又同样没有办法，只知恶狠狠嚷："兰兰你要给我吃呢，吃不下也要吃！"吴兰兰当然知道吃不下也要吃，假若她不是知道吃不下也要吃，那她简直可以永远不吃。每次看到吴兰兰打着饱嗝，皱着眉头强咽硬吞的模样，汪成只感到无法忍受。后来杨清远母亲给出了个主意，杨清远母亲说汪成，你怎么不找个医生给吴兰兰看看？杨清远母亲说你听我的话没错，赶快到老鸦山去一趟，老鸦山有个水医生，八十五岁了，一头的白发，长胡须拖到胸口。某某人怀孕时也胃口不好，吃不下饭，水医生三服药下去，一餐能吃几大碗。又有某某人怀孕吃不下饭，到水医生那里捡了三服药，也是一餐能吃几大碗。

"汪成别听我妈瞎说，"杨清远笑，"我们兄妹几个自小瘦，吃不下饭，也没见她有什么好办法，现在又扯出一个什么水医生。"

杨清远母亲道："你们小时候那是什么时候，那时要知道有个水医生，吃他几服药，你们还会那么瘦吗？"

汪成真带着吴兰兰去了一次老鸦山，吃下水医生三服药，不过根本没见效果。汪成又找杨清远母亲讨教了，杨清远母亲说再吃，汪成，你到水医生那里再捡三服药！杨清远在一旁嘻嘻笑，说汪成你现在怎么变成这样，每次见面都柴米油盐，唠唠叨叨，没完没了，都赶得上一个过日子的老太婆了。

汪成有些吃惊，问杨清远："你是说，我变了？"

杨清远笑："你以为你还没变？"

经杨清远一提醒，汪成又一次有了恍然大悟之感。他想他可能是真变了，这种变化也许自己并不能很好地觉察，但在别人看来就会显得异常突兀。他记得不久前曾惊诧于吴兰兰的变化，现在杨清远同样也在惊诧于他的变化了。于是汪成懂得，无论男人或者女人，当他结了婚成了家，尤其是有了小孩之后，都会毫无例外地变成另一个完全不同的人。

汪成有些书，因匆忙，又考虑到不会在租房里长住，所以也没专门置个书架，统统堆在客厅一角的破旧八仙桌上，一层层一摞摞高上去，码得就似一座台阶。汪成有时心血来潮想看点什么，随手抽出几本，看完了又随手丢在一边，很少顾得收捡，因此房内房外四处丢的都是。汪成其实早看到那几本书了，那几本书有时出现在沙发上、茶几上，有时又出现在床头，出现在餐桌边。不过汪成没在意，他以为那都是什么时候自己随手丢的，他甚至都不知道那几本书在茶几、餐桌、床头、沙发之间转移过。有一天他帮单位打印一份材料，材料的原件却丢在家中找不到。于是他从单位赶回来开始翻书。汪成有一习惯，喜欢将某些不好归置的东西，比如钞票、发票、照片、身份证等等夹在随手翻看的书页中，这样往往会造成极大混乱，找起来很不容易。这份待打印的材料出自单位上一位女秘书之手，用圆珠笔抄在横格信笺纸上，顶页还印有汪成所在单位的名称。当他终于从一本书中找到一沓这样对折起来的信笺纸，纸头印有单位名称，横格上写了一行行圆珠笔字，心中不由一阵轻松。不过打开一看，却并不是要找的东西。不是，这根本不是那份材料，这是吴兰兰抄的乌七八糟习题答案。前几月吴兰兰考试背书做作业，经常把各种各样习题和公式抄在纸片上四处乱扔。汪成将信笺照原样折起，夹进书页，然后丢进书堆中去。汪成随着拿起另一本书，手头却迟疑一下。他依稀感觉，刚才打开的信笺上似乎有点东西让他不放心。是什么字。是两个字，轻轻却有力地刺了他一下。

汪成丢了手上的书，又去拿刚才那本书。他把书页里夹的信笺重新打开。真是两个字，清清楚楚写在信笺最上一格：

投胎

直到此刻，汪成还没明白这两个字的实际意义，没明白信笺上写的所有那些字的意义。汪成只是呆愣着，好让自己有充分时间醒悟过来。

应该说这是一份表格，或是一份纷乱思绪的记录，是自己与自己的对话、争辩，是心灵深处的痛苦搏斗和挣扎。与"投胎"两字同一行，处于并列位置的，还有另外两字："不会"。整个表格便围绕此两项展开，中间用一根竖线从上到下隔断。"投胎"项开头，有几条词语解释，字迹工整，可见是认真写下的：

> 投胎：人或动物（多指家畜家禽）死后，灵魂投入母胎转生世间（迷信）。也说投生。（见《现代汉语词典》1272页）
>
> 转生：佛教认为人或动物死后，灵魂依照因果报应而投胎，成为另一个人或动物，叫作转生。也说转世。（见《现代汉语词典》1652页）
>
> 轮回：佛教指有生命的东西永远像车轮运转一样在天堂、地狱、人间等六个范围内循环转化。（见《现代汉语词典》833页）

汪成从八仙桌上找来《现代汉语词典》一查，1272页、1652页、833页果然有这么几条。汪成一惊，如此荒唐的说法竟然记入了如此权威的词典，这点倒是他没有想到的。再往下吴兰兰的字迹开始潦草，模糊，更多的只是一些断断续续的字和词，形不成完整的句子，有的字与字、词与词甚至堆叠到一起。但汪成因为对所有的情况了然于胸，很快看出字、词之间的内在联系。比如其中有一个"巧"字，项下标出如此几点："1.时间，中午一两点；2.梦；3.病床，死人；4.哀乐；5.元宵节；6.姑妈……"其中的第5、第6两点是后来加上去的，写在纸页旁边，然后用笔圈起，插到第4点后面。更令汪成吃惊的是有关黄田姨婆去世时的情景，汪成同吴兰兰讲述时根本就语无伦次，零零乱乱，他以为吴兰兰听得更是零乱，但从这份表格看，吴兰兰却把他说到的每一细节都听了进去，并且记住了，还做过认真仔细的考究和分析。在一堆经过反复涂抹，简直是乱七八糟的文字之后，吴兰兰用很大力气，用夸张的笔势写出了这样两句话："三天前该去的时候为什么不去，非要拖到三天之后，拖到元宵节中午才去？到底有什么未了的心愿，到底在等个谁，等出什么结果？"

"不会"一项的后面，只有短短几个字：

    1.迷信；

    2.并不发生在怀孕的时候，而发生在出生的时候；

    3.异地（黄田至江州相隔太远）。

第3点"异地"两字后来又被划掉，旁边注上另一行字："异地可投，事见《幽明界》35页、37页、523页、605页，白话全本《剪秋灯》49页、89页、94页、237页等。"汪成这才拿过吴兰兰用来夹信纸的那本书，后来他又从沙发上、茶几上、八仙桌上将那些书一齐收拢了。都是汪成曾向吴兰兰提到的那些书，古代人写的笔记体小说。还有几本汪成不熟悉，应该是吴兰兰自己从外面借来的。书页有不少地方已给折了角，有的还用铅笔、圆珠笔做上记号，内容全部是有关"投胎"的种种记载和描述。

直到此时汪成才算弄清，近些日子吴兰兰在想些什么。吴兰兰在独自承受着什么。吴兰兰为什么会食欲不好，为什么会那么瘦。吴兰兰根本不像他所想象的，也是她自己极力要表现给别人看的，她不信。她信。她实在信得太厉害了。汪成不懂的一点是，吴兰兰为何要把这些全部隐藏起来，独自一人暗中承受如此可怕的煎熬？吴兰兰为何要装？以吴兰兰的性格，内心绝对藏不住一点事，可她偏偏把这事藏住，并且是如此大的事，并且藏了如此之久，藏得如此之隐秘，能让汪成没有丝毫觉察。

半上午时吴兰兰从外面回来了，吴兰兰是同房东女人一同回来的。吴兰兰一手提了个塑料袋，袋里装些蔬菜，另一只手也提个塑料袋，袋中装一只很大的布娃娃，房东女人则手拎一台风扇。风扇汪成认识，是吴兰兰在家用过多年的旧风扇，塑料骨架，塑料扇页，扇页中央贴了张变形金刚画片。吴兰兰将布娃娃放在沙发上，蔬菜放在进门的墙角边，房东女人也把风扇放在墙角边。汪成没料到房东女人会跟过来。刚才她们一定是相约着逛街去了。汪成打算忍一忍，暂不说出，至少他必须等房东女人离开。可他忍不住。他一时半刻也忍不了，再忍一刻这整个人都会胀破了的。他把吴兰兰拉进里房，回身将门微微带拢。

"兰兰，你这纸上写的，都是什么？

"什么是什么？"吴兰兰问。

吴兰兰还在装。吴兰兰还想装。后来她看看汪成的表情，又看看那沓纸，那些被汪成收集到一起又一一展开的书，知道再装已无必要。她一屁股坐在床沿，伏身拍拍裤脚上的灰尘，若无其事道：

"元宵节我在江州看到的那人，正是你家死去的姨婆。"

没头没脑一句话，倒让汪成发了会愣。汪成问：

"江州看到的什么人？"

"就是那个画面么，那个梦，"吴兰兰说，"躺在病床上被护士推进房的那个病人，那个死人。"

"你是说，躺在病床上被护士推进房的人，是黄田的姨婆？"汪成又用了一会时间来弄清吴兰兰的意思。

吴兰兰不作声，继续低头拍灰。

"你当时不是说，病床上躺的是个姑娘吗？"

"我没说姑娘。那是个老人，我记得很清楚。那是你家的姨婆。"

汪成道："可我明明记得你当时说是一个姑娘的。"

"那是你记错了，我从没说过那是个姑娘，我是说那护士是个姑娘。"吴兰兰道。吴兰兰语气仍很平淡，"护士推的那人是个老人，一个老女人。我自己看到的东西我记得很清。老女人头发凌乱，鼻梁很短，鼻孔很大，还有点朝上翻起，脸色么不用说苍白得很，跟死人没什么两样，眼眶这上面还有个白白的疤。"

汪成打算还说点什么。汪成问既然记得如此清楚，为什么当初从没听你提起过，现在这时候越说越玄，又算怎么回事？汪成又说，就算你看到的真是一个老人，真是黄田的姨婆吧，这又能说明什么问题？何况那是在医院，在病房里，还有一个穿白衣的护士推着。不过你知道，黄田的姨婆明明在乡下破房子里死的，死时旁边没有任何人。汪成话多，心里又激动，表达便不顺畅，脸都憋红了。吴兰兰却没有半点同他争辩的意思。吴兰兰已没有那个争辩的力气，只轻轻摆摆手，让他不用继续啰唆。吴兰兰说汪成，你哪天是不是请个假再回黄田一次，到姨婆坟上烧点纸，点几炷香，替我向她拜一拜，求一求，行吗。

"求什么，"汪成问，"拜什么？"

汪成仿佛受到致命一击，右手掌下意识在桌面抹动一下。

吴兰兰看到了他的震动。但吴兰兰装作没看见，仍不动声色，若无其事。

"你要是抽不开时间，不愿去，那我就去。我一个人去，"吴兰兰说，"我早准备一个人去的，只是，不好怎么同你开口说起。"

七

汪成母亲一蹦三尺高，说不行，我想来想去咽不下这口气，我要去挖坟，我要把那几根老骨头从坟里刨出来，用锅熬了喂猪喂狗！

汪成母亲已不止一次嚷嚷着要去挖坟了，她甚至扛把锄头出门走出老远，说还要我去给她上坟？我去把那坟刨了，看还要不要给她上坟！汪成母亲的愤怒是有道理的，她说她上当了，被人骗了，被人算计了。这老鬼生前口口声声说要报答她，要保佑她一家人，现在她不图什么报答，什么保佑，这老鬼倒把事情反过来，要到她家作怪了。对不起，你做得初一，我就做得初二，你要真到我家兴妖作怪，也就别怪我不客气。汪成大姐二姐左劝右劝，拼命把锄头从母亲手中夺下来。汪成大姐二姐脸色灰灰的，说话半吞半吐，几个人反复商量，总觉得这事有点来者不善、善者不来之意，远不是端把锄头嚷嚷着要挖坟就能了结的。汪成大姐得出的结论跟吴兰兰的结论一模一样，说那事确实有些奇怪。当时我就觉得万分奇怪，万分不解。这明明已经死去了的，几挂鞭炮一炸，竟然又活过来，非要把一口气拖到三天之后，要拖到元宵的中午才算完，这到底有点什么意思？汪成二姐说，依我讲姨婆不光从这时候，恐怕她从一开始就没安下一颗好心，要不然为何非得缠着跟我们结亲？她不是经常说我妈有福气，说我妈命好，我们家在村里人多有势力，汪成又在县城上班，每天不做事也可坐在家里拿工资吗？这时母亲哭了，母亲放大声音哭起来。

汪成长年在外，对姨婆夫妇并没有过多印象。这是一对过于平凡的老人，用乡村里的话来说，你用八只石磙也压不出半个闷屁来，成天不声不响，只知伏身在田头地脚下死力。有时候你从旁边经过，他们也不知道抬头看你一眼，弄不清是听力视力不好，或者人本身已经有那么呆板，那么麻木痴傻。人老而且呆板而且痴傻，又是外来户，又无儿无女无依靠，村子上当然不会太把他们放在眼里，划田分地，分茶林杉林，以及夏季田间用水等等，老人都受到不同程度的怠慢与歧视。但他们不计较，仍不声不响、没日没夜伏在田头地脚忙活着。唯一与他们保持交往的是汪成母亲及汪成几个姐姐。首要的原因是他们做过几个月邻居，另外也因为汪成母亲为人一贯比较热情，有正义感，喜欢帮助别人。现在看来应该还有另一个原因，就同汪成大姐二姐她们分析的，姨婆是看到他们一家生活比较富裕，在村庄上有势力，故而存下了不可告人的用心。汪成母亲当时一点也没看出姨婆存有这个心思，两家的接触越来越多，两个老太婆凑在一起更是无话不谈。姨婆总说汪成母亲人好，心善，好心有好报，儿女子孙一定富贵满门；汪成母亲则说姨婆不容易，大老远迁到黄田，是很吃了些苦的。姨婆一听便哭了，姨婆说美花呵，这点苦算什么呵，与我原先吃的苦比起来，这哪算苦呵。姨婆说美花，我现在是叫痴了，老了，年轻那阵，我可是嘎嘎叫啊，我还认字的啊。大约就是这时候，姨婆给汪成母亲讲了自己许多故事。

　　"别看我们老了，都老成两条干丝瓜了，"有次姨婆指指坐在大门边编一只篾篓的丈夫，悄声同汪成母亲说，"实际上我们走到一起才不过短短三五年，算得上新婚呢。"

　　姨婆的故事过于复杂，里面涉及无数地名和人名，都是汪成母亲从未听过，也从来不能理解的，汪成母亲同汪成转述时，说她都有点把头听晕了。那哪是讲事呵，那是绕花呵，汪成母亲说。汪成母亲不知不觉也带上几分姨婆的口气。实际上这一辈子她嫁过多少人，到过多少地方，姨婆自己也不是很清楚，甚至她是哪里人，出生在什么地方一概不清楚，似乎她一落世，就在那里嫁人了。姨婆说她早先曾生过一个儿子的，儿子的父亲是一个以锯板为生的外地人。外地人没日没夜钻在深山中，姨婆则住在雇主家里，有时也跟着外地人翻山爬岭住那种树枝搭成的窝棚。姨婆说她生小孩那天，村里唯一的接生婆也正躺在床上大喊大叫着生小孩呢。接生婆只得在喊叫的间隙口授要领，让另外两个妇女去帮姨婆接生。姨婆人贱命大，顺利产下一个男婴。儿子是好儿子，胖胖大大，人见人爱，却在不满九个月时死去了。姨婆一点也弄不清儿子是怎么死的，头夜还活蹦乱跳，早上起床一看，整个身子都乌了，凉了。恰巧这个时候村里清查外来人口，外地人说到大山里躲几天，从此再没回来，不知是在山里出事了，或叫清查人口的抓了。姨婆对这个外地人有感情，等他等了一年多，几乎找遍大山深处曾住过的所有窝棚。还有一个丈夫同姨婆相处得较好，这人也是落户过来的外地人，一个河南人，在离家十几里外的钨矿干活，一月难得回家两趟。后来姨婆还随河南人到他的河南老家住过几年。最后一个丈夫则是个老光棍，五六十岁的人还保持一个童子身呢。

姨婆喜欢看电视，每天夜里早早吃过饭，早早坐到汪成家电视机前。后来到山背买了房，路隔得太远，她仍每夜摸到汪成家，当然更多时候是到略微路近一点的汪成大姐夫家看。别看姨婆有这么大的电视瘾，实际上她根本看不得电视，一看就犯困，别人端个饭碗边吃边等正片出来，她早已歪在一旁呼呼大睡，这一睡往往便要睡到电视关起的时候。姨婆歪头扭颈模样免不了受到周围人的哄笑，假如她无意中打出几声呼噜，拖出一两条长长口水，众人笑声就更厉害了。姨婆在众人的笑闹声中惊醒，醒了她便做个不安的动作，歉疚地也跟着别人笑一笑，摆出一副正儿八经架势要看电视。没过片刻，她又在那里将头一点一点睡过去了。有时这么睡着还容易感冒，感冒了她会在家歇上几天，病好接着来。"姨婆，你这何必呢，"汪成母亲听说了，唠唠叨叨埋怨她，"自己在家有福不享，有觉不睡，深更半夜出来受这份洋罪。"姨婆便狼狈，一副知错必改神情，连说不看了不看了，可到了夜里她还是去看。

汪成是与母亲、大姐一同回到县城的，一见之下吴兰兰明显很高兴，她把身子从沙发上站起，双手虚张着做出迎接的姿势。汪成母亲和大姐上前，从两边把她扶住。

"你们，都去烧了纸来？"

一天未见，吴兰兰神情已是大异，面容憔悴，气色晦暗，眼角那边还留了块明显的眼屎，眼动，眼屎也跟着动。汪成看着难过，很想替吴兰兰擦了。不过这一刻汪成发现他有些不敢。他不愿意让母亲和大姐看到他已在注意吴兰兰的眼屎，不愿让她们看出，吴兰兰连自己的眼屎都不会擦。这一刻汪成又一次感觉，事情已发展到多么严重的程度，眼前这个人简直完了，崩溃了，她只把所有的指望寄托在什么烧纸上。

汪成弄不清在吴兰兰那里，烧纸到底代表了什么。他想在吴兰兰看来烧纸一定包含某种特殊的意义，某种解决问题的方法和出路。这一定又是她从哪本书上看来的。汪成母亲和大姐安排吴兰兰到床上躺好，略略把房内几件东西挪动一下，然后从蛇皮袋里掏出一包稻谷，一把一把撒在床底柜边。然后摆出茶叶、生米、香、烛、装满清水的脸盆及盆中同样装了清水的饭碗，还有一只装了些香灰和纸灰的小布袋。母亲将布袋塞在吴兰兰枕下，接着点香点烛，长时间对着房中那盆水念念有词，用三根竹筷蘸了水一遍遍朝空中虚弹。

对母亲这套动作汪成略知一二，那是乡间流行的一种驱鬼驱邪仪式，他从小看到隔壁邻居，也看到母亲做过的。不知是人太倦，或仪式真起了作用，吴兰兰渐渐把眼睛闭起，脸上肌肉放松，不一会竟睡了过去。等母亲把全部动作做完，吴兰兰已睡得很熟很沉，还拉出长长短短鼻息声。这是一场真正的好睡，其间吴兰兰母亲来了，吴兰兰母亲拉着汪成母亲的手说了好久的话。两人接着来到房中，吴兰兰母亲看看睡在床上的女儿，又看看地面尚未收起的装水脸盆和盆中饭碗，碗中笔直站立的三根竹筷，疑疑惑惑地看汪成母亲。汪成母亲不说话，顾自微微含笑，说不上是惶恐是羞涩或是得意。后来汪成又到单位看了看。单位的人下班了，汪成到菜场买了些菜回来，吴兰兰还未醒。晚饭弄好了，围绕该不该叫醒吴兰兰吃饭，几个人又嘀咕好久。吴兰兰母亲认为怀孕的人不能空着肚子睡觉，汪成说怕只怕人一醒，再让她接着睡又难。好在吴兰兰吃过饭，又吃下一只苹果，看了会电视紧接着又睡，并没见多少为难之处。

八

第二天上午，汪成同他母亲及大姐陪吴兰兰到县人民医院做一次例行孕检，这是昨夜吴兰兰母亲盼咐过的。吴兰兰母亲还交代等做完检查，让大家一同到她那里吃饭。从吴兰兰母亲话音里可以听出，她对有关黄田那位姨婆的事似乎还一无所知。汪成母亲想一定是吴兰兰不愿同家里人说起这些，于是他们也不好多说什么。吴兰兰母亲焦心的只在女儿的气色，她说还没有哪个怀孕的人会把自己瘦成这样。汪成清楚，吴兰兰真到了非做一次彻底检查不可的地步了，短短几条街道，一两个路坡，吴兰兰走走停停竟在路旁休息过多次。偏偏今天来得不巧，医院里做B超的人特别多，整条走廊基本给塞满了。汪成将检查单递到里面排队，又找好廊椅安排吴兰兰和母亲几人坐下，自己利用这点工夫到住院部看一位生病的同事。

汪成在同事那里讲了好久的话，他以为过去这么长时间，那队排得也差不多了，谁想B超室的人不但没见减少，反比刚离开时更多，大姐在人堆里挤来挤去，已然满头大汗，头发散乱，母亲和吴兰兰则被排斥在一旁，就似毫无干系的旁观者。汪成上前拉住吴兰兰的手，问她感觉如何。汪成知道吴兰兰一定感觉不好，吴兰兰将脑袋奋拉在身后椅靠上，神情涣散，手指冰冷。再这么没完没了等下去是不行的，汪成母亲建议先回家，下午人少时再来。但吴兰兰摇头。吴兰兰不愿意，汪成也不愿意。汪成代替大姐到人堆里挤了阵，见实无办法可想，转身到楼上去找一位熟识的医生。熟医生随汪成来B超室门前看看，问清了吴兰兰姓名及检查项目，急匆匆跑开，过一会又急匆匆跑来，说他已从后面窗户里同做检查的医生讲好，将吴兰兰检查单插到了前面。他让汪成他们做好准备，等一叫到名字，马上进去检查。

几个人一齐起身，簇拥着吴兰兰朝人堆中挤，只等门一开，好尽快进去检查。后来门开了，叫的却不是吴兰兰名字。汪成他们往旁边避避，让叫到名字的进去。后来门又开了，叫的仍不是吴兰兰名字。母亲和大姐有些不解，汪成更不解。但汪成仍安慰道："可能没那么快，我们再等等。"接下来叫的一个又一个，没一个叫的是吴兰兰。吴兰兰无法在人堆中挤下去了，退回来重新坐到长椅上。我们还是回吧，母亲同吴兰兰说，又同汪成说。汪成手扶吴兰兰肩膀，面孔却扭到一边东张西望。汪成想就算没有熟人到后面窗口说情，只靠排队也早该轮上他们的，莫非什么地方弄错了？

这是一条很长的廊道，两旁集中了医院用来做检查的一些主要部室，如B超、心电图、脑电图、腹腔镜等等，那个病人应该是从住院部推过来，要进B超室对面的心电图室的。病人躺在医院专用的运输车上，前面有一个护士引导，后面有一个护士和一个家属推动，旁边还有一个穿工商制服的男人，大约也是家属吧，一手高举输液瓶，一手牵住输液管，一路吆吆喝喝过来。他们吆喝的意思很明确，一是相互提醒别把输液瓶举低了，别让床角撞到墙壁上门廊上，二是请巷道内的闲散人等让让路。走道上的人果然纷纷避让，因此当吴兰兰高叫一声把身子站起，汪成还没能及时反应过来。他以为吴兰兰也是急着避让。直到母亲和大姐从两旁将吴兰兰扶住，直至他看清吴兰兰惊恐狂乱的目光，又顺着吴兰兰目光去看愈来愈近的运输床及床上躺的那个病人时，他才猛然明白了什么，上前一把将吴兰兰抱住了。

"没什么，兰兰。兰兰别怕，是我，我在这里。"

"扶我，扶我回去，"吴兰兰喃喃道。

"妈，大姐，我们回去，我们扶兰兰回家。"汪成一路叫着，连挽带抱将吴兰兰弄出门诊大楼。

吴兰兰母亲是得着消息，直接从汽车站赶过来的，头顶包的一块花手帕还没来得及取下。汽车站人多，灰大，油烟废气也大，一天下来头发上往往能落上一层污垢，吴兰兰母亲习惯拿一块手帕，四角各打上一个结，绷开包住脑顶，既可挡灰，又可遮住那一头难看白发。吴兰兰母亲是真不知道有姨婆这个人。吴兰兰同她父母之间存有很大隔阂，不到万不得已不会提起心头的隐秘。何况这事还真的有点难以启齿，有点难以说清，汪成和他母亲、大姐连比带画，说来说去也没能让吴兰兰母亲很好地明白过来。后来吴兰兰母亲终于明白了，明白了便随着愕然了，说这么大个事，怎么也不同我说上一声？吴兰兰母亲嚷嚷着，这样的事你们也信？你，她指着汪成，亏你还读过那么多书，这样的事也能信的？汪成说事情实在过于巧合，也关系太大，不由你不相信的。

"不管你信不信，这么大的事也总该给我们吱一声吧！"吴兰兰母亲叫。

汪成也提高声音，委屈道："她没同你说，哪又同我说了？我也是前两天刚刚知道的！"

一句话出口，汪成怔住了，不自觉朝吴兰兰看看。他知道情急之下自己说了句谎话。好在吴兰兰一直处于昏睡状态，应该没听清他的话意，否则完全可能翻身甩他一耳光。汪成想他怎么能够如此睁着眼睛说瞎话，事情从一开始就由他一手造成，现在怎又推说前两天刚知道？是不是自己已经意识到事情重大，眼前的事态太严重了，他急于想推脱责任，洗刷自己？也是这一刻汪成身子又震动一下，他想吴兰兰也许正是明白此点，才在那么长时间中独自承受内心的煎熬，而不敢对他透露半分吧。吴兰兰是不是还以为，此事自始至终就是由他设计好的一个阴谋，他承受不了生活的重担，生存的重担，不敢面对有一个小孩的事实，这才说什么巧合，说什么投胎？汪成完全弄不清此时此刻在吴兰兰心中，已经把他当成什么样一个人。

母亲和大姐又一通忙碌，在内房外房撒稻谷，对着盆里碗里的清水呵气，用竹筷蘸水朝空中虚弹。不过这次却没能取得明显效果，半下午时分吴兰兰又一次发作了，她把眼睛瞪大，吃惊地看定一个地方。她说她看到了姨婆，姨婆躺在医院病床上被护士推着，头发肮脏凌乱，鼻孔很大，眼眶上边还有一个白白亮亮的疤。病床和护士好像一张照片从一角点着，慢慢卷起来。接下来的两三天内，吴兰兰一共发作好几次，有时房中的家具什物及站在她面前的人也能在她眼中成为一张照片，点着了般从一角卷起来，烧起来。吴兰兰把眼睛瞪大，直愣愣盯着你，好像她看到的不是你，而是一个可怕的鬼怪。

"兰兰是我，这是我啊。"汪成他们给看得心里发毛，不由自主惊叫出声。

"我说，这事该怎么了结？"吴兰兰母亲问吴兰兰父亲，然后又问汪成和他母亲、大姐。吴兰兰母亲原先当然不信，现在也不得不相信了。

汪成母亲说："前两天我们来县城前，特意问过黄田那边一个刘道士。"汪成母亲犹疑，"刘道士说，我们是不是要帮姨婆还个愿。"

吴兰兰母亲问怎么还愿。

"这就看姨婆生前有过什么未了的心愿，"汪成母亲仍迟疑，"刘道士意思，是让我们替她做个道场，然后安块碑。姨婆一辈子飘来飘去，东家进西家出，没个安稳的时候，安个碑就是让她最后落下脚来。"

吴兰兰母亲由汪成母亲及汪成本人陪着，到黄田走了一趟。他们给姨婆上了坟，同下村的刘道士见过一面，然后又到十几里外的南坪村找姨婆家一个什么亲戚。南坪村的亲戚据说是姨婆丈夫房下的一位堂侄，也是从库区移出来落户的，姨婆死的时候他曾经来过。没想在这件事情上堂侄说他根本做不了主，要找你们还得到库区去找，那里有他们本家的一位长辈。吴兰兰母亲沉吟良久，决定一不做二不休，干脆再到库区跑一趟，找找那位长辈。吴兰兰母亲说立碑的事不是小事，一定要征得姨婆家哪一位亲人的同意，免得日后留下话柄。汪成和他母亲及大姐夫当然都同意这种看法，对于姨婆来说，他们姓汪的毕竟算是外人，一个外人无缘无故跑出来给人立碑，于情于理无论如何都难以说过去。

到库区最终是由汪成一个人去的，吴兰兰母亲生意上忙，不便过多离开，汪成母亲和大姐则必须留下来轮换着陪伴吴兰兰。汪成到库区共跑了两趟，头一次他根本就没找到什么长辈的家，他跑到另外一个地方找到另外一个与长辈同名同姓的人了。库区太大，交通又极不方便，等他意识到面前的人并不是要找的长辈时，一天的时间已过去大半，完全来不及再到另一个地方了。第二次终于把地方问到，可长辈偏偏一大清早坐船去了县城。汪成一句话没听完，掉头就往回走，想着在路上或县城街头把长辈碰到。这种可能太微乎其微，汪成重新转回身，把相关事项同长辈家人交代一番，又一次无功而返。

就在汪成第二次到库区奔波一天，紧赶慢赶回到县城，他竟在家中意外听到吴兰兰同学向玉丽的声音，随着又听到吴兰兰自己的声音。吴兰兰在和向玉丽说话。汪成十分惊奇，实在说吴兰兰已好久没能如此连贯清晰而又平心静气说过话了，吴兰兰边说，边摆弄手头的衣物。那是向玉丽从江州给她带来的礼物，一件孕妇裙，几套小孩的小衣小裤小鞋小袜。吴兰兰明显很兴奋，很活泼，讲话声音大，脸上表情也生动，翻衣叠衣的动作快捷准确。向玉丽一见面就朝汪成嚷，你这怎么照顾的兰兰，你怎么把一个怀孕的人糟蹋成这模样？汪成不作声，尴尬地看看吴兰兰，看看向玉丽。这时汪成母亲进来招呼吴兰兰吃饭，又招呼向玉丽吃饭。母亲告诉汪成，下午向玉丽和另外两个同学进门时，吴兰兰还躺在床上，见面说过一阵话，一个人的脸色眼看着好起来，不一会就能下地翻箱倒柜找东西给客人看了。

向玉丽是专程请假回来看望父母家人的，可她不愿在城郊的家中待着，她天天在吴兰兰这里待着。有一点令人不解，在向玉丽来来往往几天中，吴兰兰好像把身上的病忘了，一次也没发作过，以至几天过去，向玉丽还不知道她身上有病。汪成他们很高兴，只是谁也不好把高兴说出，相互之间仅用眼色交流着。吴兰兰得病的事后来还是吴兰兰母亲告诉向玉丽的，向玉丽听说一个人竟得了这样一种病，并且这病最初还是在江州得着的，说什么也不相信。她说这根本不是什么病，这只是一种心理作用，吴兰兰是一个人在家闷久了，闷坏了。失业，考文凭，加上忙结婚忙怀孕，精神上压力太大。向玉丽建议汪成再请一次假，陪吴兰兰到江州走一趟，到她那里住一段时间。向玉丽道，要讲兰兰有病，我怎么没看出她有病，她怎么没当我的面发作？

就似要对向玉丽作什么说明，吴兰兰终于当着她的面又一次发病了。这个时候汪成及吴兰兰父母已让向玉丽说得有几分动心，以为到江州走一趟也许真不失为一种可行的办法，他们甚至已在悄悄做着去江州的准备。不想吴兰兰又一次发作起来。吴兰兰当时正同向玉丽说什么话，说着说着忽然把对方看定，眼睛睁大，眼神发僵发直。吴兰兰自己也知道不妙，此时此刻她不应该这样。慌促中她把眼睛闭起。不过闭起了更不行，她更加慌促地把眼睛睁开，瞪大。

"汪成。"吴兰兰叫，双手伸出朝前抓挠着。

向玉丽跨前一步把吴兰兰扶住。向玉丽叫吴兰兰，后来又大声叫汪成。汪成和他母亲从厨房赶过来，看到向玉丽尽管手脚并用要把吴兰兰拉扯住，但她根本没这个能力，吴兰兰大半边身子往下跌落，快要跌到地面了。

"妈，快倒点冰糖水来。"汪成托住吴兰兰的同时，不忘了朝跟在身后的母亲吩咐。这种场面经历得多了，汪成已显出几分训练有素模样。

九

立碑的日子定在阴历四月十六，汪成安排好家中诸事，又安排好单位上的事，请了假提前两天回到黄田。他以为他回来得很早，有足够时间可以在各方面做做准备。他没想到他回来得根本不早，山背姨婆留下的那幢破屋里，前前后后已经过一番彻底打扫，门窗门扇上被风雨冲刷的痕迹也给人仔细擦抹过，村里的大人小孩聚在屋场四周，抽烟，打牌，聊闲天，当然有更多的人在上下忙碌，也不知都忙些什么。虽是初夏，太阳已然很硬很毒了，人们开始还不动声色，后来终于受不了，于是一人提议，大家响应，纷纷将桌子椅子沿着房影树影挪动，一直挪到屋侧树林中。就在这纷乱人群里，汪成看到了他大姐夫，又看到大姐二姐，看到了母亲。母亲见汪成有些手足无措，解释说做道场的事已做了点变动，原说一天时间，现在改为三天。前天中午姨婆那位堂侄带着儿子特意从南坪赶过来，说这是库区里人的意思，是那位长辈的意思。那位长辈反复交代了，道场不做就不做，做就干脆做三天，其中多出的那部分花费让这边人不用着急，一概由他们库区人承担。

"库区里的人，他们在哪？"好一会汪成问。

"说是今天一定会赶到黄田的，村上人这不都在等着？"

给姨婆立碑时让不让吴兰兰参加，吴兰兰父母及汪成他们曾有过长久的犹豫。问题是一个怀孕的人上车下车是否安全，到黄田后饮食问题如何解决，营养问题如何解决，见着风感冒了怎办，太阳下或人堆里挤来挤去，热着了怎办，还有，万一那病重发了怎办。除去这些，在汪成及吴兰兰父母心中，大约还含有对某种未知事物的暗暗恐惧，说白了就是对姨婆的恐惧。但是，汪成和吴兰兰父母合在一起也无法拗过吴兰兰。吴兰兰坚持着要去。吴兰兰说我一定去。汪成他们清楚，不让吴兰兰去是不可能的，并且从道理上讲，吴兰兰也非去不可，说一千道一万，安碑是为了什么，做道场为了什么，要是诸事齐备，当事人却不出现，这一切又为了什么。会不会好事没办成，反倒把姨婆更深地得罪下来？

当汪成和吴兰兰父母终于决定让吴兰兰去一次黄田时，他们是怀着做最后了断意思的。

立碑仪式一经开始，自有各方面的操办人在分头操办，自家人反而很难插上手，不知不觉变成一个多余者，到哪里都显得碍手碍脚，汪成是这样，汪成大姐夫他们是这样，吴兰兰父母及库区里那伙人更这样。吴兰兰父母没什么，干脆袖起双手做个看客，有时还跟着围观的人笑笑，乐乐，更多时候是陪着吴兰兰在汪成大姐夫家闲坐。其他人不行，他们仍装出一副忙得不可开交的样子，哪里都离不了的样子，从屋场跑到坟场，又从坟场跑到屋场，这里指点一下，那里发表一下意见，有时相互在路途中遇到，也只是简短而急促地打个招呼。

山背的锣声鞭炮声及道士的吟唱声整整响过三天，三天后的傍晚在姨婆坟场上放焰口，吴兰兰参加了。吴兰兰挤在无数人中间，朝着坟地那边下拜。一捆一捆草纸堆在坟场上燃烧，火光映红了大半个天空。不光本村的人，周围几个村庄的人都赶过来观看，山窝山梁上，及田垅中的土埂渠坝上，高高低低站的都是人，许多老人甚至露出羡慕的神色，说这个姨婆一生孤苦，一世遭罪，没想死后过了许久，还有一场此等的热闹。

放完焰口夜已经很深，库区里那伙人连饭也没来得及吃，急匆匆向众人告辞。吴兰兰、汪成他们是第二天一早坐班车回到县城的，奔来奔去几天不用说很累，吴兰兰一进家门就躺下了。汪成到单位报到上班，却接到一个下乡出差的任务。汪成不乐意，想同领导说明一下吴兰兰的身体状况，表示这个时候他不好离开。抬头看看领导脸色，又把话咽了回去，近些日子因结婚因跑黄田跑库区，还有正月那次跑江州，请假太多，工作上受到的影响也太大。现在事情即告结束，真到了该好好弥补一下的时候了。

汪成在乡下一待三天，这三天吴兰兰是在她父母家度过的。三天后汪成接吴兰兰回租房，吴兰兰却不愿意回，吴兰兰父母也不让女儿回。于是汪成只得自己住过去。半个月后的某一个早晨，那是一个星期天的早晨，汪成带吴兰兰出门准备买早点，另外到街巷中散散步。吴兰兰刚把门带上，感觉有些不对劲，接着从身上摸出一点红色来。这天中午吴兰兰在医院流产了，产下的小孩已是一个很像样的小孩，还是个男孩。又过了半个月，汪成从吴兰兰父母家搬出来，独自到他们结婚的租房中住。再后来汪成退还了这处租房，重新搬回婚前单位分给他的单身宿舍。汪成和吴兰兰正式分居了。

唱安魂

一

某年春节过后一个阳光灿烂的中午，我侧身躺在沙发上看电视，一旁的电话猛然响起，电话里一个粗暴的声音大呼小叫点着我的名字：王中兴，王中兴，王中兴！粗暴表示着随意，表示亲近和亲昵，我马上满脸堆笑，问是哪位。粗暴的声音说哪位？你说还有哪位。绕来绕去好一会，才知这是天峰。我一惊，天峰这个名字对我来说显然已有些遥远，一晃都许多年没见了。我问天峰，你在哪里？天峰说我在吃饭。天峰报出一长串人名，都是往日我们一同交往的狐朋狗友，后来他们又一同去了南方闯天下。天峰说他们现在都在一起吃饭。天峰让我快过去，他们那里有酒有菜，所有的人都到齐了，只差我一个。这时话筒明显在几个人手上传递，每个人都给我说了一句话：快打个车子过来，我们等你一起吃饭，我们等你过来再开饭。我听出来了，这还真是某某、某某，还有某某、某某某。天峰说得没错，所有的人都到齐了，只差我一个。我的话语也越来越急，我问你们在哪吃饭，你们都回来了？电话里静默片刻，接着爆发出一阵狂笑。

天峰他们根本没回来，天峰他们仍在几千上万里路外吃着他们的南方饭，广东饭。

　　天峰一伙的笑声给我留下的印象太深，故此事隔一两年，当我再次在春节后接到天峰电话，我以为他们那伙人又在一起吃饭了。出于习惯，我仍问了句天峰你在哪里。天峰这次没有喊叫，天峰说我在车上，我在良塘。良塘，我有些糊涂，问哪个良塘。天峰说还有哪个良塘，我现在在车上，车子已到了良塘。我马上到你那里吃中饭。

　　良塘是歌山城郊的一个村庄，沿公路走大约三四华里路程，早年我和天峰等人经常到那里散步的。这么说来，天峰是回歌山了，现在正坐在从他的老家黄田镇到县城的班车上，车子已到了良塘，已到了我身边。

　　读书那阵我和天峰同系不同级，他刚进校门，我已经准备毕业了，相互之间并不很熟。我们的交往是几年之后在县城教书时开始的，我们都教的是语文，他在一中，我在二中，经常有时间聚在一起读书，聊天，听音乐，逛图书馆，出外野游，过一种云里雾里的飘飘荡荡生活。可惜没几年，天峰便由云雾中下来。天峰准备结婚了。我到天峰正装修的新房参观过，天峰和他女人吴凌花满头满手的白灰，一左一右站在走廊边给我打招呼。天峰的女人高高的，壮壮的，见人就笑，一笑眼睛都不知缩哪去了。天峰女人在县里的政府机关上班，文凭很高，人也能干，年纪不大已当上权力很大的官员。但天峰的女人同天峰一样也出身乡村，结婚时娘家的讲究极多，各种彩礼要了又要。那段时间天峰给弄得狼狈之至，言谈之中对这个女人及女人的家庭颇有些不屑的意思。我们对天峰表达深切的同情，同情到一定程度，继而得意地哈哈大笑。

　　差不多在我离开县城出外漂泊的同时，天峰和他老婆吴凌花也双双从县城调出，到广东沿海某座城市落了户。那几年在我们这个偏僻小县，出外谋生的风刮得厉害，从机关到学校，从县城到乡村，能够出去的全部出去了，没出去的也惶惶不可终日，似乎已被这个世界彻底遗弃。我和天峰本属那种天生不安分之人，出外自然成了别无选择的选择。选择相同，并不意味着结果相同，几年后我一身疲惫，像只落汤鸡灰溜溜回到县城，重新做我的中学老师。天峰却在外面混出名堂，买了房，买了私家小车，听说他几次回乡探亲，都是自己开车的，这事曾在熟人圈中轰动一时。当然我又听说天峰的风光并非靠他自己，天峰全靠着他老婆吴凌花。天峰在广东仍同早先在县城一样，继续操他的教书职业，成天上课下课忙得团团转，工资虽说不低，但也赚的是点辛苦钱。吴凌花却不知从哪拉来老大一笔款项，自己弄起一所私立中学，夫妻两人各干各的。漂泊的日子是混乱的，我从未想过同天峰联系，天峰自然也没心思同我联系。回到县城安家后，想到自己一身潦倒，更失去同谁联系的兴致。没料多年后有这么一天，天峰忽然能给我打来电话，现在天峰还跑上门找我，说要到我这里吃饭了。

　　"胖了，"见面后天峰把我狠狠盯上一阵，终于蹦出这么一句话，"不过呢，也老了。"

　　"大家都老了。"想了想，天峰又补充说。

　　天峰在我这里吃过午饭，恰巧家里聚了一伙亲戚，大人小孩吵吵闹闹，让我们没有说话的机会。天峰掏出手机看看时间，说没事我们出去走走吧。天峰订的是下午四点直达广东的长途汽车票，我问不能多待一天吗，天峰说算了，见个面就行。我陪天峰把城中心两条大街逛一遍，又沿环城路再把县城整个绕上一圈，然后出城往外，顺柏油马路往天峰老家黄田镇的方向走，一直走到那叫良塘的村庄，找一处僻静地方坐下。我见惯了一些出外归来者的俗恶嘴脸，一个个牛皮哄哄，不管你相不相信，不管你愿不愿听，强行对着你耳膜海吹一通。说他们在外面怎么发财，怎么得意，还有怎么玩女人。天峰不是这样，天峰仍是早先的天峰。天峰告诉我，他在广东房是买了房，车也有了车，但那房基本是靠贷款买下的，车更是一辆破车，值不了几个钱。那年春节回乡，考虑到拖家带口挤车不容易，便试试探探把刚接手不久的车开回，结果真在半路抛了锚。天峰老婆的学校也不是自己开办的，天峰说若自己拥有一所私立中学那还了得？不错，吴凌花是学校的校长，但校长其实只是个管理者，是个打工仔，哪天老板对你不满意了，一句话即可让你滚蛋。

可以看出这次天峰赶来见我一面，以及让我陪着逛街，散步，听他讲话，都是事先安排好的。天峰说每次探亲从县城经过，一律匆匆忙忙，即使有时不匆忙，也被往日的同事朋友拉住玩了东家玩西家，没日没夜喝酒，打牌，然后昏昏沉沉上车离去。什么时候能抽出工夫，把县城角角落落仔细逛上一遍，简直成了他梦寐以求的一大心愿。天峰一个劲对着街两边指指点点，微不足道的一点什么在他看来也新奇得不行。再加话语中那副伤感及怀旧的调子，让我感觉这陪的不是天峰，我是陪着一位自海外归来寻根问祖的什么华侨了。我知道天峰不是装腔作势的人，今天到底搞什么名堂？

天峰谈到同是教书，在外面和在家里是全不一样的，在外面工资高是高点，但工作的那种繁重程度绝非一般人所能设想，每天下班回到家，人都给弄得精疲力竭。也许正因此，天峰的性格也在渐渐发生变化，一有空闲，愿意一个人静静待着，想一些早年在乡村做农活，在林场做小工，以及在县城教书的事。天峰说他现在最大的愿望是早点退休，一旦退休他会立即回歌山，在县城买套好点的房子，安安静静过几年属于自己的日子。

有好一阵天峰不说话，手抓一根剥了皮的树棍，低头在脚前的地面画道道。后来他又反过身子，到垫在屁股下的那块石条上使劲抠挖。我也同样不说话，有一眼没一眼对着天峰看。我清清楚楚觉察到，天峰当真没有什么做作的成分，在外多年，天峰只是很疲倦，也很脆弱。我考虑找点什么合适的话解劝解劝，逗他开开心，高高兴，没想天峰已把身子站起，手指着刚刚坐过的那块石条，让我过去。

"你看，这是不是一块碑？"

这是一块碑。一块墓碑。碑面上的泥垢和青苔挖去，竟显出模模糊糊一行字来：刘公茂清之墓。墓碑很小，长一尺五寸，宽一尺模样，质地粗糙，简陋，根本不像一块墓碑的。但显然这是一块墓碑。天峰继续用木棍抠挖，又在旁边挖出两行更小的字：一九三一年五月初八　云南定山县人。

"云南定山，"天峰皱皱眉，显然对这个地名感到陌生，"这么大远的路，怎会跑到我们歌山来了？"

天峰停了停，过会又说："怎么又死在这里？"

"也许，"我略作了点思考，说，"是来这边做生意吧，或者移民落户的？"

天峰摇头，说我们这一带移民落户的外地人不少，浙江、福建、安徽、河南河北的都有，只没听说有从云南过来的。我说那就是做生意，或者过来探亲，出差。然后在这边病了，回不去。

天峰看看我，"这么大远的路，这人也真够孤单的。"

天峰身子很明显地抖动一下。他将敞开的西服两襟扯扯拢，站起身说时候不早了，我们回吧。

二

　　天峰走了，回他千里万里之外的广东了。天峰走得仓促，把一双正用着的手套也忘在我家沙发上。我准备打个电话告诉手套的事，想想手套也是一双旧手套，或许没特意告诉的必要。但别人把手套忘下，不及时提醒一下总是不好的，于是我又回过头想该不该打这个电话。想到后来，自己都有些好笑，打个电话多大的事，有这么翻来覆去考虑的必要吗？早先我绝不这样，早先若面对同样的问题，一般我会采取两种处理方法：第一，让手套在沙发上撂个一年两年，看也不看它一眼，直到天峰下次来取；第二，丢到垃圾堆去。我想发生变化的不只是我一人，天峰同样如此。比如天峰这次在我面前所表现出的那份伤感，那种怀旧。在小半天的相聚中，其实我还发现了天峰身上另外一些可笑之处。天峰变得有些懂礼貌了，这次见面，他给我小孩带了一套衣服和不少吃食，给我带了根领带，一本书，给我妻子带了件怪里怪气的装饰品，价钱不高，但显而易见经过了一番精心挑选和斟酌。他把这些拿出时，我都为他的婆婆妈妈感到不好意思。第二件事，天峰说我在享福。听他口气，似乎所有在家受穷的人都在享福，而他们在外发财在外春风得意的人反倒是受苦。天峰说他出外多年，最大的变化是有点相信命运。有的人天生命不好，你再怎么蹦跳也跳不出那个无形的圈子。有次天峰接触过一位面相大师，那人用两个字概括了天峰一生：孤寒。我听了不由哈哈大笑，说一个人拥有一套价值七八十万元的住房，一辆小车，每月一笔固定的高收入，如果这就叫孤寒，那么孤寒好么，我这辈子就盼着哪天能孤寒起来。

　　总想着给天峰打电话，可等到天峰把电话打来时，我却又险些把手套的事给忘了。那是三月中旬一个晚上，天气异乎寻常地闷热，热得你简直无法想象等真正的夏天到来，这世界到底还能不能存在。几句话说过，我问天峰你们广东热吗。天峰说广东当然热，不过热的时候多出去走走么。天峰问我是否还经常一个人出去走走，我说走是走。

　　天峰说："你可以多往良塘那边走。"

　　我含糊着答应说是应该多往良塘那边走走，良塘路宽车少，环境清静，加上又是以前我们散步常去的地方。

　　"那么你经常一个人往良塘那边走走吗？"天峰问。

　　停过一会，天峰又问："上次我们看到的那块石头还在吗？"

　　我没弄懂天峰的意思，加上电话里有不少干扰音，我以为自己没听清，问天峰什么石头。

　　"就是石碑，上次我们在良塘山坡上看到的那块墓碑。"

　　我仍然没听懂，问墓碑怎么啦。天峰有些急，用很大的声音问我们上次看到的那块墓碑是不是还在老地方。

　　"也许还在吧。"我随口应道。我想一块墓碑丢在山坡上谁会动它。不过我告诉天峰，上次我们看到良塘一带正大兴土木做房子，人家或许会把墓碑捡去垫地基也不一定。我一句话尚未说完，天峰问：

　　"他们把那块墓碑捡去垫地基了没有？"

　　他们把墓碑捡去垫地基没有，我哪知道他们把墓碑捡去垫地基没有。我以为这话没什么意思。今天所有的话，我是不是一个人常到良塘散步，以及良塘某座山头上的石碑是否被人捡去垫了地基之类，都没什么意思。我想天峰大老远打来电话，应该有重要事情同我说的。

我一直在等他说出要说的话。我老实告诉天峰，自上次他离开歌山回广东后，这些日子我并没有一个人到过良塘。现在有了家庭有了小孩，就有了拖累，有了牵挂，很少能找出时间一个人出去散步了，没事大老远跑到良塘去更不可能。天峰没听出我话语中的敷衍以及不耐烦成分，天峰问："你说以前我们常到良塘玩，也不止一次爬上过那个山坡，怎么就没发现坡顶有块石碑？"

我说，也许那碑埋在草丛深处吧。为了转开话题，于是我提到沙发上他丢下的手套，提到为处理这双手套我所费下的心思。天峰和我一齐笑了。后来我还提到那位面相大师，提到天峰的孤寒，以及我为达到孤寒的人生目标所准备付出的种种努力。接着我又问起一两年前同天峰一起聚会的那批朋友，问他们情况怎样，都孤寒起来没有。天峰一个一个回答了。天峰把话绕来绕去，不知怎么仍然绕回到良塘那块石碑上。天峰问我注意过没有，碑面上所刻的时间，"一九三一年五月初八"表示什么意思，是表示墓主出生的时间，死亡的时间，或者是立碑的时间？

我说我不知道。

我犹豫着说："那后面是不是应该还有一个字，比如生、卒，或立？"

天峰问："你记得那后面还有一个字是吗？"

"没有，"我连忙否认，"我记得，后面好像没什么字了。"

"我也记得后面没什么字。"天峰说。天峰忽然向我提出要求，说假如抽得出空，什么时候你再到良塘跑一趟，看看那后面到底还有没有一个字，行吗？

天峰要求得很小心，很恳切。

　　我答应说行，可内心却忍不住万分惊奇。我一个劲问自己：天峰让我到良塘看什么？天峰让我大老远再跑一趟良塘，看看那山坡高处某一块墓碑上到底有没有一个字？我想老天，这是不是有人在发疯？

　　天峰放下了电话，我却久久不能把电话放下。直到最后一刻我仍然相信天峰大老远打来电话，一定有什么重要的话同我说，有什么重要的事情同我商量。我同他东扯西拉那么久，其实一直在等着他开口。当我不得不把话筒放下，这才相信天峰找我真没什么重要的事。他只是为了同我扯扯良塘山坡上的某块墓碑，或者说，这块墓碑就是天峰的重要事。

　　我的判断没错，这块墓碑对于天峰来说真很重要，第二天半下午时分，天峰又专门打了电话过来，问我去没去过良塘。我惶恐着说没，没有。我有些羞愧，更有些不快。我想这才过去多久，一天时间不到么，什么大不了的事要如此急促，如此迫不及待。天峰告诉我，假如我还没有去良塘，那就不用去了，因为他基本可以断定，墓碑上除了我们看到的那些字，不可能再有任何一个其他字了。

　　实在说对天峰所托，我还真没怎么放在心上，我想换作别的任何人，也不会把这种事放在心上的。难道说一个人发疯了，另一个人也非得跟着一同发疯吗。不过现在天峰改变主意，打电话让我别去，不知怎么我反倒决定，无论如何得往良塘走一趟。我同天峰说过，上次我们见到的那块墓碑很有可能被谁捡去垫了地基，但我的看法明显是错的，几个月时间过去，那块墓碑还在。这次我看得很从容，也很仔细。我甚至把石碑背面也翻开来看过。天峰说得没错，除了我们上次所见的内容，再没有其他字迹。后来我又以墓碑为中心，坡上坡下四处搜索一遍，试图找到墓碑原来所在的位置，也就是说我想找到那个叫刘茂清的死者的坟墓。当然没有任何结果。从山坡下来，我在水塘边遇到一位放牛的中年妇女。我灵机一动，上前闲扯过几句，小心着问：

"这前后村子上，早先住没住过一位姓刘的云南人？"

中年妇女眨眨眼睛看我。她不知我问什么。

"我是说，早先有一个外地人，一个姓刘的，叫刘茂清，在这边村子上住过吗？"

"你是问养鸡的浙江佬吧，他们住那边。"中年妇女扬起下巴朝山垅尽头指指。

我知道同这位妇女说不出名堂。她根本不可能弄懂我是在向她打听一个墓碑上的人，更不可能知道，世上还有人会拿墓碑上的名字向她打听的。我笑了笑转身离去。

这是我第一次给天峰打电话。我准备同天峰谈谈中午到良塘的经过，表明我已完成他的嘱托。天峰不在家，天峰老婆吴凌花说他到学校开会了。吴凌花一听是我，声音忽然往起一提，说王中兴王中兴，我正要找你。我早想找你。吴凌花问，今年春节天峰去你家，你们到底怎么啦？

我一惊，问我们什么怎么啦。

"你们是不是到过一个地方，到过良塘，看到一块云南人的墓碑？"

又是墓碑。我预感到天峰那边发生了什么事，且是不小的一件事。我原本想说今天下午我刚从良塘回来，专程看了那块墓碑的。但这时我已留了个心眼。我继续装作一无所知模样，问墓碑怎么了，天峰怎么了。

天峰老婆吴凌花说："那块墓碑好像有点问题。"

吴凌花告诉我，自上次春节回广东后，天峰整个人好像就有些不对劲，反反复复提到良塘的一块墓碑，提到很早以前有一个外地人，一个云南人，千里迢迢到这边做生意，或办差，或移民落户，或要饭什么，后来病了，回不去了，独自一人死在外面，尸骨回不了老家。天峰说这人好孤单，好冷清。开头吴凌花并不怎么在意，后来说得多了，吴凌花不得不在意了。天峰每次说到这些，身子还时不时打上一个抖颤。他说他冷，一想起那块碑，那个人，他就感觉冷。

我想起天峰在石碑边打过的那个抖颤，于是我自己也压抑不住轻轻抖动一下。撞着邪了，我想起乡村里常有的一种说法。我将话筒用力摆动一下，换过一只手来拿。我怕天峰老婆吴凌花觉察到我在这边发抖。

"天峰说我们现在在广东什么都有，有家庭，有亲人，有工作单位，还有一同出来的朋友可以来往，出了什么事也可以相互依靠，相互帮忙。假如这一切都没了，一个人待在这千里万里之外，交通不便，音信全无，然后病了，死了，多少年过去家里人还什么也不知道，你想这会是一种，一种什么滋味。"

我清清楚楚感到，天峰老婆吴凌花在电话那头打了一个抖颤。吴凌花大约是一个心头藏不住话的人，习惯于有什么说什么，叽叽喳喳，噼里啪啦，然后说完拉倒。今天她显然是带着点担忧，更带着满腹牢骚在向我诉说天峰的不幸及不幸所造成的种种恶果的，她其实并没能很好地理解天峰话语中的意思。不过当她用天峰的口气这么说着，不知不觉已受到某种触动，某种震撼，这才发出一个深深的抖颤。

吴凌花的意思很明确，天峰出了问题。天峰的问题来自良塘那块墓碑。吴凌花问我那是块什么碑。照吴凌花的语气，听得出还有点责怪我，似乎是我把天峰带到良塘去的。我知道这个时候我应该做点必要的解释。我详细介绍了春节和天峰见面的经过，看到碑的经过，及见面时我对天峰的印象。我说天峰可能年纪大些，在外面经历的事情多些，性格各方面就成熟得多，与人交往时也细腻得多，对人体贴得多。我提到天峰带给我们全家人的小礼物，这点是以前的天峰想都不会想到的。我提到那天在县城散步时，天峰见到一堵墙说什么，一条巷子说什么，坐在良塘的山坡上又说了什么。我说正是一个人内心细腻到极点，柔软到极点，也脆弱到极点，才会对一堵墙一条巷产生那么大的兴趣，对一块莫名其妙的墓碑产生那么大兴趣，对一个早已逝去的人，一个同自己毫无关系的死者产生深深同情，以至耿耿于怀，念念不已的。我一番话明显起到了应有的作用，天峰老婆吴凌花认真听着，不时嗯嗯有声表示赞同。我是天峰的同学，过去又是玩得最好的朋友，吴凌花认为我对天峰的了解某些时候也许比她更深，更透。

"不过，"吴凌花又说。"他为什么每次提到那块墓碑，那个人，总感到身子发冷发颤呢？"

我说，可能是天峰对那种感受体会得太深，沉浸得太深吧。

吴凌花又嗯一声，但语气有些迟疑。于是我进一步，用玩笑的口气提到对病的考虑。我说近段时间天峰是否有点身体不适，感冒畏寒之类。吴凌花似乎很吃惊，也很紧张，问病，什么病，你怎么知道他有病。我知道我的说法不当，忙改口说我的意思不是指天峰得了什么病，我是说天峰近几天是不是有点伤风感冒受了些寒，不然为什么会发冷发颤。吴凌花大约也感受到了我的紧张，同样把口气改过来，喃喃道：病又能有什么病呢。

吴凌花把电话放下了。

我是在学校办公室打这个电话的，临近下班时间，办公室只剩我一人。我将桌面上堆叠的乱七八糟课本作业本整理好，关了灯准备出门，身后的电话铃又响起来，拿起听听，还是吴凌花。我有些奇怪，问有什么事。吴凌花好像被我问愣了，支支吾吾一阵，竟然说不出具体的事情来。后来吴凌花告诉我，刚才她的话其实还没完。吴凌花说我讲得不错，我讲得简直对极了，天峰是真有病，或者说，天峰总以为自己有病。一想起天峰所谓的病，吴凌花说她的脑袋就开始发痛。刚才她没把真实情况告诉我，不是不愿告诉，是这事说不清。她简直不知该怎样把这事说清。

此后几天，我和天峰老婆吴凌花一连通过多次电话。都是吴凌花把电话打过来，谈的当然都是天峰，都趁着天峰出外了，上课了，不在面前的时候。电话中吴凌花的话语很零乱，却又滔滔不绝，没完没了。有时她突然想起什么，比如坐在办公室里，或乘车出外的途中，也会随时拿出手机跟我说上几句。完全可以想见，吴凌花已让天峰的事弄得很心烦。吴凌花把许多话独自在心底藏得太久，压得太久，现在终于找到一个能洞察别人秘密又能认真倾听别人秘密的人，一个能理解天峰又能理解她的人，于是她就抓住时机一吐为快了。

三

在吴凌花的印象中，其实也在我们当年交往的那批朋友印象中，天峰称得上是一位传奇式人物。天峰比我年长两岁，但说起生活经历，只怕我们十个人也抵不上他一人。"知道我是谁吗，我原是一个盲流！"天峰不止一次这么自我调侃，语气中有辛酸，更有一种咄咄逼人的自傲。天峰幼年丧父，母亲改嫁，后来跟着养父养母长大。养父养母有属于自己的固定想法，他们遵守着乡村里一条代代相传的古训，这便是养儿防老，积谷防饥。养父母把你带大，为的就是要你守在身边，以后养他们的老，送他们的终，接续他们的香火。他们唯一担心的是怕你有朝一日远走高飞。而天峰偏偏自小聪明伶俐，读书成绩好，学校老师每见到养父养母的面都赞不绝口，说这孩子只要花点工夫培养，以后一定大有出息，至少考个大学是没问题。养父养母表面点头欢笑，私下里却让老师的话弄得心惊肉跳，在天峰读到初中二年级时，终于找个借口让他离学回家做了农民。学校老师同情他，破例给他发了一个初中毕业证，天峰接在手中，眼泪扑簌簌往下直流。天峰认认真真种了三年田，到十六七岁时，家里给他找好对象，要他结婚成家，娶妻生子了。天峰死活不愿，大吵一场逃出家门。又是学校老师帮助了他。老师介绍他到高山顶上的一个村庄做了阵代课老师，后来又参加乡镇里临时组织的三秋工作组、计划生育工作组之类，总之有什么干什么，干完事走人。一年结束，春节来临，天峰跑到亲生母亲家中，想暂时待上一段时间。但母亲怕人说闲话，怕后夫说闲话，更怕天峰的养父养母过来找麻烦，无论如何不敢收留。天峰跑到亲生父亲坟前大哭一场，只身躲到大山深处一家林场扛木头，剥树皮，做木方。半年后天峰揣着辛苦赚来的三百元钱来到一座小镇，打算学着做点什么生意，谁料那钱连同唯一能证实自己身份和最高学历的初中毕业证一起，给小偷扒了个精光。绝望之中，天峰准备去投奔外县一个本家堂叔，却又身无分文，只好到公路上冒险拦车。一辆大货车仓促着刹住，司机气得大叫："想死吗，想死别找我垫背！"

天峰用更大的声音叫："我正是要找一个垫背的！"一言未毕已泪流满面。司机不由吓住了，忙跳下车拍他肩膀，并弯上好长一段路程把他送到堂叔家门前。天峰在堂叔这里整整住了两年，边做小工维持生活，边自学初中和高中课程，然后参加高考。许多高中毕业又补习多年的人仍名落孙山，他初中没读完的一个盲流，硬是靠自己的钻劲和傻劲，同时也靠那点聪明劲考取了大学。

眼前的一切来之不易，天峰自然懂得该如何加以珍惜。别看天峰历经坎坷，外表上给人的印象却文弱秀气，神情举止优雅大方。教书是一项消耗人的职业，不少年轻人通过各种关系纷纷改行。凭天峰的能力和阅历，改行做任何事，应该都会有很好的发展。可天峰不干。他说他喜欢教书。在学校里，天峰不像我们一般人这么自由散漫，吊儿郎当。天峰有极强的事业心，某种程度上也可以说是一种好胜心，虚荣心，是对好不容易得来的这份职业的敬畏。天峰把自己的全部精力全部聪明才智都付给他的学生了，所带班级学风好，高考升学率高，天峰在县城也就有了不低的知名度，每年新生开学，都有无数的家长求爹爹拜奶奶，要把小孩塞到他班上。后来到了广东，独自面对新学校新环境，等于一切从头开始。这时的天峰已更趋成熟，他不只很快打开了局面，而且各方面似乎比在老家发挥得更好，教学上独当一面，科研上也出了不少成果。天峰搞的是一项普通话普及研究，在整个南方的中学教育界都很有影响，那段时间他三天两头到省里开会，还受邀到各地区各学校做推广工作。

用事业有成一词来形容这个时候的天峰，应该说一点也不为过。

变化是从什么时候开始的呢，吴凌花犹疑着。吴凌花说她一点也不知道这变化应该从什么时候开始，想来想去只能想到这么件事。

那也是由天峰主持的一次公开教学活动，有许多外校外地区的人来听课。天峰很重视，提前一两个星期开始忙碌，作各种各样准备。正式上课这天，天峰显得成竹在胸，但连日来没得到很好休息，天峰打算利用课前的时间伏在办公桌上略微迷糊一下。没想这一迷糊还就睡过去了，事后天峰告诉吴凌花，他整整迟到了两三分钟。教书多年，天峰一般都是提前进教室，还从来没发生过迟到的事，何况这绝不是一般的上课，这是一次级别很高的公开教学。这时候迟到对于天峰来说当然构成了一件大事。但事情再大也不至于能将一个人摧垮、将他变成另外一个人的，反正是，从那以后天峰整个人似乎就有些不同。天峰的话语突然少了许多，对上课，对科研，对学生的学习成绩等，也不再有早先那样强烈的兴趣，放学回家愿意独自呆坐在书桌前，长时间一动不动。吴凌花不由有些惶惑，暗暗思忖这人到底怎回事，是不是哪里不舒服，病了？

你这边一想到病，天峰就似受到什么感应，病还真就来了。先是长时间头晕，头闷。吴凌花拉他到医院量血压，查血糖，做CT检查。没查出任何结果。可晕还是那么晕，闷也是那么闷，有时天峰不胜其烦，拿拳头朝自己的脑袋直捶。接下来天峰感冒了，不很重，只是一般的发烧，咳嗽。但偏偏好不了，一拖一月两月。吃药打针打点滴，烧退了，咳嗽消失了。几天后药一停，咳嗽又重新出现。下一天天峰腿弯处让蚊虫咬起钱币那么大一个包。让蚊虫咬一个包能算什么，可在天峰身上又成为一件大事，那包咬出了却消不了，发炎溃烂，一拖便是三个月四个月。好不容易愈合，留下的疤痕却再不能消去。天峰说这哪是感冒，哪是给蚊子咬了一口，这简直是得了绝症么。再后来天峰夜里开始失眠，半晚一晚不能合眼。天峰的失眠同样跟别人不同，天峰的失眠是补不回来的，夜里睡不着，白天同样睡不着。再后来呢，再后来天峰屁股上生了两个很大的脓包疮。那疮生得也怪，首先是位置太深，似乎长在什么骨缝深处。又不痛不痒，在很长一段时间内，不同医院的不同医生都保持着一个相同看法，以为骨缝里的这个东西绝非善物。又做了无数检查，拍片，做CT，做彩超，甚至还做了一次穿刺，没完没了。终于得出结论只是一般的脓肿，但这个脓肿生得实在不是地方，周围一带神经密集，轻易做不得手术，只能等它慢慢自动吸收。左边的吸收了，不知为什么，右边屁股接着又生出同样两个脓肿来。

讲起那些日子，吴凌花口气中满是无奈。"人一倒霉，盐罐里也生蛆。"吴凌花用一句歌山土语来作总结。有朋友说，天峰这是不服南方的水土了。可他们来南方早不止一年两年，这么多年待下来了，为什么会突然之间不服水土？又有人猜测，是不是他们买下的房子有问题，地势不对，朝向不对，或装修材料有辐射有污染等。天峰自己的解释更离奇，他说所有的原因要追究，大约都得追究到他刚刚去世不久的养父养母和亲生母亲身上。是他们在地底下作怪，在给他找麻烦。天峰的三个老人就似约好了的，在一年之中先后离世。三个老人头年死，第二年天峰身上便出现这么多问题，谁能说其中没有某种内在的关联呢。吴凌花听了有些好笑，又不能多说什么。吴凌花当然也有自己的想法。吴凌花的想法说起来同样有点荒诞不经。她想得更多的是那个面相大师所说的几句话，什么天峰流年不利，天峰注定了要孤寒一生之类。

有一件事吴凌花记忆极深，在电话里讲起时似乎显得格外谨慎。她说那是个休息的日子，吴凌花安排好家中及学校里的事务，决心陪天峰到野外走走。吴凌花买好水果、面包、牛奶、火腿肠，一人骑一辆自行车穿城而过。城外是江，江那边有湖，湖过去又是另一座湖，湖与湖之间的山丘顶上新修了一条宽阔的柏油马路。路面似乎并不平坦，而是沿着一定的弧度向一边倾侧着，旋转着，似一把晶莹闪亮、正收割着湖光山色的弯弯大镰，人走在上面就好像走在镰刃上，能产生一种力量感，一种被抛起、被掼出的感觉。天峰和吴凌花都很开心，很高兴。后来两人离开公路，推着车子来到山丘的尽头。他们在这里发现了一座大坟。这应该是当地某个有钱人家修的坟，又高又大像一座小山。天峰被这座坟的气势震住了。这里背托山体，面朝大湖，湖中的风浪阔大雄劲，幽蓝的浪头打在鲜红土岸上，两种迥异的颜色静静相对，似在作着什么深刻的对比，深沉的发问。天峰一点也不掩饰内心的羡慕之情，他说坟里这个人真幸福。做一个人能做到这种地步，死后能找到这么一个好地方，实在太幸福了。天峰说他突然理解了古代的人，还有乡下老人们为什么要那么精心选择自己的安息之地，理解了他们为什么会把死看得那么重要，甚至比生还重要。

吴凌花说大约正是从这一刻起，天峰开始思考起自己的归宿问题，思考假如哪一天自己死去，那尸骨该往何处安放的问题。天峰知道自己还很年轻，根本不到想这些的时候，但不知为何，一个人忍不住就要这么想。天峰说既然找，就必须找一个比较安静又比较永久的地方，可他实在想不出哪里能找到这样一个地方。周围的一切时刻都在变化，都在动荡，也许你头天把尸骨埋下，第二天便有挖掘机将你抠出来，抛垃圾一般抛开老远。在广东这里，要安葬，你只能葬在公家设立的陵园里。陵园里热闹是热闹，但那地方真能作为一个人的永久安息之处吗？在天峰和吴凌花心中，目前这个城市似乎并不是他们最后落脚的地方，他们总还有那么一种感觉，有那么一种打算，有往哪里再挪一挪的打算。实际上在广东这里，每个人都漂泊不定，永远不可能有个最后落下的时候。退一步说，即便他们最后落下来了，并且在这里老了，死了，安葬了，那么以后呢，到他们的儿子一辈呢。他们的儿子不可能在这里永远待下去，不可能永远守在你身边的。儿子会出外读大学，毕业后肯定又会到其他地方工作，然后在那里成家立业，安置自己的一生。那么他们丢在这里的坟不就成了一座孤坟野坟，用歌山家乡的话说，是一座绝坟？日子一久便谁也不知道你是谁了，你就真正成了一个孤魂野鬼了。

"人这一辈子东跑西颠，追求来追求去，到最后不就为着个入土为安吗？"静下来的时候，天峰常常这么念叨。

天峰问："那么，属于我的一抔黄土到底在哪里？"

天峰说，看来这辈子，我是真正死无葬身之地了。

照天峰的意思，日后他是一定要回故乡回歌山的，这也算一种叶落归根。不过生他及养他的那个小山村又不行，那里太闭塞，太孤单。再说那里的人也都在纷纷朝外迁移。那里的人都快走光了。唯一理想的去处是歌山县城。在城内买一幢房子住人，死后到城外找一处地方安葬，这是天峰为自己设计的最完美结局。于是有时候天峰会禁不住迷惑起来，说我们明明要回去的，为什么还在广东买房？又有时候他们回歌山，经过三两天旅途奔波，眼看县城快到了，县城就在前方。天峰突然之间会吓一跳，说我们过几天不是还要去广东的吗，既然过几天又走，现在为什么要回来？既然大老远回来了，为什么过几天又走？这时候的天峰脸色苍白，嘴唇微微有点哆嗦，说我们怎么能这样。我们不应该再这样下去的。我们应该想个办法，要来就来，要去就去，而不能像这样来了又去，去了又来。

那些日子吴凌花说她是真怕。吴凌花说那些日子天峰逮着机会就同她讲坟讲墓，讲哪里才是自己最后能落下脚的地方，讲到底应把自己的尸骨放到何处，直讲得整个家里阴气森森。吴凌花和儿子不由都有些心惊肉跳，生怕这是一种凶险的预兆。生怕这人会出什么意外。幸亏最后也没见什么意外。随着日子一天天过去，事情总算渐渐平息下来，没想上次春节回了趟歌山，天峰又重新把坟把墓把碑的话头提起，并且这还是一座完全与自己无关的墓，无关的碑，是不知哪朝哪代留下来的一个外地人的墓和碑。天峰在家里讲不算，到课堂上同学生也这么讲，讲什么人的归宿问题，讲人和故土的关系问题，讲人的一生应该靠着点什么的问题。天峰还在学生中做一项调查，逐个了解谁的原籍在哪里，什么时候、什么原因来到广东，离开家乡后感受如何。说来也巧，班级中竟有一个学生就来自云南定山。这下天峰似乎找到知音，有事没事便缠住那学生探问云南定山的情况，生活方式怎样，风俗习惯怎样，平时人们喜不喜欢出外，出外了如何谋生等等，弄得人家学生莫名其妙。

吴凌花在电话中也用上了那个词，用上了"发疯"一词。吴凌花一遍遍叫着我的名字，说王中兴王中兴，你帮我说说，这事该如何了结。这人是不是发疯了，走火入魔了？

对于天峰目前的状况，吴凌花说她是有责任的。吴凌花太忙。她忙得连在家落脚的机会也很难找到，家务上的事，以及照顾儿子的事，基本上全丢给了天峰。她根本就抽不出多少时间陪他，更别说好好聊聊天谈谈心了。另外么，天峰带儿子做家务也算搞习惯了的，当初在歌山就这样，到广东后自然也这样了。还有呢，吴凌花说她一直以为天峰是一个很坚强很坚韧的人，完全靠个人的毅力靠个人努力一路从乡村搏杀出来，硬将自己从一个盲流拼成一个大学生，拼成一个教师，其中的艰辛远非一般人所能设想。吴凌花一直以为天峰有足够的能力关心别人，而不需要别人关心。就是这样一个人，这个坚强坚韧，完全靠个人毅力靠个人努力一路从绝境中搏杀出来的传奇式人物，什么时候竟弄得如此脆弱，如此不堪一击，似乎连个女人连个小孩也不如了？

四

听说我到良塘找过墓碑，又以墓碑为中心四处搜寻过那座墓，后来还在村庄中试图找人了解墓主刘茂清的身世情况，天峰不由十分高兴，特意打来电话表示感谢。天峰说他当初怎么就没想到此点。当初他绝对应该想到此点，他应该找人了解一下那个刘茂清到底是怎样一个人的。他没想到的我却想到了，做到了，天峰说可见他这人平日办事有多么糊涂，而我又有多么细致，多么周到，有多么认真负责。天峰一本正经说这些话，并且说了又说，似乎我已立下多大功劳，帮了他多大忙一般。在不好意思之余，我又有一种怪怪的感觉。我知道天峰是真兴奋，真感激，但这种兴奋这种感激是不是表现得太过头了，太不伦不类了。

天峰在电话中详细谈到了几点看法：第一，关于我提起的那个问题，关于刘茂清墓址的问题。我们发现的墓碑所在地，也即是那道山坡不可能是墓址，这点用不着怀疑。照天峰估计，墓址也不可能在这座山丘其他地方。天峰早已注意到，山丘表层基本属于半砂半石的红色土壤，而墓碑下端原先埋在土里的部分却呈黑灰色，且黏性极大，仔细分辨似乎还可见出一些蚯蚓及其他软体动物爬过的痕迹，这些都表明墓址所在的地势应该很低。天峰嘱咐我要找，也一定多往山坡左下方那片洼地找。

接下来天峰给我谈到对另外一个问题的看法，对有关墓主刘茂清这个人物身世身份的看法。有一点天峰比较肯定，他认为那块墓碑立下的时间，也就是说死者刘茂清去世的时间距现在并不太远，一般不会超过二三十年。因为碑上所刻的日期，一九三一年五月初八，用的是公元纪年，这指的一定是墓主的出生日期，否则，若指的是卒年或立碑时间，一九三一年属民国时期，民国时期一般通用民国纪年。从后一句某某省某某县的称谓方式，也可见出此点。刘公某某，表示墓主是一个年长的男人，三十岁左右到六十岁左右的年龄吧。一九三一年出生，活到三四十岁或五六十岁，其死亡时间及立碑时间大约就在六七十年代至八九十年代之间。这一推断与实际情况也比较相符，六七十年代至八九十年代正是歌山县外地人口流动得最多的时期。另外，天峰继续分析道，我们看到的那块墓碑狭小，简陋，石质差，简直就是一块随意捡来的石头，临时找人刻上几个字，这表明墓主的身份低微，没有钱买一块正经的石碑。碑面上没有标明立碑人姓名，表明墓主无后，也没有亲戚朋友，这块碑只是个无关的人帮着立起的。碑上刻了一个时间，却没写清这时间究竟指什么，表明这碑立得潦草，匆忙，立碑人的素质很低，没什么文化。

"综上所述，"天峰说，"当初我们的判断应该没错，墓主刘茂清是一个从云南流落过来的穷苦人，也许在县城一带干点什么小生意，摇拨浪鼓玩猴耍把戏卖狗皮膏药之类，后来得了病，死了，回不去了。别人只知他姓名、年龄、籍贯，这或许还是他死前临时告诉给周围人的，其他情况他来不及说，别人于是一概不知。"

　　天峰猛然把声音顿住，再说时话语已迟缓低沉许多。"就这样，这样一过二三十年三四十年，家里人得不到他半点消息，他当然更得不到家里人消息，只一人在这外地，在这异乡的山坡旁边静静躺着，一个人也不认识，连当初给他安葬给他立碑的人也不知去向。后来连那唯一的线索，那块刻有他名字、籍贯和出生日期的碑也给人拔了，给人抛了。再后来呢，"天峰自问着。天峰说，"后来他终于遇上我们，我们偶然到那个山坡上散步，又偶然抠挖起那块墓碑，偶然认出碑上几行字，发现了多少年前有某个外地人曾死在这里，尸骨未收。这一切是不是太偶然了一点呢？"

　　天峰的意思是，所有这一切偶然加在一起，是否暗示了一种必然。也许这个叫刘茂清的云南人独自躺在这里等了二三十年三四十年，他要等的就是这一天，这天一定会有两个人来坡顶散步，从而发现他，并且会帮助他，解救他？

　　天峰把他的决定告诉了我，让我无论如何一定找到墓地的确切位置，如可能，再弄清刘茂清其人的具体身份，而他自己呢，他准备向学校请个假，专程到云南走一趟。就目前天峰所掌握的资料看，云南定山的确有不少刘姓人家，刘姓山村。天峰班上那个云南定山籍学生就姓刘，这学生初中读书时有两个同学也姓刘。天峰计划这次到云南，假如真能寻访到死者生前的一些踪迹，或者更进一步，能找到死者的一两个亲人，他一定协助着把死者尸骨取出，送回到云南老家去。

　　在整个通话过程中，我没有对天峰的计划表示任何态度，没作出任何承诺，只一味嗯嗯啊啊敷衍着。你帮我说说，这人是不是发疯了，走火入魔了？我一再想起吴凌花对我说过的话。我深切体会到吴凌花在说这句话时，内心有多么烦恼和绝望。我想在这种怪诞而又狂乱的念头面前，任何人都会感到烦恼感到绝望的。另外我还考虑到，此前无论是天峰是吴凌花，都并未同我说起什么到云南一行之事。是听说我到过良塘寻找墓址，并试图调查墓主刘茂清的身份之后，天峰才变得如此激动，如此亢奋的？那么天峰是否从我这里得到了什么刺激，得到什么鼓励甚至启发？我怕自己一不小心答应什么承诺什么，天峰会进一步受到刺激受到启发。

电话打完，我一个人继续在电话机边呆坐着。我想无论如何，我得把今天的事同吴凌花说说，把天峰要去云南的事同吴凌花说说，也好让她心中有数，从而更好地加以劝阻。谁知我的电话还没打出，那边已有电话打进来了。正是吴凌花打进来的。正是跟我谈天峰到云南一事的。吴凌花一句多余的话语也没有，吴凌花说：

"王中兴王中兴，到云南绝对不行，天峰这么副模样，一个人去那么老远的地方绝对会出事的！"

吴凌花说，王中兴你一定帮我劝劝。这事只有你能劝，这事也只有你能劝得住，天峰愿意听你的。

不错，在这件事情上天峰确实愿意听我的。我让天峰先别慌慌张张跑去云南，天峰当真暂时取消了到云南的计划。不过我也答应了天峰另一个要求，答应在歌山寻找刘茂清墓址，同时弄清其真实身份及生平情况，等一切真相大白，再谈到云南寻找其家属亲人及送回骨殖的事。只有把刘茂清身份情况搞清了，才能做到有的放矢，有迹可循，否则云南定山县范围那么广，刘姓人家又那么多，你要找到一个几十年前消失的人还不无异于大海捞针？再说，这时我提出一个有力问题，我说天峰你考没考虑过，假如这个刘茂清并非什么云南人，而是我们歌山本地人呢。墓碑上的云南定山，也许只是指的一种籍贯，而并非是指出生地。刘茂清的祖上也许是云南定山人，后来迁移到歌山了，在歌山居住有几代，早已成为歌山本地人了，但按照日常习惯，在某些比较正式比较严肃的场合，比如填什么表格时，尤其是立碑对一个人进行盖棺论定时，你仍然可以说你是云南定山人。这种情况在我们日常生活中一点也不少见。

我的疑问摧毁了天峰内心那种盲目的自信，电话中他好一会不作声。

"你所讲到的这种可能不是没有。你所讲的这种可能确实存在，并且我们从内心里希望实际情况当真如此，"天峰说，"但是，假如实际情况并非如此呢，我们总不能够因为有一种极小的可能存在，而否认另一种更大的可能。"

"不管哪一种可能更大，还是我刚刚说过的那句话，只有把墓址查清了，把这个刘茂清身份查清，我们才好最后决定应该干点什么，"我说，"否则连这个刘茂清是不是云南人也不能确定，你就冒冒失失跑去云南，人家还不说你发神经啊。"

说到最后一句，我发现自己从内心深处感到恼火，感到不耐烦，话语也不由尖刻起来。我知道我不能对天峰如此说话，此时此刻，天峰是一个极其脆弱的人，从某种程度上可以说，天峰是一个有病的人，稍不留神就有可能伤害他，刺激他，甚至给他致命一击。但无论怎样努力，我消除不了堵在心头的憋屈之感，压抑之感。都是些什么乱七八糟，还真弄得一本正经，煞有介事了。

五

这里有一件事不能不令人惊异，我们按照天峰在电话里的指点和提醒，果然在山坡左下方那片洼地找到了墓碑原来所在的位置，也就是说，我们找到了墓碑拔去后留下的那个土坑。我们试着将墓碑重新放入坑内，立起，一切都严丝合缝，不差分毫。后来我们又根据墓碑的方向及地势的走向，大致确定了刘茂清坟墓的具体位置。年久失修，坟堆不用说早已平了。为做到准确无误，我们找到良塘村一位叫李明山的老人请教，李明山及另外几位旁观的村民明确无误指出，碑是这块碑，地方也是这地方，不会有错。他们一辈子来来去去，种菜，放牛，放羊，上山砍柴，当然看惯了这里有块石碑，也知道碑后葬有一座坟。不过碑上刻了什么字，他们却不清楚，这块碑什么时候让人拔出摞到了坡顶，他们也不清楚。我问坟里埋的什么人，问是否有谁知道一位叫刘茂清的外地人，他们都一概摇头，说不清楚，当真不清楚。在他们的记忆中，似乎从一开头就有这块墓碑的。

"记得那年我和上辈人吵架，他们不让我进门，我不就在这坟碑边睡过一夜么。"李明山前前后后看一阵，这么自言自语道。

"你说的那年是哪年？"我问，"为什么要到坟碑边睡觉？"

"上辈人嫌我，不让我回家。"李明山笑起来。旁边的人告诉说，上辈人指的是李明山家老人，李明山的爷娘。

"那么，那是哪一年的事呢？"我紧追不舍。

"我也记不出那是哪年，"李明山说，"那年我到城里帮人守店门，十二三岁吧。"

李明山说过，他属羊，今年虚龄六十六。假如他的记忆无误，他十二三岁就在这块墓碑边睡过一夜，那么这碑存在的时间至少已有五六十年，而不是天峰所推测的二三十年三四十年。

我是同天峰的表弟余小云一道坐公交车去良塘的。余小云名字叫得很秀气，很女性化，实际却是粗粗笨笨、矮矮胖胖一壮汉，身形体态各方面都已显出几分老相，初初一看我宁愿相信这是天峰的表哥甚或表叔。可他偏偏是天峰表弟。不知为什么这多少让我有点尴尬，为天峰，也为我自己。我想天峰表弟都已经老成这样，我们这些表哥辈的在别人眼里是何等一副尊容，也就可想而知了。这一刻我对天峰的脆弱心境和处境仿佛有了隐隐的理解。天峰说得不错，我们都已经老了，可悲的一点是，我还根本没有意识到自己老了。非得天峰表弟往你面前一站，这才很不情愿地承认，自己可能真老了，老得大约很不堪了。天峰表弟一点也没意识到刚见面他就给了我沉重一击，天峰表弟也应该属于那种性格开朗的人，见面就笑，就递烟，就说话。他说他表哥表嫂几次打回电话，让他到二中找一位叫王中兴的老师，又让他到良塘找一座什么坟。余小云说起初他把二中老师王中兴和良塘的坟搞混了，还以为……说到这里余小云朝我笑。我也笑，我说，还以为良塘那座坟里埋的是二中老师王中兴吧。

不知天峰及吴凌花在电话里是如何交代的，对于我们此次去良塘的目的，即为什么要找一座坟，为什么要弄清一个叫刘茂清的人的身份，余小云一点也没有表现出任何疑惑和不解，相反他还有点兴致勃勃。坐在去良塘的公交车上，余小云给我谈起自己的一些经历，他早年当兵，转业后在江州一家很大的国营纺织厂上班。不料工厂倒闭，他带着老婆孩子回到歌山，在县城租了处门面做生意，做防盗门，后来又卖铝合金。

"我表嫂么人不错，爽快，我表哥呢，可惜有点古里古董。若凭他的能力，他的学问，到我们歌山做个校长、教育局长之类还不绰绰有余？"余小云用这么两句话评价天峰和吴凌花。

有余小云出面，事情办起来要顺利得多。余小云在良塘有朋友，李明山老人就是由余小云的朋友带着我们找到的。余小云的朋友还真热心，李明山老人也热心，上午这两人领着我们在良塘忙了半天，后来还招待我们吃过中饭。下午我刚刚回到家，他们又由余小云领着，找到我教书的学校来。一看三人兴奋的模样，我知道事情可能有了新的进展。事情还真有了进展，李明山说他左思右想，终于想起一件事来。不错，那座坟里可能真葬着一个外地人，一个浙江人，或安徽人，也可能是云南人吧，反正讲话叽里呱啦，你横听竖听听不懂的。李明山记得很清，那是一对做手艺的夫妻，串乡走村做篾箩，编竹垫，身边带一个小男孩，还带着一个年纪很大的老头，一家人在良塘住过几年。夫妻俩白天带着儿子出门揽生意，老头则挨家挨户帮人做闲工。结果那老头就病了，就死了，就埋在这边山上。

我问："是我们上午看到的那座坟吗？"紧接着我又问："那老头是不是叫刘茂清？"过会我还问："后来那对做手艺的夫妻去了哪里？"

我发现我问得太急，李明山不知如何回答才好。于是我把话重复一遍，问外地老头埋的地方是否就是今天我们到过的那地方。

"是不是那地方我说不好，"李明山嘿嘿笑，似为自己说不好而羞愧，"反正就在周围一带山上吧。"

余小云问："你说的那是哪个年头的事呢？"

"年头有好些年头了，"李明山继续嘿嘿笑。

　　我启发道："说个大概吧，大概哪个年头，五几年，六几年，要不然，七几年？"

　　李明山点头，说应该是六几年。

　　余小云问："刚才不是说你很小的时候，山上就有那碑那墓了，你十二三岁还在墓边睡了一觉？"

　　李明山被问住了，只能继续嘿嘿笑，笑得很惭愧，很羞涩。

　　为了把事情进一步查实，我们返回良塘，又找到另外几位年纪大的人询问，其中一位就是当年那对外地夫妇的房东，另一位是当年生产队的队长，队上有什么事，比如这找地方葬人的事，一般都得经过他的同意。讲起做篾工的外地夫妇，几位老人记忆犹新，讲起外地人带在身边的小孩，老人们同样记忆犹新。至于那对外地人还带了个什么老头，却是谁也说不上了。这时李明山恍然大悟，原来他把事情整个搞错了，带了小孩又带了老头的夫妻是另一对夫妻，那是从县城下来的一对下放干部。后来老头是在这里死了，却并没在良塘下葬，而是运回到他们老家下葬的。

六

　　这天我和余小云一连两次跑良塘，要说一无所获也不符合实际，我们至少了解到城郊地区尤其是良塘一带多年来的一些基本情况。良塘村人员复杂，不只有本地人，更有形形色色的外来人，和在公家单位上班的人。依时间先后数过来，这里曾设立过垦殖场、鱼种场、茶叶试验站、水电站、公路建设指挥部、水库建设指挥部，还有诸如商店、粮站、畜牧兽医站等，至于近些年私人办的那种面粉厂、轧花厂、洗车场、养鸡场、养鸭场、加油站什么，更不计其数。人多，病的死的也多。时间长么，是棵树也会有老死的时候。所以山上葬的那人只怕比地上的人更复杂。照规定，单位上的人死了想就地安葬，多少是要付一笔土地费的，这样就出现一种情况，有人趁夜半偷偷把死人往山上送。近些年倒过来，政府有关部门引进外资在县城另一边的太阳山兴建了陵园，所有的死人都往那送，连良塘村的人也要往那送，要花钱买地皮。良塘人说我们祖祖辈辈留下来这么多地皮，还要花钱到太阳山买地皮，谁听？于是也趁夜深人静，偷偷往山上送。

据良塘村这些老人估计，我们所找的刘茂清那坟，也许正是外地人葬下来的一座孤坟，野坟。山上野坟那么多，要想认真分清谁是谁，只怕十分困难。我们把所有这些同天峰做了介绍，天峰考虑一阵，说要不这样，我们暂且停止这种死寻硬找，我们不妨采取一种筛选法，排除法，排除掉你曾经说到的那种可能：刘茂清并非什么云南人，而是原籍云南的歌山本地人。假如刘茂清真是本地人，是县城及周边地区的常住户，那么我们只用到派出所翻翻户口本就行了。天峰有几个学生在派出所上班，他先打个电话联系好，再让我们过去跑一趟。天峰说在派出所找一个人容易不过，现在都是自动化管理，你只需在键盘上敲上几个字，所有叫刘茂清的名字会统统跳到你面前排好队。

于是接下来的几天，我和余小云有事没事便往城东和城西的两个派出所跑。天峰说派出所都是自动化管理不错，但所谓自动化也只是近些年的事。派出所档案室还有许许多多户口册都在木柜中用细麻绳捆着，一摞摞码起，并没纳入到什么自动化中来。何况我们现在查的是什么人？一个几十年前的死人，于是你也只能到几十年前那种旧册子中去翻。一行行翻，一册册翻，一个木柜一个木柜地翻。好在派出所里不只有天峰的学生，也有我的学生，学生们都很热情，很恭敬，也很随意，你指哪里他们会给你拿哪里，你想翻多久他们让你翻多久，有事时他们出去忙事，没事了也见缝插针帮一把。

当我们终于找到一个叫刘茂清的人，内心的激动不言而喻。不过这个刘茂清绝不会是我们要找的刘茂清。这个刘茂清还好好地在世上活着，更不是什么外地人，云南人。但我们仍恋恋不舍，看了又看，还把这份叫刘茂清的人的档案做上记号，以备必要时再回头查核。后来我们又找到另外几个刘茂清，这几个刘茂清看来同样不是我们要找的刘茂清，这几个刘茂清同样仍在世上活着，同样不是什么外地人，云南人。再后来有一个人情况比较复杂一点，这人已经死去，且籍贯外地，籍贯江州，但最后一个字却是青年的"青"，而不是清楚的"清"。我们又给所有的刘茂清做上记号，并且对最后那份"刘茂青"做了些简要的摘录。

在电话里听了我的介绍，天峰并没有料想中的兴奋，也没有对我们几天来的辛劳表示起码的赞赏和感谢。照我们原本的意思，即便暂且没找到吧，但至少我们找了，且找得很认真，很投入。我们尽了自己最大的努力。惶恐之余，我和余小云都表示会顺着目前的线索继续往下找。我们已掌握了这位叫刘茂青的死者的基本情况，这是六十年代从江州来的一位下放干部，先后在歌山县玉田公社、黄田公社、菖蒲公社等地劳动，后调县城里的农机修造厂做工人。刘茂青有一妻二子，大儿子在歌山中学毕业后，进歌山垦殖场及面粉厂上班，而歌山垦殖场、歌山面粉厂恰巧都在良塘。刘茂青这位大儿子后来还一度担任修造厂的厂长，小儿子在菖蒲中学高中毕业，后任本地的小学教师。兄弟俩各自娶妻生子，八十年代末先后调回江州老家。

"王中兴你有没有把握认为，这个刘茂青就是我们要找的刘茂清？"天峰打断我。

"把握倒说不上，"我支吾，"不过也只有这个人情况比较接近。何况这人的大儿子在良塘待过很长时间，应该同那里有许许多多瓜葛的。"

"你这个刘茂青出生年月是多少？"天峰问，"是不是一九三一年五月初八？"

"出生年月差不多，据派出所户籍记载，刘茂青生于一九三五年十月，一九八九年在歌山去世。"

"五十多岁，五十四岁。知道什么原因，这么年轻就去世了？"

"去世的原因不清楚，户籍本上只说这人已故，"我说，"要不然，我们再找找派出所的人问问？"

天峰说："户籍本上肯定他是籍贯江州吗？或者只是出生地在江州，而籍贯是云南？"

我告诉天峰，事情麻烦就麻烦在这里，派出所的记载里根本没提到"云南"二字，刘茂青籍贯江州黄老门乡刘窝村，出生地也是江州黄老门刘窝村，应是地地道道的江州人。

"可我们要查的那个刘茂清明明是云南人，至少籍贯云南，祖籍云南，"天峰说，"王中兴你看是不是这样，有关云南人刘茂清的坟墓，此事我们到此为止，以后用不着再做什么调查了，查也查不出名堂的。你想，良塘一带人员那么复杂，几十年来变化又那么大，山上的坟墓那么多，孤坟野坟，还有不孤不野的坟，历朝历代都有，你哪能一一查得清来龙去脉？何况还有你上次说的那种情况，这个刘茂清可能并非什么云南人，而只是一个祖籍云南的本地人，而所有那些什么摇拨浪鼓耍猴玩把戏卖狗皮膏药之类，统统是出自我们一厢情愿的想象。"

　　对呀，我想同天峰说。我早以为所有这些，什么摇拨浪鼓耍猴玩把戏卖狗皮膏药之类不过是出自我们的想象，我们在一个完全无关的外地人身上花这么大工夫纯属荒唐透顶，滑稽透顶。尽管如此，我仍认为天峰的话语，天峰的转变有点突然，有点莫名其妙。我这么问天峰："你的意思是说，对那个刘茂清的坟，我们以后可以不管了？"

　　"不是不管，"天峰回答。"我正准备抽时间请个假回歌山一次，到刘茂清坟前烧些纸，挑点土把坟包堆好，弄得像个坟墓的样子。不管刘茂清是不是死在外面的云南人吧，既然他的坟塌了，平了，没有后人上坟，我们就应该将他的坟修整好，以后回歌山也好随时过去看看。"

　　我又一次惊奇了。又一次以为听错了。天峰是不是说，他正准备抽个时间请假回歌山一次？我问天峰，你是不是说正准备请个假回歌山一次，给刘茂清的坟墓挑挑土？

　　天峰说不错。天峰明白无误告诉我，过段时间他想请个假回来给刘茂清的坟墓挑挑土，另外再把他养父养母的骨殖从黄田乡下取出来，用木炭炼好，研碎，用一只木盒装了，带到广东去安葬。

　　"把谁的骨头取出来？"我问天峰，"你说把你养父养母的骨头取出来？"我又问，"无缘无故为什么要把你养父养母骨头取出来，带到广东去？"我想我们不正说那个云南人刘茂清吗，怎么片刻之间又扯到他养父养母头上？这人到底想给我说点什么？没容我把内心的疑问表达出来，天峰忽然不耐烦起来，用很粗暴的声音说："好了好了，不用多问，见面再说吧。"随着咔嗒一响，电话毫不迟疑地挂上了。

我也把电话放下，不过整个人又一次呆坐在办公桌前，半天不能动弹。天峰有什么理由，有什么资格要对我不耐烦，无缘无故他凭什么要撂我的电话，这点让我不解，明确说让我气愤。近段时间我一直在为他没日没夜忙碌，尽管事情没能办好，那也不是我的原因。即便是我的原因，我又不是他的奴仆，怎么也不至于要惹他发火的。不过同一时间，我又受一种好奇心驱使。我想我无论如何也得弄清这个天峰在想些什么。他到底想干什么。我们明明在说刘茂清的事。天峰想弄清刘茂清的身份和身世，想找到刘茂清的家属和亲人，怎么无缘无故又把目标整个换过，扯到他养父养母头上？

我给余小云店里打了电话，守店的女人，大约是他老婆吧，说余小云出门送货。我又打余小云手机，手机忙音，过一会再打，又说不在服务区。我想余小云是下乡送货了，于是接着打天峰老婆吴凌花手机。吴凌花电话一打就通，他们似乎正在开会，说让我先等等。让我把电话搁下，她过一会打过来。我刚把电话放下，她已经打过来了。吴凌花问我这是哪里的电话。我说我在家，这是家里的电话。吴凌花让我不要走开，就在电话机边等着，她过会再给我打过来。

也就是十来分钟，吴凌花果然把电话打进来了。不等我多说什么，吴凌花已在那边唉声叹气，说是啊是啊，没办法，没办法呀。吴凌花说这些日子天峰情绪越来越不好，精神状态越来越差。现在有关那个云南人刘茂清是谈得少些，但平白无故又冒出他的养父养母。天峰说要把他养父养母的骨头取出来，带到广东安葬。我有些不解，说天峰不是一再强调，以后他还要回歌山定居的吗。天峰说等退休后回到歌山，在县城买一幢房子，好好过几年舒心日子的。吴凌花说天峰岂止是打算退休后回来，他时时刻刻都想回。但他内心里比谁都清楚，回来不会那么容易。这一辈子他可能永远回不来了。别的不说，单说一点，假如你真回歌山，那么刚刚买下的这幢房子怎办？天峰明明知道，要回歌山就不应该买房，买了房子你也就回不了歌山。可他既买了房，又想回歌山，既想着回歌山，又要在这里买房。

"发疯啊王中兴。"吴凌花说。吴凌花说来说去只这么一句话：发疯啊。看来也只有这句话最能表达此时此刻她内心的复杂感受了。吴凌花说："我看这人大概真要发疯了，我看这人不发疯，事情就永远没个完结的时候。"

吴凌花告诉我，天峰的疯疯癫癫不只表现在言谈中，表现在他那些奇奇怪怪想法上，同时也表现在整个神情举止上。天峰好险都出事了。好险出了大事。前些日子他拿了课本到学校上课，刚刚走上大街，就被迎面驶来的一辆自行车撞了。幸亏是一辆自行车，假若换了摩托车、汽车，你想一个人还能有命吗？尽管是自行车，当时似乎也没多大感觉，但夜里在家睡一觉，第二天发现脚脖子那里有点痛，还有点肿。到医院一拍片，医生说胫骨骨折，骨头已裂开一条缝。

有一点让吴凌花最为不安，最不能原谅自己。吴凌花说这次天峰扯到什么养父养母，似乎与她所说的一句话有着直接关系。天峰早早晚晚说云南说刘茂清说坟墓，说他即将实行的那项计划，实在让吴凌花无比心烦。有天她一时没有忍住，顺口说了声这还有完没完，自己的事管不好，管起别人的事来一身劲。八竿子打不着的人，你真不以为自己的行为有多么荒唐，有多么怪诞滑稽吗？天峰当时就变了脸色，呆呆傻傻把吴凌花看了好久，随着明白过来，一个劲连连自语："不错，是荒唐，是怪诞，是滑稽。简直就是个极大讽刺么。"

天峰很羞愧。天峰羞得满脸通红。天峰说："极大的讽刺啊。"

吴凌花万没想到，自己无意中一句话能在天峰身上产生那么大影响，会给天峰以那么大的打击。吴凌花说她的意思根本不是天峰所以为的那种意思，吴凌花根本不是指天峰的父亲母亲，养父养母。吴凌花连想也没想起他的养父养母。可她真应该想到天峰有一个奇异的家庭，天峰既有自己的父亲母亲，又有一对养父养母的。

"那么，"我问吴凌花，"就让天峰回歌山一趟？"

"不让他回怎么办，王中兴，没办法呀。"吴凌花又一次唉声叹气。吴凌花说她再怎么不愿，也不敢对天峰的意图有丝毫违逆了，怕只怕你稍一违逆，又会激起更大变故。吴凌花的意思不说我也知道，吴凌花希望通过此次歌山之行，将良塘村后刘茂清的坟修好，将天峰养父养母的骨殖带到广东，也就是说让天峰所有的心愿一一落实下来，再看这人能不能平静一些。

吴凌花不仅支持天峰回歌山，她还打算抽出个空，专门陪天峰回来一趟。

七

我是在县政府招待所见到天峰和吴凌花的。事情确乎比我想象的还要严重，与春节时相比，天峰明显黑了，瘦了，面容憔悴了，衬着室内黯淡的光线，简直给人以面目全非之感。撞着邪了，我忍不住又一次这么想。到底是因为什么，一个活蹦乱跳、性格倔强的人，真就给糟蹋成这样？不仅如此，正如吴凌花所说，在神情上举止上天峰也发生了不小的变化，说话时，微笑时，侧转脑袋看门外走廊上某一个行人时，都有些恍惚迷离，神不守舍，走动起来腿脚似乎也不很方便。当时我们从招待所出来，说到百货商场买两套洗漱用具。过街前我发现吴凌花下意识把天峰胳膊拉紧，然后慢慢搀扶到一边去。吴凌花显然察觉到我眼中的疑惑，她皱皱眉头想含糊过去，又觉这么含糊着不很合适。于是继续皱皱眉，没好气地说：

"连个路都走不好，你看这人是不是快成了个废人。还是上次自行车撞的啊，医生明明说没多大关系，过段时间就能恢复的，可这都多少时间过去，还一副歪歪倒倒模样，多走了几步就喊痛。"

天峰表弟余小云带着他老婆来了，两夫妻大声责怪天峰和吴凌花为什么要住招待所，为什么不住到他们家里去。吴凌花解释天峰腿有点不好，住到家里不方便，余小云说正因为表哥腿有点不好，才应该住到家里，出门进门好有个照应的。余小云和他老婆坚持要到服务台把房退了，吴凌花说钱都交了，还能退什么房，好歹住这一夜，反正明天一早要去黄田。房里摆了几只很大的旅行包，天峰打开一只，原来都是送人的礼物。是送人的衣物。天峰从中找出两套西服，一套给我，一套给余小云。天峰说这些日子麻烦我们太多，也没什么可感谢的，想来想去只能送套衣服表示个意思。我和余小云都有点面红耳赤，不知该感谢还是该生气才好。又不愿过多拉扯，只得尴尴尬尬接在手中。天峰又打开其他几只包，里面所装竟全是那种用来焚烧的冥钱冥币，方的圆的、现代的古代的，人民币港元美元日元英镑，形形色色都有。天峰一捆捆翻出来，告诉我们在广东这叫什么，上面的图案象征什么，另一种图案又象征什么。我惊讶地发现，讲起这些天峰的话变得极多。天峰慢声细气，絮絮叨叨，没完没了，口中的话语就似地底冒出的山泉，吱吱咕咕往外奔涌，同一刻钟前相比，又一次给人面目全非、判若两人之感。我几次接触到吴凌花的目光，吴凌花坐在窗前的沙发上，一副袖手旁观架势，满目含讥带讽，似乎在说：看看，看看，我没说错吧。吴凌花似乎又说：今天出丑就让你出个够，今天看也让你看个够。

因为有一只大包，中饭后我们一行四人在招待所门口拦了辆出租车，我坐前，天峰坐后排中间，吴凌花和余小云老婆一边一个把他护着，那小小心心模样好像在护着一个婴儿。通往郊外的路仍没修好，车子一个劲吱吱溜溜，歪歪倒倒。到良塘时，余小云带着他那位朋友手拿锄头铁锹，早已在坡头等候了。

好在人手多，余小云的朋友三下两下将坟周的树丛草丛砍开，接着大家一齐动手，挖的挖铲的铲挑的挑，一座坟包就有点像模像样了。我们不让天峰上前，可天峰不听，挥起一把锄头干得比谁都起劲，不多久已满头大汗。我们将坟堆整好拍紧，将石碑重新竖正，又在四周挖了一条深深的排水沟。天峰一边跪下烧纸，一边念念有词不停说话。村庄上不少闲人赶过来观看，其中就有那位叫李明山的老人。天峰在地上跪得累了，于是将其中一条腿抬起，单腿来跪。但单腿跪着其实更累，天峰换过另一条腿再跪。

"老刘，我们走了。"离开的时候天峰忽然把声音提高，一字一句这么给坟中的人说话，"老刘别怕，你尽管一心一意在这里待着。良塘其实不错的，良塘是个好地方，离县城不远，又紧靠公路，白天黑夜都很热闹，你不会孤单的。以后我每次从广东回来，一定会过来看你。我会把你当亲戚一样来往，别怕啊老刘。"

这天的晚饭是在我家吃的，我将天峰、余小云两对夫妇一起请来了。终于能了却一桩心愿，天峰显得很高兴。饭后我们打算送天峰回招待所休息，天峰不愿，要我陪他再到街面上走走。吴凌花习惯性地上前搀扶，天峰手一挥，将她猛然推到一边。天峰说我又不是三岁两岁小孩，这走走路自己大概还是会的，用不着别人一天到晚在后头跟着。我见天峰神情不对。天峰真正有些生气了。天峰似乎连自尊心都受到了伤害。我朝吴凌花摆摆手，意思是天峰不会有事。

天峰一定有话想单独同我说说，这点我内心很清楚，吴凌花他们同样清楚。天峰一定想同我说说白天修好的那座坟，说说坟中那个身份不明来历不明的刘茂清，说说自己的父亲母亲，养父养母。当然也可能天峰什么都不会说，他只想同春节那次一样，让我陪着在县城大街小巷四处走走。我的猜测一点不错，刚刚从住处的小巷走出，来到灯火通明的街头，天峰便提到了他的养父养母，还有那个曾把他拒之门外的亲生母亲。

与养父养母以及亲生母亲的恩恩怨怨，多年来一直是天峰心头解不开的死结。天峰不止一次在我们面前表示过，他瞧不起他们。每次想起他的养父养母，想起他的亲生母亲，内心便有一种极阴暗寒冷的东西在滋长，仿佛又一次置身来路去路都已断绝、他被整个世界抛弃、孤身一人站在公路上拦车的具体情境中。假如只有这些，天峰说他也许仍不很在意。令人无法原谅的还有后来几件事。那年天峰在邻县堂叔家边做小工边复习初中高中课程，准备参加高考，养父养母竟几次找上门，要同他清算十几年来的抚养费。他到省城读书后，养父养母又多次谋划要到学校闹事。他们说要去找老师，找校长评理，说即便要不回钱，也要把天峰的名声搞臭，让学校里的人都知道这个大学生是个什么样的大学生，这个大学生其实是个忘恩负义的黄眼狗，白眼狼。尽管养父养母最终并没闹到省城，是左邻右舍亲戚朋友好劝歹劝硬给劝下来了，但天峰得知这个消息，仍感到从头到脚透个凉。

那刻天峰只有一个念头，就是去死。假如养父养母真闹到省城，天峰说他一定会去死，会当着养父养母的面死，把这副臭皮囊归还给他们，然后轻轻松松重新投胎做一个人。

所有的岁月都不堪回首，天峰说他在省城读书的几年尤其如此。大学是考取了，可天峰没有半点经济来源，天峰的唯一出路仍同在堂叔家一样，是到建筑工地做小工。边读书边做小工，白天读书夜里做小工。天峰说找遍整个校园，整个省城，像他这样完全靠做小工收入维持生活的绝不会再有第二个。在工地，天峰干的是那种最累、最危险的活：在高层建筑上浇筑水泥楼板，向后倒退着拖一根巨大的水泥模具，用模具的重量将楼面压平整。有时这么拖着退着，身子已到楼尽头还毫无觉察。有人就这么摔下去把自己摔成一只肉饼的。由于危险，由于累，一般的民工都不愿干，也根本无法干下来。可天峰偏盯上这项活计，第一因为工资相对较高，另外他在时间上也别无选择，只能干夜工。一夜苦力干下来，不用说已精疲力竭，白天上课了，需要集中精力听讲，他偏偏如入无人之境般伏在课桌上睡起觉来，有时还能打出响亮的呼噜，引得哄堂大笑。了解底细的人向上面反映了他的情况，老师和同学一齐震动了，也感动了，由班级，到系，到学校，纷纷慷慨解囊为他捐起款来。天峰手捧钱款，却说不出一句感谢的话。那一刻他感觉就似给人扒光了衣服站在高台上示众一般，半点脸面也没有了，半点尊严也没有了。天峰一点也不想接受这钱，依他性子甚至想将所有的钱一把抓起，用力摔到捐款者的脸上去。可是天峰不能，天峰唯有颤颤抖抖挤出一脸笑，向众人表达着他的谢意。还有一次，天峰记得那是个夏天，工地上掘井打桩，结果把一个人捣烂在十几米深的井底，阵阵腥气如浓雾一般迷漫上来。包工头朝井中倒了一瓶烧酒，要压住腥气，然后摸出五十元钱，问谁愿意下去。四周的民工围了一层又一层，没一个愿下去。包工头又买来一瓶烧酒倒了，摸出另一张百元的钞票加在一起，问谁愿下。天峰没有迟疑，拽了根尼龙绳下到井底，抠泥巴一般把那人抠进一只木桶提出来。天峰一身血糊，却似没事人一般，到伙房洗了个澡，换过一身衣又来上班。直到第二天回到学校，出门进门感觉有点不稳当，抬起皮鞋一看，脚底板上竟牢牢粘了块人的头皮，上面还长着半寸长几根头发。天峰哇啦哇啦大声呕吐起来，不知是呕脚上这块头皮，或呕自己做下的这件事。试想这个时候如果养父养母当真闹到省城，要算他的账评他的理出他的洋相，他将拿什么来承受呢。

大学毕业天峰分回歌山一中教书，每月有了一笔固定的工资收入，半年后他请了几个亲戚长辈出面，准备赔付养父养母所要求的那笔抚育费。可是养父养母不愿意了，养父养母当着上门说话人的面大哭大号，说赔？十几年，十几年哪，这是你能赔得清的吗？天峰以为养父养母在要赖，养父养母想趁机敲他一次竹杠。他咬了咬牙，托人再次转告：要多少，尽管开个口，我做牛做马，这笔钱这辈子是赔定了。谁知养父养母一听，哭得更厉害了。赔不行，不赔更不行，天峰想来想去，决定仍然要赔。可他实在想不起该怎么个赔法。天峰有点明白了，莫非那边的意思，是还要恢复以前的关系，恢复那种养父养母和养子的关系？

养父养母的意思直到最后天峰也没能完全弄清，天峰也没想去很好地弄清。他们的关系已破裂至此，相互之间伤害至此，如何能谈得起恢复。天峰尽自己所能，试着托人给养父养母带过几笔钱，又从邮局寄过几笔钱，结果都原封不动给——退回。于是天峰不只感到仇恨，他是给真正激怒了。钱财上的讹诈倒在其次，更加让人受不了的是这种情感讹诈，精神讹诈。据说天峰夫妻调到广东，与他们的养父养母有极大关系。天峰夫妇在歌山原本工作得很好，没有重大根由他们不会那么决绝而去。天峰承认所有这些说法都没有大错，当年他的确是这么想的，也是这么做的。当年他的想法只有一个，就是离歌山越远越好，离养父养母，也包括他的亲生母亲越远越好。

八

当时为何就能那样，那样想问题呢？站在人来人往的县城街头，天峰喃喃自问着。天峰又抬起头看我。天峰把我一看半天，似乎期待着我能帮他回答。

"我总想能弄清，当时为什么要那样想问题，但分析来分析去，也分析不出个具体结果，"天峰说。

接下来天峰给我提到了他的病，头晕，感冒，给蚊虫咬出的那个包，还有屁股上的脓肿等，以及对病的各种各样猜测。直到现在天峰仍然相信，在他的病和他养父养母及亲生母亲之间，一定存在着某种因果联系。这绝不是愚昧，而有着一定的事实根据。天峰有一个朋友，是做房地产生意的，前两年还穷光蛋一个，突然之间暴发起来，成了远近闻名的巨富。私下闲谈的时候，这位朋友总说是他家的老人在暗中护佑他。天峰还有一个朋友，也是歌山的老乡，从小身体不好，到了外面更长年病病歪歪，家人都为他焦心不已。母亲临死前说的最后一句话仍是他的病，说她死后一定要保佑他健健旺旺。事情说怪还真有点怪，自母亲去世后，这位朋友一身的病当真不治自愈。天峰说一个人作下了恶，想跑是跑不了的，所谓善有善报，恶有恶报吧。这句话接下来的说法是，不是不报，时候未到，时候一到，不报也得报，实在报不了，吓也要吓你一下的。否则为什么会那样，不就是个头晕，不就是蚊子咬出个包，不就是屁股上长了块脓肿吗，为什么偏偏好不了？

　　总之吧，不管事情结果如何，那段时间的经历应该说给了天峰以极大影响。这不光是指身体上的，更是心理上的精神上的，比如天峰忽然发现，他有些理解自己的养父养母，理解自己的亲生母亲了。那种理解很突兀，好像是一种瞬间的开窍，是一种顿悟，是一种外力的作用，或者干脆可以说，是养父养母附着到他身上了，那么一种感同身受，切肤切肉。天峰开始从全然不同的另一角度重新琢磨自己复杂的家庭关系。天峰深感到问题的严重和可怕。天峰不得不承认，自己的性格为人也许当真过于冷漠了一点，无情了一点，过于偏执，狭隘。固然所有这些冷漠、无情、偏执、狭隘不是没有原因的，多年的坎坷，挣扎，奋斗，多年的被抛弃，漂泊无依，让天峰受到太多的伤害，但这是不是说，你就有了理由回过头来伤害别人？实际上天峰的养父养母及亲生母亲也都是受伤害之人。他们受到的伤害甚至远不是天峰能比的。母亲中年丧夫，改嫁下堂，身边还带着一儿一女，带着天峰的哥哥和妹妹，再加上后夫那边还有两男一女。寄人篱下、仰人鼻息不说，自身的生活也极其艰难，在此情况下也许真不好再收留一个吃闲饭的外人了。养父养母似乎更没什么过错，养儿防老，自古而然，他们又能错到哪去。再说养父养母的担心并非没有一点道理，他们怕你远走高飞，后来你不果真远走高飞了吗。养父养母用尽一切办法劝你，拦你，阻止你，你要走仍然走了，要飞仍然飞了，假如他们不拦不阻，你不会飞得更快，飞得更远吗。人活一世，讲起来都是可怜的，凄惨的，也都是自私的，每个人都孤立无援，谁也帮不了谁，救不了谁。因为可怜，因为孤立，人也就越加自私，总以为这样一来就能把自己一个人救出来。既然人人如此，人性如此，你怎能要求养父养母，这一对偏僻山村里的可怜山民能脱离基本的人性，而做到大公无私呢？天峰想假如当初自己处在养父养母的位置，说不定也会那么干，并且比他们干得更出格。在你离家出走之后，也就是说在相互之间的养育之情彻底破裂之后，养父养母尽管追着你吵追着你闹，他们甚至威胁着要赶到省城把你名声搞烂搞臭，但他们毕竟没有当真把你搞烂搞臭，没有立刻逼着你交钱，这已经够宽容够了不起的了。十几年的操劳是不容易的，十几年相伴相扶，十几年的倾心关照不容易。养父养母辛苦一场把你养大，结果自己什么也没得到，连一句感谢的话也没得到，相反换来的却是无尽的仇怨，你想养父养母两个老人如何能想得通呢。应该说任何一个人都想不通，都会感到愤怒，感到绝望吧。许多年来天峰一直耿耿于怀于自己前无去路后无退路被整个世界抛弃的孤绝心境，他怎就一点也不能体会养父养母的心境？

常常是下半夜，天峰一觉睡醒，起来小便一次，躺下后便无法再次入眠，睁大眼睛一心一意想这类事，每次想起都似把自己猛然浸到冰水中一般，从上到下打一个激灵，通身发凉发冷。天峰想起与养父养母一同生活时的许许多多细节，原本都是不经意的，细小的，这刻一齐变得异常重大起来。天峰发现自记事以来，他和养父养母的关系还是比较融洽的。天峰性格柔和，温顺，养父养母也都是乡村里常见的那种实在人，成天不言不语，出门做自己的事，回家吃自己的饭，吃过饭早早关门睡觉。养父养母的确把天峰看得很重，白天做事带在身边，夜里睡觉也带在一个被窝里。天峰长到十几岁，每夜还跟养父睡一头。养父后颈脖上有一块很大的肉包，那是长年累月挑担子、扛锄头磨出来的，肉包稍稍一摸很硬，表面粗粝，像块石头，可等你摸久了，尤其是夜里躺在床上的时候，却又变得很糯很软，里面似乎还有些液体样的东西在流动，你捏这边，它就跑到那边，你捏那边，它又流到了这边。许多个夜晚，天峰就这么捏着捏着睡着了，睡着还将包紧紧捏在手上不放。养母的二脚趾比大脚趾长，并且长出不小的一截，一双鞋穿久了，这根很长的脚趾总会最先将鞋面顶穿，像颗尖尖的牙齿突出来。有时不小心踢着了地面的石头，这只出风头的二脚趾便倒霉了，直撞得鲜血直流。养母自己也很讨厌这个太长的二脚趾，从不愿轻易让别人看到，甚至连养父也不愿给看。养母只给天峰一个人看。养母说大脚趾长先死爷，二脚趾长先死娘，养母的娘正是很早就死了的。

天峰最放心不下的是养父养母两座坟丢在歌山乡下无人祭扫，放心不下养父养母身后无人。按照乡村里的说法，没人祭扫的坟，没有后人的坟，叫作孤坟，野坟。叫绝坟。这坟里的鬼便叫孤魂野鬼，逢年过节只能到别人的坟头抢个残羹冷炙，有时还像狗一样被人驱赶得四处乱窜。养父养母收他养他，就是为着日后自己的坟不成为孤坟野坟绝坟，可是现在养父养母收了天峰，他们的坟仍然成了孤坟野坟绝坟，这一点是天峰无论如何想不通，也接受不了的。养父养母他们不用说会更加想不通。当时天峰就有过这样的意思，想什么时候把养父养母的骨殖挖出，烧好炼好，用木盒装了带来广东，相互守在一起也好有个照应。天峰没把话说出，他怕吴凌花笑他，怕周围人笑他，说他行为怪僻，甚至精神上有什么变态之处。

那次在良塘后山上见到一块废弃的墓碑，此事当然纯属偶然，但这碑在天峰心灵深处所引起的震动，却不再是偶然的了。天峰十分明白，他在这块碑，在这个云南人刘茂清身上寄寓了太多的东西，他也想通过对刘茂清身份的确认，对刘茂清原籍及亲人的寻找，来弥补某种东西。也许是一种下意识吧，天峰以为这样一来自己可能会得到一些安慰，内心的那份紧张和不安会得到一定的缓解。天峰一心要让自己相信，他是一个善良的人，温柔的人，一个有无限爱心的人，情感细腻周密，加上又有很好的文化修养和自我道德修养，对任何人都能产生深深的理解和同情，这种理解和同情甚至能达到弃置在野外的一块墓碑上，达到一个无名死者，一个死去多少年的外地人身上。可越是如此，天峰发现内心的不安和紧张却越加强烈。一点不错，天峰对任何人都是大度的，宽容的，有涵养的，唯独对他的养父养母例外，对他的亲生母亲例外。在母亲和养父养母面前，天峰阴暗，刻毒，气量狭小，斤斤计较于多少年前的一点小仇隙而永远无法释怀。就在他为野外抛掷的一堆异乡人枯骨心牵神动、辗转难眠的同时，他却将对自己有哺育之恩的养父养母抛掷在野外，成为孤坟野坟绝坟而完全无动于衷。

有一个感觉，或者说是有一个词语，一连串词语，就这么悄悄停在天峰耳际：荒唐，怪诞，滑稽，做作，假模假式，假仁假义，还有比如作秀，撒娇，伪善等等。其中任何一词都是令人厌恶的，是天峰绝对受不了的。任何一词都像一记响亮的耳光，带着虎虎的风声，要扇到天峰脸上。正因为厌恶，因为受不了，有意无意间天峰便极力回避着。直到那一天吴凌花给他明明白白说出，说他荒唐，怪诞，滑稽，天峰这才清楚，原来别人都知道他有多么荒唐，多么怪诞，多么滑稽。

先管好自己的，再去管别人的。第一是管好自己的，第二才是管别人的。天峰有点恍然大悟。天峰一刻也忍不住了，他必须重回一趟歌山，他必须把养父养母的骨殖取出，烧好炼好，带到广东来，带到自己身边。他决不能让养父养母长期做一个孤魂野鬼，过年过节到别的坟头上讨点残羹冷炙。他要尽自己所能，在广东这边给他们找一个好点的地方，找一个真正的安稳之地。那些日子天峰特意跑了周围好几家陵园，经过仔细对照，比较，最后终于选定了一处。价钱高是高了点，但位置好，离家也近，最主要的是那里热闹，不冷寂。

九

一大清早我匆匆赶到县政府招待所，可还是晚了，天峰他们已提前半个小时坐车去了黄田。天峰是由吴凌花和余小云夫妇陪着一同去黄田的。原本我也想陪天峰跑一趟，但天峰不让。天峰说事情其实没那么复杂，用不着呼啦啦来一大帮人。我站在招待所门前给天峰打了个电话，天峰正在车上。我让天峰办完事回头再到我这里坐坐，天峰说那当然，回广东前他一定会过来找我的。

天峰、吴凌花在黄田一住多日，中途没给我一点消息，我也没打电话找他。大远的路回来一次不容易，除了取坟，天峰他们一定还有更多的杂务要办。再说这些天为天峰的事奔来跑去，当时没什么，现在一松下来还真感觉到累，睡眠极多，上午上完课伏在办公桌上迷糊一会，吃过中饭又睡一觉，到了夜里仍有点昏昏欲睡。

这天下班后我骑着自行车从街头经过，忽听到有人用很大的声音叫我。是余小云。我问他不是陪天峰去了黄田吗，什么时候回到县城的。余小云说他早回来了，那天把天峰送到黄田，下午他就回了县城。是天峰硬让他回，天峰说他店里忙，离不开。其实天峰他们在乡下更忙，天天忙着走亲戚。余小云老婆在乡下多待了两天，唯一的事便是陪天峰走那些亲戚。我问取坟的事办得怎样，余小云说要动手就这一两天吧。在乡下取坟不是小事，好歹总得看个日子。还要找炭，找那种上好的白炭，炭不好，炼出的骨灰说不定会变成一堆黑泥。

我和余小云站在街头聊过好久，后来又到他店里坐了会，回到家已经很晚，妻子把饭菜都摆到了桌上。我放下随身的东西，到门后换鞋，到卫生间洗手，客厅里的电话已适时响了起来。电话是妻子接的。我听到她嗯嗯啊啊说了阵，又哈哈笑了声，接下来神情和声音便有些严肃，连说了几声没，没，没看见。妻子快步走到卫生间门口，对我点点头，说：找你。我预感到有什么事，问是谁。谁找。妻子说是天峰老婆吴凌花找天峰。吴凌花问天峰今天到没到过我们家。我奇怪，天峰到没到过我们家，那么天峰不在黄田，天峰回县城来了？

我问吴凌花："你是说天峰现在不在黄田，天峰来了县城？"

我的问话显然有点让吴凌花猝不及防。吴凌花愣了愣。吴凌花问："那么天峰今天没过来找你，也没给你打任何电话？"

没有，我说，没有。我说我刚刚还在街上碰到余小云，两人正好谈到天峰的，我们都不知道天峰来了县城。

"那么天峰也没去余小云那里？"吴凌花问。

"肯定没去。"我说。我说我和余小云在街头谈了会话，又到他商店坐过好久，余小云和他老婆都在，根本没说到天峰来了县城。我们都以为天峰这两天正忙着取坟呢。

吴凌花问："那么天峰会去哪里呢？"

我问："天峰不是说这两天取坟吗？"

我又问："天峰说到了县城会过来找我吗？"

吴凌花告诉我，天峰今天到县城倒并没有说会过来找我。天峰说他去一中找人，去教育局找人的。天峰说他想回来，回歌山。天峰不想在广东待了，他想把自己重新调回到歌山一中教书。可吴凌花把电话打到一中和教育局有关领导及熟人那里问，都说根本没看到人。今天天峰根本就没有找过他们。天峰明明说他想回，今天他要到一中、到教育局找人的，为此昨夜他们夫妇之间还发生了激烈争吵。

我问："天峰不是明明说好专程回来取他养父养母的坟，要带到广东去吗，怎么突然之间又说调回来？"

我问："那么坟就不取了？"

吴凌花说："王中兴，坟是已经取好了的，坟昨天已经取好了。"吴凌花说："为取这坟，昨天我们整整忙过一天，中午还请村子上的人吃了饭，直到夜里七八点钟才把事情勉强做完。"

我问："既然坟已经取好，为什么又说不走了，要回来？"

吴凌花说："依我猜，可能正因为坟已经取好，天峰才改变主意说不走了，要回来。他要重新调到一中教书。"

"为什么？"我问。

"不知道，王中兴，我一点也不知道为什么。我想其中一定有原因的，可是我不知道是什么原因。这些日子在黄田，天峰心情一直不错。那天在县城你也看到的，天峰心情不错，是不是？该办的事马上就要办好，心里头也会宽松下来，安定下来。可真把养父养母的坟取出，炼好，天峰将两只小木盒提在手上，突然之间又变卦，说他不走了，他要回来。并且一个主意冒出，便一刻也等不住，他要马上到县城找人，到一中到教育局找人。我们这班人怎么拉也拉不住的。"

　　吴凌花说她有一个感觉，假如你无意之间从旁边看天峰，有时不由会吓一跳。这哪还像一个人，整个鬼撺着一般，一会一个主意，一会一个打算，反反复复，颠来倒去，不知何时是个尽头，何时有个了结。

　　我打断吴凌花的话头，问："天峰说他什么时候回来？"

　　"还能什么时候回来，马上，现在，立即。"吴凌花说，"他说迟回不如早回，趁这次回家先把一中、把教育局这边的接收讲好，回广东后就办调动手续。如实在调不了，这边不收，那么他就退休，提前办个病退什么。"

　　吴凌花让我等她。她说她马上坐车来县城。这中间假如有了天峰的消息，马上打电话告诉她。

　　天峰来了。几乎在我放下吴凌花电话的同一时刻，通往走廊的门就被人敲响。通往走廊的门就被天峰敲响。那一刻我感觉天峰一定在走廊外等了好久，直等到我和吴凌花把话说完，他这才动手敲门，然后一脸雾气，一脸黑气地站到我们面前。

　　"天峰，怎么回事？"我快步上前扶他，"这一个人从哪来，怎么把自己弄成这副模样？"

　　天峰让我给他倒点水。一杯水咕嘟咕嘟喝完，天峰又自己起身倒了一杯，同样咕嘟咕嘟喝下去。我问天峰不是要到一中到教育局找人吗，那么这一上午从哪来。天峰把杯子放下，把嘴角的水沫揩干净，又用力喘过几口气，坐下来告诉我，他没去一中，也没去教育局。这一上午他一直在县城大街上走来走去，又独自一人到河边的小树林坐了好久。天峰问我：

　　"王中兴，在到一中找人，到教育局找人以前，我很想听听你的意见。你可能已经知道，我想再回歌山，回到一中来教书。你帮我说说，我是不是应该再回到一中来教书？"

天峰说，王中兴，走是不行的，把养父养母带到广东，更不行。在家乡，在歌山，养父养母尽管无后，尽管孤单，但他们毕竟安息在属于自己的土地上。他们是从这片土地长出的，然后又回归到这片土地，这就叫叶落归根，叫入土为安。而在广东那边呢，无论是我们，是我们儿子，说到底只能算一个外地人，一个异乡人，本身都漂泊无依，今天不知明日的下落，养父养母他们又该依靠谁，该到哪里找一处安歇之地。想来想去，只能我们自己回来，并且越早回来越好。

我让天峰吃饭。天峰不吃饭。我让天峰有话吃完饭再说，边吃饭边说。天峰不愿吃饭，天峰只愿说话。天峰坐在我对面的沙发上，沙发很大，很宽，也很深，一个人坐在上面，就好似陷在什么洞穴里一般。不过天峰没让自己陷进去，天峰只将屁股挨在沙发边沿，身子一动不动笔直地挺着，用心用力要听清我的意见。天峰似乎要我做出决定：他该回，还是不该回。这一刻我很惶恐，我想这种事怎能要别人决定。自己都决定不了的事，别人又如何能决定。我又属于何种人物，能帮天峰做出这么重大的决定。在偶然的一瞥中，我吓了一跳，正如吴凌花所说，我真吓了一跳。我想天峰怎么了，还真让我决定他该不该回，还真把我当作了他心中的依靠，心中的支柱？这哪还像个人，我又想起吴凌花的话，整个鬼撺着一般，一会一个主意，一会一个打算，慌慌张张，反反复复，颠来倒去，永远没有一刻安宁。这是一个失魂的人，一个失去内在归属的人，一个彻底乱了心神、迷了心智、被生命中某种腐蚀性物质掏空了身子的人，虚弱得连一阵风也能吹散架的。这样的人在外面真不能再待下去的，一时片刻也不能待。

我不由上前一步扶住天峰肩膀，毫不犹豫地帮他做出决定，我说天峰，假如你真想回，并且也能够回得来，那么你就早点回来吧。

这天晚上在我家的小客厅，我和天峰、吴凌花，还有余小云夫妇几人一起坐到了深夜，详细讨论了这次行动的可行性及具体步骤。据天峰估计，以及下午与一中、与教育局有关部门的初步接触，天峰调回歌山、重新到一中做老师应该不会有很大问题。教书是一门技艺，一门手艺，只要你技术过硬，到哪都不怕混不上一碗饭吃。再说当初去广东的时候，学校及教育局原本就不同意，曾做过多方挽留，最后实在挽留不住时，校长曾给过这么一句话：天峰，假如有一天想回来，你只需同我们开个口，剩下的事不用你办。相对来说吴凌花的情况要复杂得多，至少她不可能再回到原先的位置原先的机遇中了。鉴于种种实际情况，吴凌花提出了几点要求：第一，天峰的调动即便能办，也得等到放暑假的时候再办，暑假前这段时间，天峰还得回广东一心一意上课，不能再这么像一只无头苍蝇，稀里糊涂在歌山和广东之间跑来跑去，劳神费力不说，花钱不说，影响到学校的工作毕竟不应该，影响自己的正常生活也不应该。对此天峰不假思索地同意了，天峰说离暑假这才剩多少时间，他不可能又往回跑的。第二点，吴凌花说在一个人一生中，调动是一件大事，像这么调出去紧接着又调回来，更是一件大事，也是一件稀奇的事，至少就目前来说，整个歌山县没有第二例，因此必要的慎重还是不可缺少的。吴凌花想让天峰先回，她得再等一两年，把手头上的事处理出一个眉目，再回来不迟。在天峰回歌山之后，她会把她母亲接到广东，一可以照管读书的小孩，另外也帮着料理家务。第三点是有关天峰养父养母骨灰的安葬问题，骨灰取出了炼好了，当然不好在原地方再放进去。那东西只能在养父养母留下的旧房里放一放，等他们回县城安了家，再花点钱到太阳山陵园买两个好些的墓位。这些天峰都没有任何异议。

三天后的凌晨六点钟，我们再一次从招待所出发，送天峰、吴凌花夫妇去坐直达广东的长途客车。时间尚早，众人的兴致也很高，于是一人提议，其他人响应，嚷嚷着说要徒步走到汽车站去。我和余小云各拖着一只很重的旅行包，天峰提一只装有各种吃食的塑料袋，另一边手臂上搭着刚刚脱下的外衣，吴凌花和余小云老婆则手挽着手走在最后。天峰步伐很大，走得很快，好像有什么无形的人在驱赶着一般，弄得我们都有些跟不上。不是明明说腿脚有点不方便、有点痛么，不是明明讲好要散散步么，为什么又走这么快。我们边紧跟上几步，边嚷叫着让天峰走慢点。天峰意识到不当，真把步子慢下来。可过不一会儿，他又越走越快，又受到什么无形的驱赶一般。我们不再喊叫让天峰停，不知为什么，这一刻大家似乎都有些紧张，都有些心惊胆战，生怕略不留神，天峰又会冒出什么主意让你目瞪口呆。一行人屏声静气只在脚下用力，一心要跟上天峰的步伐。我们就这么给拖得踉踉跄跄，跌跌撞撞，并不很长的两三条街道，早已走出满头大汗。

天杀

有一游魂，化为长蛇，口有毒牙，不以啮人，自啮其身，终以殒颠。

——鲁迅《野草·

墓碣文》

于是我的处境很有些尴尬。我一直以为，女子的身体应该极其柔软，轻盈，用手一抓，便像棉花或白云一般。小洪一点也不缺少女性的柔美，她的体态让我一见就着迷。今天我意外发现，小洪的身子又粗又壮，硬邦邦的，一手搂过去，好像没有边际。我试着把她抱起，谁知好重，简直没法撼动她。我说不出地扫兴。有些悲凉地想："怎么，我这么快就抱到女人了？与女人拥抱，就是这么回事吗？"这太平凡了，太无味了。我真不应该这么随便。小洪的主动更让我失望。女子应该含蓄些。感情是缓慢发展的，应该半遮半掩的，哪能像她这样。

"我喜欢你！"小洪说。我一阵难过。我也应该说一句"我喜欢你"。但我实在受不了。一切都这么做作，这么虚伪。小洪完全是故作亲热，我也应该这样故作亲热的。我连听听也受不住，怎能说得出口呢？我把脸埋进她的颈项，装作激动过分，说不出话。

"你的心怦怦跳。"小洪说。

"嗯。"我答应着。暗暗地无可奈何苦笑："见鬼，我完全无所谓，半点异样的感觉也没有，什么时候心跳了？真可悲。"我吻她的脸，又吻她的唇。她的脸发烫。嘴唇薄，吻时微微张开。这又让我奇怪，小洪的嘴唇那么丰满，红嘟嘟，吻了却干燥得很，没长肉似的。她的舌头一探一探，我觉得这是种暗示，便慢慢吸着。后来干脆全拖出来。那么长，吓我一大跳。舌头又缩回去，怕是不舒服，我也就算了。后来我很茫然，就这样一味抱下去吗？我早想放开手了。只是怕得罪小洪，怕她知道了我的失望，仍旧敷衍着。为免得冷场，又试图把她抱起。她双脚腾空，又大又笨，大狗熊一般挂紧我脖子。这很让我厌恶，但又不能松手。松手她便掉到地面了。我踉踉跄跄站不稳，都快摔倒了。小洪问我累了吧，我说不。忽然起了一个讨好她的念头，要她相信，我爱她爱得不顾一切了，便使出最大的力气抱她。

小洪许是好感动，引了我一只手到她胸前。她又解开外衣的扣子。我正插进，她又将内衣解开了。没想到这么无保留。摸了一会，又有些茫然。不就是两块肉吗，老这么摸下去也不行吧。她这么郑重地把自己的东西推荐给我让我摸，应该还有什么重要的意思我没体会出。琢磨好久，终是没结果。我不知怎么办好。为免得小洪伤心，便装作热切的样子，伏身用嘴吻。我怕她奶头上有垢泥，没敢衔进口里，抿住双唇夹了夹。吻了右边的，又去吻左边。勉强挨过一会，又没事干了，不知下一步如何办。好在她表示要扣起衣服。我松了一口气，起劲地献殷勤，要帮她扣。衣服绷紧了，扣不进。我提议坐倒，让她躺我怀里。就这么完了？我这样想，觉得很对不起人，过意不去。我又埋下脑袋用劲热吻，显得恋恋不舍。她问我累了吧，我说不。其实我真累了。坐处的地面又不平。但我不好说。以为谈恋爱时讲累，便太少诗意了。我咬咬牙说不。过会她又问累了吧。这时我那没搁稳的腿已累得直抽搐。于是让她掉个方向躺。后来天空下些小雨点，小洪说要回去。我为显示自己的幸福，便提议："我们就这样过一夜吧。"她没作声。

我们往回走。小洪问：

"你说，我这人怎么样？"

"很好。漂亮，又很温柔……我很满意。我以为，你是很理想的了。"

我这样说，心里却厌恶得不行。觉着自己每句话都是假的，每句话都虚伪、做作。尽管我使尽力气显出真诚，但是不行，话语那么干巴巴，一点活力也没有。我简直没勇气讲下去。可又不能不讲。

实际上，我讲的全是真话，小洪真的很漂亮，很温柔。怎么会出现如此奇怪现象？我一片真心，怎么讲出就虚假了呢？我怎么老觉得自己是违心的呢。

"吾心足矣！"我知道小洪听出了我的虚情假意，怕她多心，就用玩笑的口气补充一句，想引她开心。谁知此话出口，就知道，这不但虚假，而且带着嘲弄她的味道了。

还有一件事忘了讲。临走时，我想把垫坐的两张纸收起。纸是小洪带来的，我怕上面有什么字，明天让人认出不好。小洪不让，定要丢掉，说："又不是给你的信。"我便丢到坡下。小洪叫起来："快去捡来，那是给你的信！"我知道，这是考验听不听她的话，把她当不当回事。我只觉这太天真可笑，无聊透了。我犹豫着。为表示忠心，明知纸上什么也没有，还是装作一无所知往下跳。小洪拉住我。

好一会我们说不出话，沉浸在这件事引起的厌恶情绪中。我痛苦极了。不知道我们为什么要这样。

我自觉是一锭铁块，给埋在满是煤泥的铁匠炉中。小铁匠拉风箱，煤迅速干燥，很快裂出一条缝，缝里冒出火星。老铁匠用长钳捅进煤深处，抄动了一下。随着风箱的推进，炉中腾出柱柱火苗。铁块渐渐红了，亮了。小铁匠精神一振，浑身的肉块绷硬，风箱噼噼啪啪，炉中铁块在老铁匠的钳下越翻越快。随着耀眼的一阵光亮，铁块给夹在空中，金光四射。老铁匠挥起小锤，象征性地敲敲铁砧。小铁匠挥大锤，狠狠砸在小锤指示的地方。铁块顿时流溢出去。小锤鸡啄米似的，蹦蹦跳跳。老铁匠小铁匠在锤影中狂舞。铁块在大锤小锤之下尽情地加宽，变窄，伸长，缩短。无数火花吱吱喳喳，撒向小铁匠的皮围腰，撒上老铁匠瘦骨嶙峋的窄胸脯，窄胳膊，窄脸膛。窄脸上满是斑斑的大坑小坑。火星吸在坑底冒油烟。正出神入化之际，小锤一顿，铁块给投进旁边的水坑。冷水霎时嘎嘎咕咕，剧烈沸腾。白汽扑面而起，遮天蔽日。老铁匠小铁匠，大锤小锤，跟着嘎咕嘎咕声快乐地打战。声音几次渐弱，又几次轰然而起。随着最后的一下爆响，一切声息皆无。人们睁眼再看，满坑的水已结成厚冰，铁块静静埋在冰层深处，灰不溜秋，丑陋可憎。

我一无感觉。我失去了我自己。也不知过了多久，半天空传来呼吸声。一只手从虚无中降下，搭上我的脊背。停了停，又轻抚我脑袋，梳理我头发。我模模糊糊悟出，这是小洪。模模糊糊悟出，我仍然躺在她身上。在这极度的痛苦中，小洪也跟着我石化了。我想动。这才发现自己遍体冰凉，四肢僵硬，不能屈伸。小洪摸摸索索，在地层深处蠕动。她抽出我的右臂，悉心揩拭满手的秽物。这是不知什么时候，我从一本书上看来的方法。吃鹅蛋的那天，我们的第一次，自然而然想起了。我感觉到一种巨大的恐怖。每次到那最辉煌耀眼的瞬间，既怀着疯狂的贪恋，更要及时撤退，成败往往只在毫厘之间。

"小郑。"

小洪的声音。我想动动，仍是不能动。

小洪叹口气，再次轻抚我头发。我死去一般，一丝气息也没有。

"小郑。"她推我。

越推，我的身体越加的重，沉沉向什么地方盖下去。小洪又推。使劲推。我硬邦邦翻到一边，像一块石头滑下山坡，我清楚地听着干硬的咕咚咕咚声。"小郑，郑芜之！"她腾身坐起，惊恐地摇我。

我眼睛睁着，睁得大大的，一闪一闪。

小洪大吸一口气，重新缩到我胸前，做出娇柔可爱模样。深沉的厌恶感窒息了我。我只能一动不动。

"我怕，"她怯生生地说，"你怎么了？"

骚动是从下午开始的。我知道是为什么。但又知道这不能够。我已忍了十几天。上个星期六小洪来学校，我都没动她。当时很高兴了一阵。应该坚持住，不能前功尽弃了。否则，我实在不是个人了。忍过多少次，每每到关键时刻，便全线崩溃。事后便是彻底的绝望与痛苦。我彻底地瞧不起我自己。不知怎么才十几天时间，我就弄成这样。每次饱餐一顿，至多管这么十几天。看样子是个极限。要不是看到那个学生，我可能会打破这个极限。可我偏偏看到了。也许，不看到她，我照样会看见其他的什么。随着太阳的西沉，心头的狂乱更是强烈了。我感到极为不安。暮风里似乎夹有股股闻惯的那种气息。

我怕一人躲在房里会软弱，晚饭后便到隔壁的几家串门，闲谈一些什么。过后又去教室辅导。这时我看到了那个女学生。从背影看，还以为是小洪呢。我知道我不行了。今天夜里的事是逃不脱的。现在动身，二十分钟，一切便成了。浑身烘地一热，我奔出了教室。院子里稍稍徘徊几步，便一头扎进夜色深处。过浮桥时我想，只用十五分钟了。不由飞跑起来。于是一切过去，什么东西全给大火烧光了，仅剩我一人陷在无边无际的后悔与绝望中。回想刚才一副癫狂的样子，到底是为了什么呢。一切不就是这么回事吗？我明明知道这些，偏偏因为一时的软弱，将自己弄成这一副人不人鬼不鬼的样子。我尽情地侮辱了我自己。在自己面前，我半点人格也没有了。郑芜之，你是一头猪，知道吗？

夜可能深了，远处什么地方正施工，传来有一阵无一阵的铁锤敲击声。我听到老铁匠小铁匠的锤声，看来不全是幻觉。楼下的电灯仍亮着，光线从楼梯口斜射上来。小洪的母亲估计正干什么，却又没半点声音。我抬抬脑袋，用手抹动身下的这块胸板子。我感觉小洪肥厚宽广的胸脯在我手下扑扑扑扑，发出拔鸡毛一样钝重的声音。我的心里充塞着茫茫的悲哀。看样子，我一生将永远生活在这块胸脯上了。整整一生啊，就这么一小块地方？我闷得慌，掀去被子一角，让风透进。一时之间，隐隐存在的我此生的目标，我的使命，还有底层人特有的不屈野心，一齐给唤醒了。我不禁大汗淋漓。我再一次厉声呼喝："郑芜之，你正干什么？你把什么都忘了吗？"

我没有睡好。小洪的四肢也不时阵阵抽搐。我似醒未醒，度过这令人不安的一夜。远处工地的锤声浪潮一般起伏于耳。可等我真正醒来，天已经大亮了。不禁十分奇怪。我轻轻起床，不想惊动小洪。刚刚找衣在手，身体就从背后给箍住了。我扳开小洪手臂，看她蜷缩于被外的浑圆身子，一览无余地坦露出无耻的要求。我想起我们的早课还没做。我闻到一股浓浓的腥膻气息，浑身钻心地难受，口里清水直冒，连连干呕不已。小洪正惊讶，我已匆匆着衣下楼，再不敢回看一眼。

"就起来啦？快洗脸。"小洪母亲招呼我。她对我永远是那么亲切，恭敬。牙膏，牙刷，毛巾，早给准备好了。小洪妹妹端了洗脸水进来："小郑哥洗脸。"

"我自己来，我自己来。"我勉强挤出一些笑，先使劲洗净双手。小洪母亲和妹伢留吃饭，我口里咕咚几句，人已走在门外。

低着头，狗似的夹紧尾巴，穿过几条狭巷，前面就是大片的河滩了。我松一口气，悄悄隐进树木深处的小道。前后左右有几个浇菜的人。我甩手甩脚跑起来，装作早锻炼，省得引人注目。郑芜之，你是一条狗，一头猪，我再一次悄悄同自己说。猪狗不如的东西啊。靠近学校的时候，迎面碰上本校的一个老师。我不由自主缩紧身子，打算溜过去。

"跑步啊？"这人问。

"啊，跑步。"我喉咙里又是一声咕咚，匆忙看他一眼，又自卑地紧低了头。这一刻，我在心中感叹："真像一条狗啊！"

"真的，像极了。"我又补充道，笑起来。

好不容易做出的决定，一夜过去，全变了。头天晚上想过的一切，不再激动我。我打开这封绝交信，呆呆怔怔。信的内容与我隔了层什么，我不能理解为什么非那么写不可了。甚至难以相信这是自己写的。

"小洪，你好！我们高高兴兴相识，又高高兴兴相处，我想，我们还是趁早高高兴兴分手吧。"这段巧妙的文字，昨夜让我得意极了。"因为，我们照此下去，就不会有高高兴兴的日子了。"

怎么，这就和她分手吗？我有点好笑。今天不是与昨天一样吗？我看到学校进进出出的人。这么多日子过去了，今天为什么就过不去，非要分手呢。这些人突然听到我要与小洪分手，将会多么吃惊。他们会怎么猜测呢？还有她，昨天还好好的，根本没多大矛盾，无缘无故我突然要同她分手了。

想到这么多日子与小洪形影不离，一朝分手，以后就如同路人，不禁茫然若失。我已经习惯了与小洪一起，习惯了身边有个她。我体会到温情脉脉的依恋。以前好像没有过的。

决心动摇了。白激动了。我骂自己真蠢。正是决断的时候，偏偏会有这一手。偏偏是关键时刻，我比谁都儿女情长了。这样一来，我要求绝交的心情更迫切。原打算下次相会时出示那封信，提前到今天夜里了。实际上吃过中饭，就按捺不住，匆匆过河，把小洪叫出家门。我怕她接受不了，闹得家里都知道。再不能犹豫。应速战速决。否则，一切又会过去。应该尽早有个结果。

小洪，你好！

一块很大的空场地，堆满木头、水泥、沙石等建房材料，四周用木栅圈紧。我与小洪说说笑笑，沿栅外缓缓走。

"雪里蕻，名字好听。我猜想是种了不得的高级菜。买出一看，黑不溜秋，一堆酸菜。食堂里真会开玩笑。我只好连叫上当。他妈的！"小洪说着话，学我的口气叫"他妈的"。

我们在一处背人的地方停住。

有一两分钟，没谁作声。我清楚，小洪等着我讲什么。刚吃过中饭，叫她来这地方不会没有事的。并且她心里有数，这不是一般的事。不然，她不会那么轻松地拿食堂开玩笑。

你是个好姑娘，你会找到幸福的。祝贺你。

我手插裤袋，紧紧攥住那封信。头一句话，头一句话。头句话说出，一切便好办。

"这里要做房子吧。"我指指栅栏内的东西。

希望我们以后还是朋友，也不枉相交一场。你说呢。

"听说做一幢商业大楼。"小洪说。

"哦，"我点点头，"商业大楼。"

我握了一手的汗。汗又变冷了。不能不最后承认，我无法拿出那封信。昨天夜里，怎么会想得那么便宜。看到兴致勃勃的小洪，设想着我突然拿出绝交信，她会是什么样子。我羞愧了，暗骂着自己的鬼打算，悄悄用手帕将信盖紧，生怕露出，或让小洪无意中掏去。假如她看到这信，一问，会是多么难堪的事。

我想我应该有个亲热的表示，以赎回自己的罪过。也奇怪，今天我仿佛头次发现，小洪是那么美。不敢相信，如此好看的一个女子，就要让人抛弃了。并且更不敢相信，抛弃她，这么一个美丽女子的，竟是我！心头一颤，真有了亲热的要求。我装作踱步，四周走一圈，见没人在意，迅速从后面揽过她的腰。小洪，你好。

"找我有事吧。"小洪道出内心话。

"没事。就是想见见你。"

"假的！"

"你要说假的，也没办法。"我说，暗叹一口气。我急急促促讲起什么来。记得我讲了好久，然后突然顿住。我十分不耐烦。扯这么多干什么。不是打定主意和她分手吗？不说没分成，结果倒越来越亲近，越谈越投机了。她会相信，我真的忍不住，要和她相会。照此下去，事情只会更加糟糕，我会更加脱身不得了。

"你找我，有什么事吧？"小洪淡淡又问。

"又是有事……哪有什么事嘛！"

"用不着这么叫。"她冷冷看我一眼。

"我又没叫！"我的声音更大更急促。

"没叫更好，"小洪说，"不要以为别人好傻，就自己聪明。有什么事，可以说出来。有什么不好说的？实在不愿说，可以写信给我。"

"没有事，写什么信？"

"要是你认为，我们在一起不合适，你尽可说出来。别不好意思。千万不能勉强。不要把别人当傻瓜，用不着向别人叫。"

小洪面孔微微低向一边去，快流泪了。

让她一句话说中，我狼狈起来。

"看你扯哪去了，"我慌忙掩饰，"这怎么扯得上呢！"

总算彻底明白，我根本没勇气与小洪分手。如此一来，我反倒轻松多了。看到小洪一毛不拔的样子，甚至有些高兴。她并不一味地求我，讨好我。小洪有勇气道出我不敢说的话，实在出人意料。

她也看出我内心的变化，说："我不和你吵，吵了没意思。你认为我的话讲重了，也用不着生气。"她口气和缓多了。我知道她不敢过分逼人。她懂得适可而止，给我留下回旋的余地。只要我回心转意，她情愿后退几步，主动表示歉意了。这提醒了我，觉得应该生她的气。我说服自己道，她的脾气太坏了，与这样的人一起，长久下去，谁受得了？

"你这么厉害，"我说，"同你讲话，声音大点都不行……我话都不敢讲了。一点点什么，就讲我们不合适，勉强。"

我做出无限委屈的样子。实际我暗暗想笑。当我看到，小洪真以为我生气了，显得诚惶诚恐，我更得意扬扬了。我知道，我对不起她，我在犯罪。同时，我却体会到一种快感。内心有个什么狞笑着。

有了这次争吵，我们之间总算隔开了些，她再不会那么一往情深，再不能纠缠不休了，离开栅栏时，我这样想。

我不得不正视一个令人痛苦的事实：我落到了这样的境地，我无用到这样的程度，连抛弃一个女人的能力都没有。我谈不谈恋爱，自己也不能做主了。这不是令人难以相信的神话吗？世上真有如此怪事出现？

有这样的印象，对小洪我好像并不十分嫌恶，离开的念头也不很迫切。实在讲来，我对她有着真诚的爱恋之情。一旦明白我无法抛弃她时，突然间一切全变了。怎么，从今以后，我就得与她过一辈子吗？她永远有权与我一起，有权干涉我的事，并且一生一世？我所有的努力，所有的希望，到结果只是和她在一起吗？这怎么可能。太可怕了。

那么令人陶醉的生活，失去全部色彩。我的面前，仅剩这个愚蠢的、全身充满腥膻的女人。人生多么乏味，我还没起步，就走到生命的尽头了。以后的岁月，都是多余的了，可有可无的了。我将整日整年整个一生，守住眼前的这个女人，一天一天挨日子，等待死亡的到来。

这残酷的现实让我目瞪口呆。我感到彻心的恐怖。觉得自己是玻璃缸中的一尾小鱼，看着外面的大千世界，向往极了。我不停地游啊游，一心想进入那世界，占有那世界。无缘无故玻璃缸碎了，水干了，我落在干燥的地面，一身灰尘。灰尘又结成硬壳。就是这么回事。我不想游了，也不能游了。

我是一条给烤干腌制的鱼，我这样强调。

我站着，让母亲攀住双肩，静静地等。母亲无数次擒我去剃头，无数次让我溜了。母亲说，再不剃我不像个人了，像个鬼了。我们面前，剃脑匠紧抱住一个人头，没完没了地用刀削。我看得入神，也忘了跑的事。一颗头长满鸟屎样的毛，说长吧实际没到半寸，说短吧又显得那么高耸。剃脑匠三刀两刀，给刮成个光葫芦瓢。听着有节奏的嗤啦嗤啦，看到毛发整整齐齐退下，我感到说不出的痛快。鸟屎刮尽了，剃脑匠又给涂上一层肥皂沫，又刮一次。肥皂沫与头发皮屑混合一起，成灰灰一团泥巴，积在剃刀口。剃脑匠伸出拇指一捋，泥巴捋上指头。还放到面前细细瞄，嗅几嗅，唰的一下朝我甩来。我想跳开，身体没动。好在灰泥团也没甩上我身。嗤啦嗤啦声又响起。弄不清那颗头刮得那么光滑，怎么还要刮。没什么刮的了，怎么仍有嗤啦嗤啦的毛发声。葫芦瓢上出现一黑点。黑点扩大，胀圆，凸出，又拉长。流血了，我刚想喊，剃脑匠顺过手袖一晃，就揩了。葫芦瓢自己还不知道。

我让母亲按坐上方凳，才明白什么。来不及了。剃脑匠将灰色大布扑扑几抖，空中尽是蜻蜓般毛发。大布划个圈，准确无误覆盖住我。剃脑匠抓住两只角，绕我脖子一勒。我忍不住吭吭咳嗽。我想起那鸟屎，那泥巴样腻物，正紧紧巴住我脖子。我一动也不敢动了。剃脑匠给推剪溜油。推剪由两片锯齿叠成，那么锋利，贴向我脸。我可怜巴巴盯住利齿，头往一边避，肩膀耸起。剃脑匠不动声色捉住我头，一拧，痛得我嘴一咧。推剪紧抵住我耳前，叽嘎叽嘎嚼起来。我稍稍放了心。不懂那锋利的锯齿，为什么只剪发不剪肉。这时剪刀一提，我一声惨叫。锯齿间有发没剪断，给生生拔了。"不痛，不痛，一下就好。"母亲拍我肩，哄我。我嘴张开，无声地大号。推剪换了一把。耳边又响起咯嗒咯嗒的咀嚼。又一提，我又一声惨叫。

"你这头跟别人不同些。"剃脑匠说。

嗑嗑嗑的女式皮鞋声渐近，一股怒气在头脑中横冲直撞，眼中金星直冒。我知道小洪来了。皮鞋声到门前停住。我不作声，装作不知道。小洪敲门。我不应。又敲。"谁！"我大喊一声。自己也吓一跳。我仍然坐着。这才有点犹豫，如果不是小洪呢？敲门声又起。我说："谁呀？我有事。没事别敲门！"声音急骤。我噔噔几步，眼冒凶光打开门。小洪一手掩住脸面，恐怖地缩在黑暗中。我愣了一愣。这是个苦命的女人，记得交往不久，我曾这样说过。那时就预感到，小洪一生不会有幸福。她的脸上有种沉重的忧思。"我以为谁呢。你也不讲一声。"我装作刚刚明白，有些后悔的样子。知道她不相信。不相信更好，我就是要她不相信。

这罪我非犯不可，我说，我不能不犯。

你谁找不到，非要找着我呢。我可是个不正常的人，我又说。

小洪紧跟我身后，随手关上了门。"我吓死了。"她放下手里的袋子。

我说，怎么回事呢，我明明是个极和善的人。她们不止一次说过我老实，好心。什么时候变成这样了？

"我看书，最讨厌别人打扰。"我解释道。我的意思是说，今夜你是让人讨厌的人。

"又拿什么嘛，我不要！"我说，"拿回去。"

非犯不可。痛苦等以后吧。

"已经带来了。妈妈叫带的。要拿回你拿，"小洪说，"你不怕她骂你就拿回去。"

语气如此亲热。我又想大叫。你妈妈同我有什么关系嘛。我勉强压住，低头看书。上次不明明生气了吗，怎么又这么亲热？这鬼女人太不知羞耻。那么，上次白争吵了，没一点作用？小洪独坐一会，叹口气，动手给我牵床，整理房间，干这干那，就像在她家里。看样子，她永远不会有尴尬的时候。好久好久，我自己也承受不住这难堪的沉默了。我坚持不开口，否则她更得寸进尺。我觉着她那么可恶，特别是那强颜欢笑的神情，让我受不了。上次她明明生了我的气，并且现在，这么长时间不理她，能不感觉我的颜色吗？可她偏偏装出多情，装出笑脸。我看到了我最不能容忍的虚伪。再往下去，我们的关系完全得靠虚伪，靠欺骗维持了。

趁早离开吧。现在离开，我会一生保持对你的记忆，怀念你。并且我会后悔终生。再找像你这么真心对我的人，是不可能的了。

但是，我不要温情，不要真心。

小洪竟然站到我面前。

"什么东西嘛！"

"衣服脱了，我带回去洗。"

看她这副样子，好像我已经是她丈夫了。

真要纠缠不休，我会跟你拼一辈子，会恨死你，折磨死你。我热血上涌，浑身填满怒气。我设想，我将怎么放荡，在外面乱搞，把她气死。我们表面是夫妻，实际永远不和她接近，让她孤寂痛苦，饮恨终身，品尝自己种下的恶果。

"衣服又没脏，洗什么衣服么。"我说。自觉话语太软弱，太乏力。

"还不脏啊，掐得下龌龊来了，还不脏。"

掐得下龌龊，关你屁事，我想说。

小洪动手解我衣服。实在欺人太甚。她以为我会抓住她双手，然后来一番亲热，等等。然后大事化小，小事化了。

今天没个完是吧？我一动不动。

那时她求我，我会说："不行。你是自讨的，你就受一生吧，反正我这一生也完了。"现在痛苦只是一时，她还年轻力壮，挺一挺就会过去。一切还可从头开始。以后可是一生命苦。

不分手就是死敌。我咬牙切齿。

小洪猛地松了手，转身开门。

"喂。"我说。

小洪停住。

"袋子你拿回。"

小洪发了疯般抢袋在手，咣一声带上门出去。用的力气那么大，什么地方灰尘、墙土沙沙直掉。紧跟着，我听到外面一声闷响。以为小洪气急了，踩进脏水沟里。想想又不像，应该是她将袋里的东西全倒了。其中有一只瓶子，里面装了菜啊麦乳精啊什么，砸在水泥沟底，才会发出那样的闷响。我呆坐桌前，居然若有所失。我想我今夜是否太过分了一些。我只是要耍脾气算了，没料小洪发那么大火。她可能太伤心了。我猛一紧张。

要是气极之下，她过浮桥时投了水，怎么办？

出校门不远，我看到小洪。看她在灯光、在房影树影里忽明忽暗的身体，那么孤单那么瘦弱，那么心事重重，垂头耷脑，我的双臂颤抖了。我是爱过这个女子的。她曾给我带来多少幸福。现在我怎么了？我太卑鄙，太狠毒。我深深理解了小洪的矛盾痛苦，理解了小洪的强颜欢笑。她爱得太深了，根本无法摆脱这种感情，无法摆脱我们共有的那段时光。她无法做最后的决断，一直怀着侥幸，以为我们的关系还可挽救。

我跟在小洪后面，不远不近。我知道应赶上去，应抚慰她。但是我不能。看样子这一次，她真的生气了。我应该珍惜这难得的机会，应该狠心，不能软弱。否则，会又一次前功尽弃。她的心是非伤不可的，现在不伤，以后会伤得更厉害。无论如何，我得跨越一切。我得踏碎一切阻挡我的东西。只是个时间迟早问题。小洪肯定也知道跟在后面的我，有一阵居然站住。我懂她的意思。我也站住。我要既对得起她，又不能太过分。就迟不如就早啊。过了浮桥，过了河滩。小洪渐走渐慢。进巷了，靠近她家那一幢低矮的平房了。她忽然跑起来，跌跌撞撞进屋，门砰地关住。她以此表示对我的决绝，对我的怒不可遏。我在屋前徘徊一阵，不断看她家窗户，显得无可奈何。实际我完全无所谓。假如她不关门，那我才真不知怎么办好呢。

让后半生去承受痛苦吧，我在心里大声同自己说。谁年轻时没有荒唐事呢。年轻人的荒唐，应该说可以原谅。

不能原谅也没办法，我又说，我并不是有意伤害她。

整天整天，我处于不断的激情之中，许多强烈的感受让我头昏目眩，心惊肉跳。我好像刚刚睁开眼睛，打量周围的世界。徘徊街头，看着身边涌来涌去的如云美女，我好伤心好惆怅，好自卑。这些女孩子对我不屑一顾，好像我真成了有妇之夫。她们都知道我没名堂了，堕落了。我再没权力和以前那样，和她们眉来眼去了。我打量自己。难道对她们，我真的没份了？我这样问自己。世上有多少美人，我一个也得不到，一生只能系在那样丑恶的女人身上，那一团肉上。一种阴暗心理整个占有了我。我无法阻止自己。意识到自己灵魂的卑鄙无耻，反而有了豁出去的念头，专门捡那些肮脏的东西想。我说恋爱是可以的，结婚却万难办到。比如一处美景，欣赏欣赏可以的，把终生献给这点美景，却万难办到。我说，对她，我是爱的，我不能否认对她有过的感情。可是，让我把一生仅仅寄托在一人身上，我万难办到。我大声说，我应该占有一切。我要把一切都爱尽。盼望有许多景色给我看，许多美女给我爱。然后我就走开，满足地、厌倦地走开……罪过啊，罪过啊，我真是罪过啊，我呻吟着。

猛然间通身难受，对自己说不出地恶心。我痛恨自己，辱骂自己，同时，更有一股强多少倍的力量吸引我，让我迷醉于那些肮脏的念头。我无法摆脱。我想象，小洪突然死掉就好了，如落了水，撞了车，生了急病。我深悔那天晚上不该送她，让她投河而死。谁知道是因为什么呢。我说，她死了，对我是解脱，对她自己也是解脱。实在是一个两全之策。我浑身一抖，清醒地意识到，如此下去，我是会杀人的。多少罪犯不就是这样走向属于他的命定时刻吗？我不敢再想下去，极力让自己冷静。我相信，我的双眼迸出了凶光。街旁有几个人异样地看过来。

过会我又说，她现在死去，倒是充满希望的，没尝到痛苦。这应该是她的大幸。或者，我接着说，结婚以后她就死去吧。那么，我又是一个自由人了。我又可以找女孩子恋爱了……天杀的，我肯定会不得好死！我绝望地叫出声。实在忍受不了这种极度的卑鄙龌龊。

剃脑匠掌剪的右手生有六根指头，人们背后干脆叫他"六指头"。每次剃头，我就细细看那指。其实不算指头。手掌最外侧，离小拇指很远的地方，生了一个肉丁丁，细细的，短短的，暗红色，像尾巴。其余五指使劲，六指也一翘一翘，很用功的样子。却太短，有劲帮不上。只好遗憾地软下。没停片刻，看到五根指头劳累，它又认真地一翘一翘。剃脑匠发现什么，手一缩，躲往我脑后。

胸前的大布上，堆了厚厚的毛，那么多那么多，我惊讶我的头怎么能顶得动。无数头屑雪片样树叶样躲在发间。地面潮湿阴暗，无数脚板踏来踏去，脚掌鞋掌的泥巴灰尘相互累积，堆成大疙瘩小疙瘩。疙瘩们结结实实，光光亮亮，像剃脑匠削过的人头。墙角边，疙瘩缝里，布满灰色头发。我伸出赤脚，划拉着。松松的，软软的，很痒。我脸上也堆了一堆，不停地爬，好像无数毛虫。我的眼角和嘴角往中间一挤，面皮一皱，毛虫果然弹去一些。仍有少量的趴着。我撮圆双唇向上吹气。

"吹什么屌！"剃脑匠拧我耳朵。

有根毛躲在上唇，让我一吹，居然乘隙而入鼻孔，痒得稀奇。我哼出一股气，想哼了它。我又哼。哼四五股气仍没用，反趁我换气之机，往鼻孔深处爬了一截。爬得我直想打喷嚏，又怎么也打不出。双手裹在灰布里，动弹不得。我猛劲挣挣身子，抖出手，飞快向鼻孔一挖，挖了那根毛。手顺带向面孔一拖，毛拖了满手掌。我舒服些了。剃脑匠狠狠将我的头抱紧进怀。我闭住气，好久好久放一丝出来，又一丝丝小小心心吸进。吸进的全是毛屑皮屑，及他身上浓汁样的油腻味。

剃脑匠终于推出我的头，推离有一尺五寸远，仔仔细细端详。他的脸极硬极硬，黄眼珠子干巴巴没水分。他喷出的气息也作头毛味。我相信，他满脑满腹不知沉积着多少头毛。他双手拧紧我耳朵，正看好久，又侧看看。左边侧看好久，又右边侧看。我的耳朵给拧得生痛发烧，好像并非耳朵，而是什么尿壶把。

我忍住不哭。我相信剃完了。谁知他又捏动推剪，叽叽嘎嘎抱住我乱啃。我拼命摇脑袋。灰布松了，满顶的碎毛灌进内衣深处。剃脑匠弯过胳膊肘，使劲一夹。我呜呜哭叫。他气恼地松开我。于是我的哭声十倍的洪亮。母亲慌张问我哪里痛。"毛，毛！"我嘶喊。剃脑匠翻开我衣领，噗地一吹。我顿时大舒服。他不停翻我衣领，不停地吹。

小洪黑了，黄了，瘦了，灯光下，那么憔悴。我暗暗吃惊，并不难过。昨天上课前，妹伢告诉我，说她姐病了，几天没起床，让我夜里去看看。我马马虎虎答应，实际夜里看电影去了。我知道小洪来的目的。我完全无所谓。随她怎样好了。一天来我高度兴奋，难以抑制自己。我给小洪让座，泡茶，显得热情而周到。我有趣地等待事态的发展。小洪不作声。我想起昨夜的事，再一次暗暗狞笑。"终于有了那么一次。"我可能是第一千次地这样说。昨夜走下汽车，我就陶醉于这念头。我太大胆了，简直有点狗急跳墙的味道。今天一想起，禁不住无限害怕。当时车灯虽熄了，可身前身后全是熟人。也许有人看见了，没说出来而已。也许他们早在暗地里说了，就我还以为神不知鬼不觉，自以为得计。至少，那学生算是看透了我，知道我下流无耻。不过我始终不清楚她是谁。街头等车的时候，我模糊觉到周围有几个女生，其中一个还讲过什么话。不过我没在意。车来了，人们一拥而上，更不知谁是谁了。我晚一步，位子全满了。只得挤在人群里，动弹不得。好在离校没多远。我一手抓紧车上什么地方的横杠，一手掌书，手臂屈起，横伸。于是我发现，这手臂抵住一个什么。我的全身一下就充了血，心中爬出无数毒蛇。我装作不知道，身子一动不动，悉心感受着。后来做出烦躁样子，好像站得不舒服，身子动动，手臂活动一下。她仍没动。我胆大起来。并且清楚，离校越来越近了，不抓紧，机会就过去了。我想我当时真有些不顾一切了，垂死挣扎了。随着车子的颠动，我们越贴越紧，同时，我的手臂分秒必争，上下左右有规则运行。她始终一动不动，配合十分默契。后来到校了，车灯开了。我没事人一般，随着人流跳下踏板，始终没回头看看我的对手。小人小人小人，我一路骂着自己。我那么自卑。世上再没有比我更无聊更低下的人了。回到房间，我开始暗笑，开始说，我终于有了一次。一天来我四处寻找，谁都像，谁都不像。每每盯住一个谁，设想她就是昨夜那人时，心中充塞魔鬼般的罪恶快感。

　　我觉得我胜了一次。

模糊中小洪说了句什么。我惊醒，发现自己在笑。

"你病了？"我急于掩饰。

"我们的事，怎么办？"小洪问。

"什么事嘛。"

"妹伢来说，你病了几天了。"我说。

"我准备去看看，到时又忘了。"我说。

"你连这都忘了？"小洪一脸痛苦。

"忘了。"我嬉笑。

"没有忘。你不愿意去！"

我想："好吧，没忘就没忘吧。没忘又怎么样？"我说："我看电影了……那片子真好看。"

一句话没完，我有了一个异乎寻常的愿望，想把昨夜车上的事讲出来。我想看看小洪的反应。我忍得很痛苦。我觉得我有些疯狂了。

"郑芜之，你说，我们的事，到底怎么办？"

"什么事？"我十分惊讶，神情严肃。不过我知道，我肯定是一脸的红光。

"你何必这样。"小洪说。

"怎么，几时出了什么事，我们之间出了什么问题，是吧？"我说。

"我还真不晓得。不一直蛮好吗？"我说。

小洪不吭声。我一脸紧张。

"快讲讲。出了什么事啦？"

我抓住她胳膊，用力摇。

"怎么不讲嘛，到底出了什么事？我急死了。"

"别这样。"小洪摆脱我的手。

"一个人应该懂得自尊自重。我相信每个人都有点羞耻心。当然，也包括我。"

我一阵羞愧，讪讪地说："讲又不讲。"我的心里说："是的，我一点羞耻心也没有了。我太下流了。"

"你只用一句话。"小洪说，逼视我。

我低了头看书，不理她。知道事情远不是她讲的那么简单。我不想给她明确回答。我说不出口。也不想说明了，让她抓住把柄。

实际上也无须回答。她还不知道我的态度？

"我又没讲分手。"我说。

"分手不要紧，我同你分，"小洪说，"但你要挽回我的名声。"

"什么名声？"

"你讲什么名声？"

"我又没讲分手。"我说。

我翻动书页。小洪一动不动盯我。这样不知过了多久。

"你不好看书，"小洪说，"我们把事情谈好。"

"可以。"我推了书，一本正经等她谈问题。

"分手我同你分，"小洪说，"只是你败坏了我的名声。"

"你怎么挽回我的名声？"小洪问。

"怪你母亲。"我突然说。

"都怪你母亲。"我又说。

"怎么怪我母亲，她对你太好了吧？"

"害了我不要紧，"我说，"主要是害了你。"

"怎么害了我？"小洪不懂。或者装作不懂。我击中了她的要害。这时轮到她不知讲什么了。

"我送你回去。"我说。

我换好鞋，站到一旁。小洪不动，皱紧双眉。

"边走边谈。"我说。

"你太狠了。"小洪说。

我没有回答，默认她的话，面孔可怕地皱起，内心极度痛苦。或者尽力显出极度痛苦。

"既然有今天，当初为什么那么好？"

恍惚从这时开始，小洪不停地抽泣。我没太在意。

"不到这地步，我是，不会几次到你这来的。"

"你还在外面讲我坏话？"小洪突兀问。

"谁讲的？"

我争辩，说没有。

"你听谁说的？"

我们离开公路，沿惯走的小道，拐向夜色中的山丘。记得我仍在讲些什么，小洪插进来，扯到我对她的怀疑。她叫我去问。写那封信的是谁她知道。

她指的是前不久，我曾接到的一封匿名信。

"根本不关这事。"我说。我确实从没相信过那信上的话。

小洪又谈到死。

"我妈妈，周围的人，都担心，怕我朝那上面想。"

"我不止一次想过。"好半天小洪又说一句。

"我太心软，不忍心。"小洪又说。

"妈妈养我这么大……别人还有父亲……"小洪可能触了伤心处，哭得更厉害了。静夜里，声音极为刺耳。我不安着看四周，生怕有人听到。我的面前，只见颤颤抖抖一团，夜色中，如一头什么怪兽。

接下来的事情完全出乎意料了。事后我极为后悔。早知如此，我绝不会那么狠心。我实在是太恶了，事情做得太绝了。我觉得我整个人完全陷进了疯狂的激情之中。当然，不如此，她也不会下最后的决心，事情就不会这么干净利落。

小洪哭完了，我们正站到一个山丘顶端。是我们第一次拥抱的地方。我想小洪有意选择这里，说出那番话的。

"你逼我分手。"小洪说。这天晚上站在丘顶的时候，小洪就是这么说的，"你逼我分手，我就和你分手。"

记不清当时的心情了。一点也记不清了。一般讲来应该这样：我没听真，或者听真了，却不敢相信。因为我决想不到此时此地，小洪会说出此番话。决想不到，事情会如此干脆。我费尽心力，经受多大痛苦想实现的一件事，就这么便宜完成了？世上的事会这么容易吗。又不得不相信。小洪仍不停地说着。她的话，应该是早想好了，临时只用背出来。即是说，小洪早做好了跟我分手的准备。而我却糊里糊涂，竭尽全力做着伤天害理的事。我有种受嘲弄遭鄙弃的感觉。

"我家里那边，周围的人，亲戚朋友，我会去说明。我不会吵你，也不让家里来吵。"

"你也不要对我家里有什么看法。妹伢在你学校读书，你不要对她……她没对你不好……"

记得这时我只想哭。真的想哭。但哭不出。一个多么伟大的女性，我这样赞美她，到这时候，还想着读书的妹妹。

我该死，我艰难地说。

曾多少次设想过分手的情景。我想到时我一定要下跪。给小洪下跪，求她宽恕。我想那情景肯定会十分动人，十分悲壮。站在这山丘之上，却怎么也鼓不起勇气。那样太做作。并且，丘顶就是一条土路，不时有人经过。今夜的事情又太突然，我好像没有充分的精神准备。我只把自己置入极度的痛苦中，扭曲起面孔，无声感受着。

该死该死啊，我不停地这样说。

"你不要向别人讲我，讲我怎么怎么坏。"她说。

她说："我听了，心里难过。"

"家里诈我，问有没有那事……周围的人怀疑，我都不承认，说没有。苦是我自找的，我愿意一个人吃，一个人受。"

她近似于自言自语。

公路两旁，房子渐渐多了。夜已经很深。小洪叫我回。我真想向她保证，今后再不找别的女人。但知道做不到，是骗人。就没说。我又想说，至少近几年不找。想想又没意思。

小洪在街边停住。我始终一手捏下巴，要死不活地走，一副苦难深重的样子。她又叫我回，转了头，坚定地看我一眼，拐过房角，不见了。"以后，不管我是好是坏，不用你来管！"我记住了她最后这句话。我顺着寂静的街道向前走。这段路没有灯。忽然发现，前面不远的树干下，有一个人。我怀疑是她。又不像。我想看个究竟。其实我知道那人是她。我想再与她见见。也不知真心或假心，这时我很想表现出内心的痛苦，表现出对她的无限依恋。我要让她看出我的一片负疚之心。让她明白，与她分离，我是没法的。那人发出声音，似是哭。她不忍心回屋，还想会我。还想有所挽回。她的身影动了，又往前走。我也往前。她停住，似等我。树影森森，我看不清她。身后转来自行车铃声。我不好呆站，与她交错而过。车铃声近了，两个骑车人偏了头看我。等我转身，小洪已不见了。我独自徘徊，朝她消失的地方盯看。这时我听到自己的脚步声，嘶啦嘶啦的，极响极响。我怕老是这么来回走，会让人注意。便顺来路回校。我不住地停步，凝神朝后张望，谛听，猜她是否跟在身后。

发现到小洪的另一面，我曾经大为吃惊。那次我去她家，妹伢泡来一杯茶。小洪端坐一旁，看紧妹伢，好像等什么。好一会她醒悟过来："就泡给他一个人，我没茶呀。"

我来了，应该小洪泡茶。可她自己不动，反而老老实实坐着，等别人泡给她，那副正正经经模样，我看了直想笑。

"就不泡给你。"妹伢说。

"他是男的，你泡给他，我是女的就想不到呀，"小洪说，"你年纪轻轻老封建，重男轻女！"

她的神态，说话的口气，带着说不出的娇憨，惹人怜爱，一扫平日的老成与持重。

平日说话，我老带几句口语，"他妈的""似乎"等。于是它们也时常不离小洪的口。"你看看表，现在几点了？"我问。"他妈的——看不清，"她拖长声音答，借远处路灯的光看表，终于又拖长声音说，"似乎——似乎九点了。"

"他妈的"几字出自女人嘴里，不是粗俗可厌，便会显出滑稽有趣。看她那副怪模样，我忍不住笑了又笑。

小洪好吃，嘴头闲不着。同样带上小洪式娇憨。傍晚外出散步，她总摘些红红绿绿野果子嚼。

"尝尝。"她递过来一串。

"我不吃，"我说，"也不怕肚子痛。"

"不识抬举。不吃算了。"小洪啧啧有声，吃什么好东西一般。

啰里啰唆数说这种叫什么名字，那种叫什么名字，还夹杂一大串荒唐不经的故事传说。见她吃了太多，怕不卫生，我出来阻止。

"别吃了，"我说，"吃多了真不好。"

"就不就不。"

我抓住她手腕，用劲抠。

"就要吃就要吃，"小洪撒着娇，委屈着叫，"吃点野果子也管。"

野果子四散着飞进草丛。小洪依依不舍回头张望，寻找。看那样子，偶然发现一颗，还会捡起擦擦干净吃下。我呢，则拿出大人宠爱淘气小孩的专横对付她，再不许她摘乱七八糟的果子吃了。

满以为此事就此平息了，小洪改了吃野果的怪癖。有天就在这片山丘，她稍稍离开过一会。我近前去看，她正躬身伏紧草棵，一心一意寻找。见我来了，像做贼给人发现，狼狈地逃窜。我开心极了，表面仍装严肃，微微只笑着。

我何必独自一人在世上奔波、挣扎呢，我为什么不能有一个伴？

这天晚上，我呆坐桌前，默默流泪，直到深夜三四点钟。不止一次考虑，是否与小洪恢复关系，挽回那快要过去的一切。设想我到了她家里，她会多么高兴啊。然后我们干脆结婚，哪怕以后痛苦不堪。越痛苦越好，我借此惩罚自己。那么，我一生真的完了？我又回到这老问题。就因为一次犯罪，需要我拿整整一生赎回？其他的一切都好办，我什么都舍得。一切我还可以重新开头。把一生彻底交出去，我还有什么呢？

接连几天，我吃不下饭，看不进书，神思恍惚，整个人如泥塑木雕，不知自己是谁，谁是自己。为此，我稍稍感到安慰。经过如许变故，她为我忍受如此痛苦，假若我又同平常一样，能吃能睡，那证明我太没心肠了。我便太难以容忍自己了。我应该为小洪失去一些什么，浪费一些什么。我应该付出必要的代价。

我应该这样说，我做过一个梦。梦中情形极为清晰，逼真，做梦的具体时间却模糊了。似乎是与小洪分手后的几天里。又不像，应该是更早的时候。其实，认真追究起来，我做没做过那个梦，那到底是不是梦，自己也不敢肯定。一段时间来，老有些似梦非梦、似幻非幻的东西强大而真切，缠绕我追逐我，让我无可逃脱。

我梦见一个老人，在阳沟边的过道坐着。阳光一半照着老人，一半照彻一沟华丽的绿水，和水底黑色的肥泥。泥面布满无数小孔。老人听出小孔里有东西发着声音。无数小孔有无数声音。一条红丝线粗细、半寸长的小虫袅动身子，翩翩地不知从哪里舞出，斜斜舞上水面。忽然停住不动，让阳光透过细细身子穿下。又一条红丝虫婀娜多姿而来，先到的虫一兴奋，头与尾急剧卷曲，卷作几重圆圈，突然一放。两条红丝虫狂欢舞动。泥面小孔里的东西一惊，巨大的水面浑然不觉随着一抖。红丝虫不见了。沟沿的青砖缝里，有一只蛤蟆低头沉思。蛤蟆小模小样，浑身麻点，肚大头小，脸上明显见出皱纹，一副少年老成、未老先衰模样。阳沟对面，屋檐下有三只鸡，双脚不停地扒，将泥土撒进阳沟。

有只鸡的毛突然一奓，披头散发，猛摇狠抖。另两只鸡不甘落后，抖出大团大团的灰尘。灰尘反射阳光，老人面前加倍明亮。有根鸡毛半白半黄，乘灰尘的浮力青云直上。上了一两尺，摇头晃脑落下，落到水面，两头翘起像小船。石缝里或涵道里有劲风吹动，小船突然打了个旋，头和尾换了位置，迅速在水面滑动，一忽儿滑到岸边。泥面几时有了黑色的小虫，大头，有细细尾巴，一半像蛆，一半像蝌蚪，头和尾时刻不停地抖。

老人听到那声音，不，不。好像一个人说"不"。阳沟一头的巷子里，走出一位年轻女人。女人的罩褂显得短，肥大的红裤子露到外面。每一迈步，大腿与大腿笨重地摩擦，发出"不"的一声，异常刺耳。女人渐走渐近，声音渐是响亮，且拖得长，带一个尖锐的尾音，忽地消失，变成了"不——呃""不——呃"。老人感到逼人的热气，由发声处一浪一浪散出。老人紧低住头，屏了呼吸，想打喷嚏，却忍住。"不——呃""不——呃"，老人完全让热浪罩了。女人经过老人身旁，好像愣了一愣。老人清晰看出红裤粗糙的十字形纹路，看到裤面一块若隐若现的污迹。"不——呃"，污迹发出声音。女人过了。老人抬起眼，艰难地，痛苦地，又是飞快地。女人的屁股沟往上，有条很长的皱折，每走一步，皱折跳动一次。左脚迈出，皱折跳往右边，右脚迈出，皱折跳往左边。随着"不——呃""不——呃"的摩擦声，皱折活泼泼地一弹一弹，将两瓣笨重的屁股清晰地勾勒出来，好像一个调皮的手指，不断指点着发声的地方："这里，这里。"

女人在墙角一闪，消失了。老人一个一个剧烈地打着喷嚏，其情其景，让人联想起一只偷鱼吃的小猫。沟中的小虫急剧沸腾，无数小嘴露出水面，密密麻麻排着，将水面抬高好多。有的地方却缩进，水面形成一个坑。好像阳沟里不是水，而是坚硬的可以任意捏造的固体。老人一下止了喷嚏，紧低了头。他又听到那声音，不，不。然后是"不——呃""不——呃"。热浪起伏，红色抖动，手指样的皱折不停地指指点点："这里，这里。"然后是打喷嚏，疯狂地拼命打出的喷嚏。老人伸出手时，已然浑身热汗，胡须颤动不止。他照准那怪叫的污迹狠劲抓去。一股热浪轰轰就灌进他干巴巴的全身。女人张大嘴，想叫却没叫出，像只蛤蟆在他手上舞动四爪。挣脱后，女人痛得弯下腰，双手紧捂被抓的地方。老人双手向后，撑住墙壁，艰难地站起。女人转过身，撒手撒脚大跑，屁股沟的皱折一左一右急速摆动，令人眼花缭乱。大腿"不——呃""不——呃"锐声尖叫，仿佛两块熟铁片摩擦，揪人的心。老人步子很大，走得却慢极。双臂僵硬垂直，似给什么无形的绳子绑了。女人从一扇门后惊慌地跳出，倒退着，一手紧捂住大腿，一手朝老人乱打乱打。老人咕咚趴向地面。她也仰面倒地，脑袋磕了什么，半天不能动弹。老人曲起双臂，爬动几次，双手紧抓住她腿上的污迹，干硬的黑指甲隔了红裤朝肉里挖去。女人胡乱弹动双腿，想甩开老人。老人跪到她身旁，眼睛与嘴巴紧闭起，枯藤一般吸附着，稳稳当当，如一位凝神静心念经的老和尚。那双手，骨节与筋脉笔直笔直，绷在了皮外。

　　小洪母亲很少来我学校。她说她是个家庭妇女，不懂什么，来了怕人笑话。这天夜里她坐到我面前，一本正经准备谈问题时，一种不适应的感觉十分引人注目。她双腿并拢，坐在床沿，手不知往哪儿放。我不敢直视她。不知不觉间，我和她竟然以敌对的身份坐到一起，实在让人尴尬。当我偶然接触到她的目光，她便急慌慌避开。她也同样不敢直视我。我有点为她难过。我知道她来一趟不容易，与我进行这场谈话，更不容易。她既然来了，坐到我面前了，我知道这又意味着什么。

　　一种绝望的情绪笼罩住我。真是太岂有此理了。小洪自己同意分手，她又有什么权力插一杠子。我知道没法同她说清这个道理。我彻底完蛋了。

　　"你叫我问她，她又让我问你，我做父母的夹在中间，怎么办呢？"小洪母亲幽幽说着话，"见过多少夫妻吵架的，哪有像你们这样个怪吵法。"

　　"什么夫妻吵架嘛，"我硬起喉咙叫，"真是乌七八糟，莫名其妙！"

　　我发现我气急之下，打起了官腔。自己也有些好笑。

　　"小洪说，要同我分手。"我终于说。随着又懊悔。我应该说："我们已经分手好久了。"

　　"你看你们，真是小孩脾气，分手的话都说出来了。"

　　我看小洪母亲一眼，她侧了脸看窗户。她下眼睑的皮肤黑乌乌的，好像总有泪水未干，显得猥琐。

　　"我一个劲骂她，骂得她哭。我说别人夫妻吵架也是有的，哪有像你们这样，动不动就讲分手。分手是这么容易的呀？"

"怎么不容易嘛。"我全无意义地叫。

我想，今天一开始就错了。我和小洪早分手了，和她母亲便是根本不相干的人。应该拒绝同她讲话，拒绝她进我的房门。面前这情景太不伦不类了。

"分手是这么容易的呀？"小洪母亲看我，又看看窗户。我发现窗台上，有只老鼠一跳一跳，想进又不敢进。

"不信你去问，是小洪先提出来的，"我说，"那天她来，进门就发火。她说要同我分手。我送她回，她不理我，把门砰一下，关了，把我关到门外。"

"我回去骂她，叫她连夜来赔礼……"

"还赔什么礼嘛。"我说。

"要你说，怎么办好呢？"她颤了声音。

"我晓得怎么办好？"

有一会我们没作声。窗台上老鼠又一闪，消失了。外面传来学生的嗡嗡叫。可能下自修了。

"我同你讲小郑，"小洪母亲看紧我，"小洪的脾气我晓得，自己生的。她不会先提出分手。"

"她不会提出，会是我提出的啊？"我说。

"要是说，你讲了什么话，逼她先提出，我还有些相信。"

"怎么是我逼的嘛。"我觉得应该发气，表示受不了冤枉。但口气怎么也硬不起。

"我同你讲小郑，"小洪母亲往前紧紧身子，"我一直不敢出口，怕你吓着。她总是哭，问她又死不作声。昨天逼不过了，哭着对我说，让我照顾好自己……"

"我妈妈，我周围的人都担心，怕我朝那上面想。"小洪说。

"我不止一次地想过。"那天小洪又说。

"我太心软，不忍心。"

"你去问，是不是她自己提出的。"我说。

"她说，妹伢还小，不懂心疼人。"

小洪母亲眼红了。

"小洪太恶了。"我说，愤愤地。

我说，那次看电影，位子不知怎么买多了，有一个女人坐着。小洪硬要我把那位子的票退掉，赶走那人。电影快开始了，我不想去退票。为一张票的小事赶人，又何必。小洪气疯了，非要我赶走那人不可。小洪说就是不看电影，也要赶走那人。小洪说恨她。

"我披了衣，起床赶老鼠，打开破柜的门，看见一个装农药的瓶。"小洪母亲眼看窗外。

那封信上说，小洪，有问题。

"你就相信？"小洪母亲问。

我不相信，同小洪讲了。怕她生气，还百般地安慰，劝解。小洪呢，不说理解我的忠诚，反过来倒咬一口，硬讲那信是我写的，死活要我承认。

后来小洪说，查清了信是谁写的。她用一张月经纸，画了好多奇怪的东西，还涂满污血。小洪说要咒死那人。我劝，她说我怕那人报复。

"真有这样的事？"小洪母亲不安，"我一定回去问。"

"你回去问。"我说。

　　小洪常常在我面前讲那些故事，讲某某女人怎样杀死了丈夫。说用一把剪刀，将丈夫的那个，剪了。她还说，要是我调皮，她也把我杀了。

　　"你回去问。"我说。

　　小洪母亲一脸的羞愧，让人以为，那些事是她干的。

　　"你回去问她，看是不是真的。"

　　小洪母亲看着我。我也看她。她竟不移开目光，我一慌。

　　"小郑，我同你讲，你想同小洪分手，那是不行的哦。"她说。

　　"你去告，去法院告！"

　　我气急了，绝望着叫起来。她竟然威胁人。她也配威胁人。

　　"我又没讲去告，是你自己讲的，"小洪母亲惊恐，"我不相信。我特意来问问。"

　　"我真要分手，都是真的，你快去告。不告不是人。"这一刻，我完全糊涂了，声嘶力竭。我知道，我的样子肯定像要吃人。

　　我一直想回忆清楚，小洪母亲是怎样跪下的。结果总不很明白。她好像说过什么话。又好像没说。我好像这样回答："跟你有什么关系，"或"我又不是跟你谈对象，"诸如此类的话。记得我眼睛没看她。模模糊糊觉察到，她身子动了一动。然后瘫到地面了。床上的垫单给她的身体拉了，耷落下来。我吓一跳，以为她气晕了，或发了什么重病。

　　意识到她动作的意义后，我往起一蹦，骂道："搞什么鬼！"

　　第一个念头是想把她推到门外。

　　别在我这里要赖，我想说。

蹦起之后，我的身子僵住了。当时动作肯定很夸张。肯定很滑稽。我受了致命的一击，身子便那样僵了，似被什么超自然的力量慑住了。

"就算我对不起你。"小洪母亲这时说的一句话，我印象特别深。她仰起面看我，目光如锥，如鬼火。

恍惚觉得，房间里充满神秘的梦魇般的气息。热水瓶噗噗直响，水瓶盖一动一动，里面有什么要冒出。被子折好在床上，一角翘起，极像一个谁歪身坐着，让人看了不舒服。床前地面，散布一摊黑漆黑漆的水，刚刚我洗脚时洒的。小洪母亲跪在黑水边，膝盖稍稍挪前一点，便浸进水滩里了。哈哈哈，什么地方传来女人的尖笑，片刻便消失，竟没有其他的一点回响。一只老鼠顺墙根闪过，划了条虚线。我看到一条黑色小虫，大头，有细细尾巴，一半像蛆，一半像蝌蚪，头和尾不停地抖。我又看到第二条，第三条，无数无数条，满房间爬得都是。

我拉拉她肩膀的衣服。

老人一动不动。

我完全吓倒了。再一次真真切切感受到那种神秘。我突然明白了什么，面前展开一个完全陌生的世界。这位老人似乎是一个象征。具体说，就是那陌生世界的象征。随着，连小洪，连妹伢，也跟着虚幻了，就成了什么象征。

我触到了小洪跟她母亲，跟妹伢，也跟我之间某种神秘的联系。这家人确实太奇怪了，太不正常了。

我确实陷入了无底深渊之中，此刻我这样强调。神秘的深渊，阴暗惨恻的深渊。

比较起来，以前我把事情看得多么简单。原来，一切刚刚开始呢。

"你不要和小洪分手。"跪着的老人说。

我没应。实际我想回答什么，没发出声。

"你答应，不和小洪分手，我就起来。"

"你起来。"我说。伸出手想拉，没触到她肩膀，又停住了。

忽然我极想在她太阳穴上死命踢一脚。极想极想。

"我不分手。"我说。

好一会老人没吱声，仿佛考虑该不该起来。

她仰了头看我。

"我不分手。"

老人爬起来。还没站稳，又随即跪下去。如给地面吸住了。我看到她手脚乱动。挣扎好一会，仍撑不直身，那样子极是怪诞。我明明知道，她不过因跪了太久，腿发酸了，但仍觉得她的样子怪诞，不可理解。

我搀她。她双手向后撑住床沿。她终于坐到床沿，很艰难地。那位老人，阳沟边的老人，也是这样，双手向后撑住墙壁，站起身的。

"你跟我回去，好吧？"小洪母亲问。

"你跟我回去，"她又说，"好一夜了。"

我听听，没一点声音。四下里好像一个大空洞。果真好一夜了。

好一夜了，我默默说，拉熄了灯。整个校园一下落进好深好深的黑暗中。我试试探探迈动脚步，与小洪母亲穿过院子，穿过走廊，上几级水泥台阶，又下几级台阶。几只鸭子忽然从脚下涌起，哈，哈，哈，化成一阵低微而嘶哑的声音，风一般飘过去。这是几只公鸭，哪个老师养的，夜里总不关起。夜色那么浓。夜色里弥漫着人的鼻息，人的肉体的气味。我闻到一股浓烈浓烈的腥膻，全身的毛发猛地一窜。在平时，夜这么深，我早已与小洪盘着缠着深睡了。小洪的身子不停地抽搐，我便给弄醒了。于是我能听到远处工地上浪潮般的锤声。或者一辆车子从街道驶过，呜呜，然后是轰轰，驶近了，小楼，房屋，大地，俱在呜呜轰轰声中飘浮。我慢慢又给飘进梦深处。出乎意外，汽车猛一下刹住，车轮咕咚咚哗啦啦猛刮水泥街面，静夜里天崩地裂般响。我彻底醒了，侧起耳倾听。四下里仍没半点声息，小洪也深睡如旧。她散乱的头发丝丝缕缕，裹住我的脑袋。深夜时一切，都太沉重了。汽车声也再无半点。这时我感到有什么东西松动了，发出极细微极细微的嚓嚓，如一个人在远处悄悄移步。嚓嚓，沙沙，声音越来越近，响上屋瓦，响上帐顶。我知道下雨了。记得明明是大晴的天，怎么会无缘无故半夜下雨呢。我不明白。也不想弄明白。小楼是那么窄小，站直身伸手可摸住瓦顶。雨点落上屋瓦就像落上我身子一样，沙沙沙，嚓嚓嚓，满世界是麻麻点点的雨声。这时小洪的身体又抽搐一下。我的意识随着打个顿。随着又模糊了，消失在沙沙嚓嚓里了。第二天起来，没头没脑又是个大晴天，地面，街道，屋顶，树枝树叶，绝无半点湿痕。于是夜里的一切变得那么荒唐。我总奇怪，白天与黑夜是怎么衔接起来的。

这天夜里，当我随着小洪母亲穿过黑色浓浊的校园，当我念叨"好一夜了"这句话，当我从人家的屋前屋后经过，我分明触摸到那种热气，那种鼻息，那电流般滑过的抽搐。触摸到这一切时，我发现我变成了一头野兽，一头巨大凶猛的野兽，浑身长满长毛，毛孔里一浪一浪、一圈一圈扩散着腥膻。我的眼睛火星四溅，世界的一切都在眼下熔化。眼眶也给烧化了。我全身的皮毛全烧着了。我应该是又蹦又跳，焦躁难耐。

过浮桥时，这种巨兽感更分外强烈。我觉得我长出一双巨大的蹄子。踏上浮桥，桥面猛一阵摇晃，快要陷进河水里。我想起什么古人，用小船装了大象，而称出大象重量的故事。我四腿粗短，毛甲浑厚，大耳垂肩，头角锐利，活脱脱是那头大象了。大象还没角，我比大象更大象了。大象胆战心惊地站立，小船伏在脚下如一片树叶，飘啊荡啊。我让自己可怕的形象吓住了，禁不住"啊"了一声。这下更让我无比恐惧，连我的声音，也完完全全是兽类的哀号了。

小洪母亲仿佛说了什么。应该是已说了好久了。她告诉我，再不要和小洪争吵。两人的脾气都要忍一忍。小洪脾气不好，她知道。她回去了要好好骂小洪。

我勉勉强强答应着。实际全不懂她的话。我不能理解，今晚为什么要和小洪母亲争吵。记起了今夜的一切，记起这么多日子的痛苦挣扎，我的发火，小洪母亲的下跪，我和小洪的分手，这一切太不真实了，太不可思议了，真正让我恍如隔世。

不过我心里清楚，不真实的应该是现在。现在我是一头兽，一头燃烧着的巨兽。我即将烧毁这些日子苦心经营的一切，烧毁我整个的一切。转变如此之快，太令人吃惊。极限吗，我想。我发现，我早就在等待着这一夜的燃烧了，只是没有理由，故一直压抑着。今天我是被逼的，无可奈何的，是让小洪母亲押过来的。我这次的毁灭完全心安理得，名正言顺。

小洪母亲彻底地解放了我。

　　小洪家就一间房子，很大，也很破烂。中间用木板隔住形成里外两间。里间有床，外间有吃饭的桌、椅，靠门边还有一台缝纫机，想必这是最值钱的东西了。墙四周及楼板上糊满一层又一层报纸，有新有旧有黄有白，各不统一。报纸外面再贴一层电影画报和时髦美女图像，也有新有旧。一只灯泡吊在楼梁，光线本来就黄，吊得又高，房中越发惨淡了。妹伢一人坐在桌前看书，见我进来，吓得站起，呆立着。我坐下，她也坐了。母亲到一边泡茶，妹伢瞪着圆眼睛看我，想说什么却不敢，挨雨淋的小鸡仔一般。

　　母亲递了茶给我，说："小洪在楼上。"

　　就等这句话。我知道小洪在楼上。我早急不可耐了。

　　接了茶，放上桌子，站起身说："我去看看。"

　　我发现自己的声音沉浊含糊，抖抖颤颤。

　　"我上楼看看。"我重复一遍。这次发音更糟糕，自己也听不清晰。我顾不上掩饰，顺过梯子就爬。

　　楼上一片漆黑，我熟练地弯过各种杂物，摸到床前。小洪的体香扑面而来，我深深打一个寒战。拼命克制自己，想保住矜持。小洪装睡。我挨床坐下，犹豫一会，隔被子摸摸。手下一阵震颤，不知是我或小洪发出的。终是耐不住，俯下身吻。这一刻脑里轰轰直响，身子抖个不停。小洪更是这样，并且越来越厉害。并且发出急促的鼻涕声。她抱牢我一只手，紧贴胸前，早已抽泣不止。我吻住她口，不让发出声音。她头一偏，鼻涕声愈加响亮。我扫兴地坐直，怕楼下听到，便摇她。我又用力地摇。这下不得了了，她如找到什么充足理由，哭得更是起劲。我十分恼火，知道不能再劝。全不知怎么办好。

小洪也清楚我的厌恶，想忍，偏是忍不住。声势反而越来越大。压抑不住的强烈的哭声。后来她干脆扯过被子，死死堵住嘴巴。我轻轻松了一口气。没过片刻，小洪憋闷不过，猛然掀开被子，大吸空气，发出响亮的一大颤音，夹着鼻涕眼泪的嘶嘶，久久回荡在楼上楼下，蛇一般钻进我耳朵。我吓住了。她自己更吓住了，急促地翻身向床里。我无限尴尬，烦躁，后悔不已，惊醒了。面对颤抖的一团，忆及妹伢的惊恐，母亲的下跪，一家人的惨样，而今我又将一双兽爪，搭到这不知被我践踏过多少遍，从精神到肉体给撕得稀烂的小动物身上。我深深意识到自己的罪孽。黑暗中，我举起两只前蹄，看到隐隐的血痕，看到蹄壳与蹄壳的夹缝间，凝固成紫黑的小血块。

难道我还要对它下手吗，我问道。

又一次彻底的绝望袭来。我无声地惨号一声，一口气半天回不转，胸腹堵塞，哽成石头。我静静地，默默地，经受着死亡和毁灭的痛苦，脸上虚汗直冒。这样不知过了多久，感觉到一股力的作用。原来小洪的抽泣渐已止息，伸出手臂扯我衣袖，轻轻地，怕吓了我似的，却有力地，一下一下。我疯狂了。

吃早饭的时候，小洪对我说："我恨你！"

那时已是十点多了，我坐在饭桌前等小洪。母亲端了菜出来，我摸摸，滚烫滚烫的。许是刚出热锅。"小郑你快吃，不要等她。她老慢，"母亲指指里间梳头的小洪，"我们都吃过了，妹伢吃了上学去了。"母亲又进门，端来漱口水洗脸水，放小洪身边。小洪转过身看看，又转过身去继续梳头，一声不吭。我知道她不好意思。我笑。

"小郑快吃啊，菜又冷了。"母亲说，样子也很不好意思，躲避着我眼睛。似乎还有话没说完，人已到门外。

小洪洗了脸，然后端起茶缸，对着脸盆漱口。她不敢出门。

"你不好意思，"我说，"你脸都红了。刚才你用毛巾擦脸，我看见通红通红。"

"快吃喔，"小洪没好气地叫道，"总这么阴一句阳一句。"

"妈妈躲出去了。她故意的，怕你不好意思。"

"我恨你！"小洪说。

就是这个时候小洪说了"我恨你"。她漱完口，撩过毛巾擦擦嘴角的牙膏沫。又换一只手，翻过毛巾擦擦脸。就这样她毛巾举在耳旁，额前的头发抹上去不见，瞪起眼睛对我说了那句话。我猛然一惊，我看到她的眼中闪出一股真实的极度憎恨。

"是吗？"我说，快活地呵呵笑了。真不容易，我心里说，终于让她仇恨了。

她总算知道事情的真实状况了，我又想。尽管如此，当我最初接触到她的目光，我仍然吃一惊。小洪从来没有过那种目光。

于是我更其轻松地怪笑起来。

"你欺负人。"小洪说，出门倒水，迅即闪进。

"真没想到，你心肠这么硬。你太狠了。我妈妈又没惹你。你把我家里人看得不如一条狗。"

小洪坐到桌前，却不动，对饭菜出神。

"吃啊。"我说。我对她笑。

"还累？都十点多了。"我说。

"我都不累，你倒累了。"我说，无耻地看她。我知道我自己的样子，实在太令人憎厌了。我自己也受不了了，端起碗扒一口。

我到房侧的厨房，给小洪换回一碗热饭。门外的太阳地里，母亲对着怀中的小筛子捡什么。她有意躲得远远的，不想听到我们的谈话。或者听到什么，再躲那么远的。我怔了一怔。

"这怎么能怪我？"我说，夹好些菜到小洪饭头。"我也很苦恼，你知道的。我们一起想了多少办法，将床这里移移，那里移移，整天整天在楼上忙碌。你又不是不知道。"

"那次你还笑我，笑得我没头脑的。你拿来一个镜子让我照，原来落了一头的阳尘灰。"我这样说。

小洪端了饭，有一口没一口地扒。

"后来还是你弄好了。"我说。

那次一见面，小洪就用拳头捶我，得意地向我邀功。我们一试，果然感觉踏实了。

"快吃快吃，"小洪说，"我不怪你。怪我自己。"

"也不能怪你。"我认真说。

"房子太旧了，不晓得多少年了，"我仰头看房内房外，"墙皮全脱落了，没事的时候都沙沙直掉土。"

"还有楼板，楼梁柱，尽是洞眼，你看到没有？"我说，"蜂窝一般，走着走着，我老担心会垮下来。"

"别讲别讲我烦不过，"小洪紧皱着眉头，"我晓得你有意的。"

她板起面正视我。

"你敢说，你不是有意的？"

我也一本正经板起面，做出受委屈的样子，想发火。猛然扑哧一声笑起。自己也没料到。

"你怎么知道我有意的？"我拿起筷子，问道。

"流氓！"

"也不知怎么搞的，开始我也不敢，知道妈妈、妹伢还没睡着。可偏偏是想到这点，我不顾一切了……你还偏偏一颦一颦的。"

讲着讲着我嘻嘻又笑了。

"实际上她们早听见了。你以为她们没听见吧。你是自己安慰自己，"我说，"我试过，有次你在楼上，一点点动作，下面听得一清二楚。"

"流氓，"小洪紧紧低下头，"我不同你这个流氓讲话。"

"当时我真担心，"我越加兴奋，"要是楼塌了，我们还得摔到地面呢。那真有意思。"

小洪满脸怒色，叭地将碗磕上桌子。

"你一点事就生气，这不好。"我指出道。

"爬又爬不起，才真难为情。还要人牵。"

"流氓流氓流氓。"小洪伏住桌沿，嘤嘤哭了。

"当时真吓人，"我又说一句，"我真担心房子会倒。"

当天夜里，小洪又一次哭了。弄不清是因了什么。

"你心里冤，也不能这样啊。"小洪说。

哭声好大，哇哇地，夜深人静时分，格外的瘆人。我急了，拼命把她往被里塞。她全然不顾地反抗。我听到楼下的动静。母亲醒了，妹伢也醒了，两人咕哝什么。

"这一晚上，又为什么啊。"母亲问。

"怎么办哪！"母亲拖长声叹气。

哭完之后，我发现，我面对的也是一头野兽，一头比我还疯狂百倍，也无耻百倍的母兽。或是一条饿扁了的蚂蟥，软软地，又是没头没脑地吸住我。她好像施放出一种什么药剂，我不知不觉给引入一个全新的世界。这里阳光灿烂，鸟语花香，岸柳垂拂。我乘着一条小船，在花红柳绿的湖面荡漾。微风徐来，湖面袅出无数无数起伏的线条，将小船轻轻地，又尽情地簸弄，一上一下，无始无终。永远的波峰浪谷。我身心俱醉，全然不知是梦是幻。事后想起，不禁大吃一惊。怎么也不能想象，世上竟有那样一种出神入化的境界。

更琢磨不透的是，令小洪痛苦不堪的那一片嚣声，也消失殆尽。朽烂的楼板、墙壁，破败的房屋，本身就如那静谧的湖水，含义深远，温顺可人。

三天之后，我将起裤管，让小洪看右膝盖。那里让床单擦去铜钱大的一块皮，血水浸润红丝丝的肉。小洪伸出食指，在我鼻梁推了一下。然后找来药水药膏，细心给我包扎。那刻，我在她含笑微眯的眼中，看出一种极无耻、极阴暗的东西。

还有一件事。如痴如醉的某个晚上，小洪忽然出神地打量我，又打量她自己，笑道："要是我未来的丈夫，看到我们这样子……"我随着她环顾自身，于是忘情地，沉入到一种肮脏的心理中，没顾得仔细多想。

我开始出虚汗，半夜醒来，从头到脚全身水洗过一样。小洪小心着给我揩拭，然后让我看。整条毛巾拧得出水了。白天翻开垫絮，白汽直冒，床板上鲜活活的水都能流动了。小洪炖了人参鸡汤给我吃，仍没用，倒愈加厉害，稍稍小睡即大汗淋漓，有时一夜几次。我暗暗害怕，从生理到心理的一种虚脱，时时想咳嗽。我知道身体垮了，我快不行了。事情的结果是，这样反倒激起一种彻心彻肺的快感，我更不管不顾了。我想彻底地摧毁小洪，更摧毁我自己。

"这是墨鱼。"我说，筷头夹住一块黑乎乎的东西。刚刚我一到，小洪偷偷拉我进厨房。又是一碗热气腾腾的什么。

"吃这有用？"我怀疑着问。

"没用还给你吃，"小洪说，"别人告诉的这个方子。"

"别人都不晓得的，秘方。"小洪神神秘秘。

"这是什么？"

我捞起一些黄黄的东西。

"麦冬。"

"这些呢？"我又问。

"这些……你吃就是，"小洪说，"我也记不清了。"

"妈妈也不晓得？"我说。

"你炖东西给我吃，她不晓得？"

"你问这么多！"小洪不回答。于是我有些明白了。也许一切都是母亲奔忙的。

我大口吃着大口喝着，这东西味道还不错。并且我一贯喜欢吃墨鱼。小洪蹲在一旁眼巴巴看我。她面色红润洁白，目光炯炯有神。我呆住了。每次经过整夜的剧烈活动，总以为小洪给彻底揉碎了，压扁了，第二天起来一看，仍是老样子，没事一般。总十分奇怪。这天蹲在窄狭的厨房，喝一碗莫名其妙的脏东西，面对健康、漂亮的小洪，我无限惘然，胸口闷得慌。我的力量太渺小了。

听说，女人结婚后，身体会发生一系列的变化。蹲厨房吃东西的那天，我仔细检查了小洪，果真有许多发现。小洪各方面确实是个真正的妇人了。这都是我作用的结果。是我将她由一个少女，变为妇人的。连她的漂亮健康，也是我带来的。连我自己的虚弱，也是我占有的一种证明。

我嘿嘿笑了。

我看到了那个老人。真真切切看到了那个老人。老人如一位凝神静心念经的老和尚，热汗流下他的额头，滞在深不见底的皱纹沟里，凝注到鼻尖，又缓缓跳往下巴，然后滴落。就这样，老人不知坐过多久，也许就那么一刹那的工夫，忽然如被什么击中，摇两摇，双脚在空中划个半圆，翻向一边。女人想起身，却爬不动。老人僵硬地翻身，僵硬地摸着她的腿向上爬，宛若一只带硬壳的甲虫，行动很不方便。老人摸到那块污迹，又掐又拧，还挥起僵硬老拳，嘣嘣敲打，打得声震天地。比拳声更响的是老人的呼吸，细细如几根青筋织成的脖子，胀大两倍或三倍，似有台风扫荡在粗大的喉咙之中。老人嘴角粘满白沫，又淌下，与汗珠一起结在尖尖几根胡须上，如雪花结满柳枝。女人满地打滚。滚来滚去，有污迹的大腿却永远停在原地，无形中成了圆心，由老人掌握着，女人只是沿圆心做圆周运动。那情形，如举行什么古怪的仪式。

老人身子慢慢腾起，慢慢落到几尺远的地方。落下后的老人不再动弹，粗重的呼吸依地面传来。女人呼吸也同样粗大，胸前衣服同样落满白沫，有的消失成湿点，有的风干成粗硬的白粉泡。有污迹的那条腿不属于自己了，怎么也屈不起。女人双手胡乱划拉，攀住身后一条长凳，身子一寸寸往起提。僵腿倔强地在地面拖，拖。然后拖不动。一看，脚尖又给老人压住了。老人紧闭住眼睛，双手哆哆嗦嗦往上摸。女人恐怖地一声呻吟，随条凳沉重地摔向地面。老人双手摸到污迹处，停住不再动。他眼睛明明紧闭的，怎么就知道那块地方在哪里。老人小心伏下身子，脑袋慢慢贴过去。他猛然一口咬住了，且发出舒服的呜呜叫，像猫咬着老鼠。女人没犹豫，摸过倒地的条凳，托起了，朝大腿上长的那颗脑袋磕去。后来发现老人有一嘴血。不知是口里流出的，或是被咬大腿的血。鲜血蒸腾出一股股极浓极浓的腥甜。

我听到"啊"的一声大叫。声音闷在小楼，然后流溢四外，在深夜的小城上空，在高山与高山构成的峡谷间一遍又一遍回荡。我知道是怎么回事，胆战心惊等待事情的后果。小洪惊恐地摇我。"小郑，小郑。"她喊。我一动不动静躺，感觉到冷汗如泉水汩汩冒出。楼下电灯啪地亮了。"小洪，小洪。"母亲的声音。又听到隔壁什么地方传来小孩的哭声，鸡的哦哦，还飘过一缕似乎是收音机里的歌曲。"小洪，小洪。"母亲又叫。小洪不理，爬到我胸上，揩拭我额头的汗。

"做梦了？"小洪问。

"梦见一个老人。"我说。我开始回忆。这时才觉察到梦的意义。原来，今天的梦是紧承着上回那个梦的。即是说，一个梦分作两次完成，中间衔接得那么好，严丝合缝，形成一个完美无缺的整体，还有声有色，有头有尾有高潮呢。我不知道，还有什么比这更令人恐惧的怪现象。觉得那不是梦，而是另一个世界所发生的真实故事。那是一个完全独立的世界，有自己发生发展的逻辑，有自己的风俗习惯、法律制度、衣食男女、油盐酱醋。那世界离我极近极近，每当我吃饭，我教书，我睡觉，我欢爱，那世界就在身旁某个看不见的空间。我能感觉到那世界的种种气味，种种色彩，种种线条，种种音响。我自己的音响、气味、色彩，也丝丝缕缕渗透进那世界。我已经陷身于这个可怕的世界里，无以自拔了。

楼下，灯光几时已经熄去。小洪紧紧搂住我，重新睡熟，发出很均匀很潮湿的微鼾。她的乳头在我胸前挨挨触触，一跳一跳。我不好动弹，怕又惊了她。渐渐地，我也想睡了。我闻到了某种气息。我有些不安，极力分辨，又全无记忆。经过几次反复，我在那种气息里渐睡渐深。于是我明白了，这就是梦的气息，那可怕的梦的气息。我又陷入刚刚经历的阴森可怖的梦境中。此时我还有一丝意识。这就更为残酷了，就如一个人还没最后断气，便给活活埋了一样。我极力挣扎，拼命说，这是梦，这是梦。还清楚，小洪就在我怀里。我扭动身子，想将她弄醒，救我出来。但是已经晚了，我根本无法动弹。最后的一刻，我还这样担心，刚才的梦不是做完了吗，有了高潮有了收束，难道还得有一个尾声吗？

几天后的一个早晨，不知为什么我能够认定，时间是刚才梦中故事发生几天后的一个早晨，或干脆是第二天早晨，村庄前面大水塘洗衣服的条板上，蹲着一个小孩和一个母亲。大塘的头尾中间，共有三个条板。天没亮开始，直到烧中饭时，条板上挤满洗衣服的女人，和姑娘，和小孩。还有许多女人和姑娘和小孩挤不下，捋起裤管，红着双腿浸在水里，让小鱼啊大虾啊痒丝丝地咬。这天早上不同，大塘周围静静的，只有一个小孩和一个母亲。小孩和母亲洗着砧板。塘中间有两只大麻鸭，不声不响游，双脚往水里乱踩。忽然踩到什么，头往下一扎，尖屁股直直翘上天，双掌白花花向外翻着水，搅破一塘平静。翻了一会，看样子毫无所获，羞愧地收拢双翅，向四周看看，然后装作若无其事，暗暗地，双脚重新在水中试探，企求有新的发现。小孩微微昂起头，透过塘沿浓密的树丛，向庄子大门口看。有什么重重敲一下小孩脑袋。小孩双手掩头，转身看母亲。以为母亲给了他拐栗子吃。母亲却不看他，用打湿的洗碗布擦砧板。小孩听到叮当水声响。好一会响水的地方，冒出一朵喇叭形紫红花。是泡桐树的花，花蒂极大极重，怪不得打了那么痛。小孩仰了头，头顶就是密密匝匝的泡桐花。泡桐树只开花不长叶，真正让人奇怪。花蒂黑压压的，全躲在紫色花后面。落下时，却是喇叭向上，花蒂在下，落入水中叮当，砸上人头吧嗒。在这样的泡桐树下洗砧板，小孩隐约有一种不安全感。

这几天阴阴的，好像什么时候下过小雨，又不知什么时候雨住了。院子里湿不湿干不干。一根晒衣绳黑乎乎很脏，松松垮垮低低地横过，一头系住院中心的松树粗干，另头牵到一家老师的房檐。妹伢从绳下穿过时，微微低了腰。绳子擦过她的头发，默默动着。妹伢肩头挎书包，手拿黑布伞，脚下的靴子过大，咣咣有声。我站在门槛，看满院让人脚带起的黑泥，朽烂的落叶，还有鸡屎鸭屎。我看妹伢从院中穿过，走成一条并不规则的曲线，然后登上几级水泥台阶，经过一排房檐，让另一排房檐遮住，不见了。我觉得妹伢穿过院子，时间用了很久很久。"又给你送了好吃的东西来吧。"房前炒菜的一个老师对我笑。我也笑笑，望妹伢消失的那处角落。我想到了一件事，右脚掌随着一闪，飞快弹动了一下。"小郑有福气，"那老师仍笑着说，"隔三隔四总有东西送来。"

"小郑，你也送了东西过去吧？"炒菜的老师问。

　　我让想起的那件事弄得很烦躁。时间一分一秒过去，再一犹豫就迟了。终是叹一口气，扫兴地回到房间，对着妹伢刚送来的东西发呆。两只碗，一大一小，相对着扣得死死的，里面不知装些什么。碗外面本有块方巾兜着。"小郑哥，我走了，"妹伢解开方巾，装进书包，"不要让它现了。"妹伢常常给我送菜，每次必慌手慌脚，显得很不好意思。她怕别人看见了。似乎也怕我看见了。她那副样子，惹得我想笑。妹伢十六七岁，转眼成大姑娘了，正是她害羞的年纪。我想起她肩挎书包，一手拿伞，弯腰钻过院中低垂的绳子。绳子晃荡起来。这时我身子一紧，下了决心。

　　这确乎是瞬间决定的。这件事，应该说纯粹出于偶然，偶然的心血来潮。但是，事情真就这么无可挽回了。我跑出门外，向妹伢消失的地方看看，一副焦躁不堪的样子。又失望地退回。然后关了门，大模大样快步追出去，让院子周围的那些老师认为，我有什么重要的事忘了同妹伢讲。

　　事情一经确定，便不再犹豫。出校门不远，我赶上妹伢。众目睽睽之下，我们若无其事谈着笑着，并肩而去。我从没想到，自己还会有这么潇洒的时候。

　　七点差一刻，我熄了灯出门。四外全黑了，学生开始上自修，校园很静。出校门，路边有几个个体小店，我买了两斤橘子，用准备好的黄挎包装了，随手剥了皮吃，沿一家工厂的围墙，向河边插去。后来围墙转个弯，路在墙与河坎之间。墙内工厂区透出强烈的黄光，将沿河的森森树木照得雪亮，水晶般透彻。我来到约定的地方，没见人影。看看表，七点整了。不相信会有什么意外。我说的话，妹伢是绝对会服从的。步下七折八转的石级，来到浮桥头。桥上也空无一人。

我踏住桥板，向另一头迎去。想到妹伢没戴表，想必是不知时间。由河边往县城，很开阔的一片河滩，让我没几步便走完了。上河沿，是县城的巷套。我顺原路退回。妹伢怕是先到学校了。走完浮桥，爬上河坎，围墙阴影里一个人朝我走来。"小郑哥，"影子远远就叫。妹伢双手掩了耳朵，一副冷不过的样子。

我递过书包，说："吃橘子。"妹伢不要。我抓过几只，她顺手来接。随后又缩回，取下手套。手套是她自己用很粗的毛线打的，五指露半截在外面。

"以为你没来呢。"我说。我们沿河沿小路，一直向前，"你去学校了？"

"没，没有。"妹伢说。

"吃橘子。"我说。

妹伢跟着我，走路没个正经，专走路边的草皮，一歪一歪的，全然一副小孩模样。我停下来，想和她并排。她也停下来。我只好作罢。迎面几个人，说着话过来，与我们擦肩而过。空气中飘过一阵辛辣的烟味，和什么猪粪味。其中一人肩上扛了东西，可能是猪篓什么的。围墙走过，另有一条坡道往河沿下去。我说："到这走走？"

这里离浮桥很远了，是一片开阔的沙滩，靠岸的一半掩盖着丛密的冬茅草。下午送妹伢回家时，望见这片沙滩布满灰蒙蒙的雾一般人影，挥锄头拖板车，是什么单位组织人挖沙或捡石头。坡道让车辙轧得乱七八糟，随处是散落的沙和石。沙滩更是坑坑洼洼，有一脚没一脚的。我们小小心心探着步。

"小郑哥有事吧？"妹伢问。这是她第二次或第三次问了。我递过书包，她说不要，冷。我没回答，表示当然有事。

"我约你出来，没同家里说吧？"我问。

妹伢摇头。

"没。"她补充道。

"你姐在家干什么？"

"没干什么，"妹伢说，想想又补充道，"睡觉。"

"妈妈呢？"我又问。

"洗衣吧。"

"妹伢，你晓得今天晚上，我找你干什么吧？"我忽然问。

"不晓得。"

我四处看看，沙滩走过大半了。什么地方有风吹来，冬茅丛却静寂无声。对岸的灯火一条条划在流动的河面，抖个不停。县城广播站的高音喇叭没头没脑响起来，讲些莫名其妙的废话。

"你冷吧。"我说，看妹伢缩成一团的侧影。

"不冷。"

我清楚，再怎么冷，她也不会说出。

"小郑哥，我们回去吧。"妹伢仰了头，怯生生看我。

"急什么，再走走。"我说。

事情就是这么简单，干脆，没有半点客套。我咕哝一句："妹伢，我很喜欢你……"也不知她听见没有，伸手就扳她肩膀。妹伢紧走几步，手臂一抬。我一下没抓稳，同时脚底一歪，妹伢已逸出几尺之外。怎么也没想到，事情会这样。顷刻如落进滚水锅里，四处是沸腾一片。半天不知怎么反应好。我无限自卑，觉得太无脸见人了。我彻底让人看穿了。简直没了活下去的勇气。都干了些什么啊，我哀叹。

不想让自己过分沉浸在此种绝对消极的情绪中，勉强压抑，艰难地跟她向前走。再不动动，我真会瘫到地面，化作一撮灰尘了。

"我很无聊哦？"我小声哝哝。

妹伢顾自走，犹豫好久，说："也不怎么……"然后又停住，继续犹豫。

我们掉过头，开始往回走。我觉得我给彻底打败了。

这时的妹伢在我心目中，完全变了一个人，那么成熟，那么果断，并且面不改色心不跳，好像不知经历过多少这种场面，老练得令人奇怪。我还一直以为，妹伢是多么天真，可怜，见到我总像个鸡仔一样发抖，百依百顺。我自己呢，倒变成一个情窦初开的少年，一个被戏弄的小孩，让人玩于股掌还不知道，还自以为得意。我的样子太可怜，太让人心酸了。偷鸡不成蚀把米，我想到这么一句俗语。说得多好啊。

"你。"我说。我不敢再叫她妹伢。我根本没有了资格。

"你今天才知道吧？"

"知道什么？"妹伢问。

我嘴动，又没勇气发声。

"这里有水。"我指指她脚前的一团黑影。我想同她套近乎，拉拢一点距离。如此疏远与冷漠，太让我受不了了。她毕竟还是小洪的妹妹，一两年来，我们相处得那么好，她对我那么尊敬，那么钦佩，那么崇拜。怎么几分钟之内，一切全变了？

妹伢按照吩咐，绕过水坑。我心里一下子暖洋洋的。

"你今天才知道，"我说，停顿一下，"我很无耻吧？"

我希望她像刚才一样，回答说："也不怎么。"

但是妹伢一声不吭，一副深有城府，不屑一顾，高贵不可侵犯的样子。这时河滩快走尽了，通往围墙的坡道就在前面。今夜就这样算了？我自问。就这样，偷鸡不成蚀把米，白白给撕了脸皮，莫名其妙让别人也让自己侮辱一通？就这样自自然然成猪成狗了？真是莫大的讽刺。

我站住道："再走一会吧？"

声音尽量压低，怕墙边过路的人听见，更怕自己听了刺耳。我特别厌恶自己的声音，这偷偷摸摸、想搞鬼又搞不成的声音，猥琐下流、恶俗之极的声音。

"我们再走一会吧？"

"我要回家了。"妹伢低头，声音冷极。放在平时，我绝对受不了。我的人格彻底丧失了。

"还早。"我说。

"刚才对不起。"我又说。

"再走一会，好不好？刚才对不起……"我留了半句没说，显得还有下文的样子。忽然想起什么。

"我有件事同你讲。"

妹伢根本不理。我知道她不相信，或者不值得相信。傍晚，我就是说有事，约她来的。原来是这样的好事，她肯定会这样想。

"你这种人，还能有什么好事。"我默默代替她回答。

我哀求了。自己也觉得声音十分惨恻。妹伢终于向这边移步。

又是我在前，她随后，无事找事地走。我知道我应该说些什么，不能冷场。又实在不知说什么好。头脑里竟清清白白，半点想法也没有。我一任冥冥中的什么东西随意裁决。

妹伢看我，意思我清楚。我故意不理会。终于她问出声。终于她停住。我继续往前。妹伢没法，终于也跟了上来。

"我约你来，是这样的事，没想到吧。"我说。

妹伢点头。

"你以为我找你干什么？"

"我以为，讲我姐的事。"妹伢看我，又不看我。

"你没想到，我是这么坏的人吧？"

好一会我又问。

"我不晓得。"

"你以为我很坏，是不是？"

"我不想走了，我要回去。"妹伢说，似乎也哀求了。

"实际上我很坏，很坏很坏，"我说，"甚至可以说，很无耻，很无耻的一个人。"

"你真不晓得？"我问。这时她的手臂已让我擒住。她手一拂，又想逃脱。可是来不及了。我充分吸取上次的教训，拥住她不再放手，同时没头没脑吻过去。妹伢双手护在胸前，狠劲抵我，拼命挣扎。无奈我双手十指相扣，紧紧抱她在怀。没想到妹伢会有这么大的劲，直弄得我歪歪倒倒，东摇西晃，狼狈不堪。这反而让我抛去了所有的顾虑，激起一种带有全部邪恶与野性兽性的征服欲。我咬牙切齿，狠一发力，直将她往死里掐。我感到我的双臂，我全身的骨骼筋脉铮铮一阵响，绷紧绷成钢绳铁索，怀里的东西咯嘣咯嘣碎去。这同时，我腾出右手，按住她脑袋，好准准确确接受我狂乱的吻。我吻她的颈项，她的脸，她的唇。她双唇紧闭。我闻到一股淡淡的口腥或口臭。乳臭未干，我想起这个成语，很有些恶心。这时，我们双方都累得什么似的，呼呼直喘粗气，你竭尽全力想推倒我，我竭尽全力想推倒你。又同时竭尽全力维持身体的平衡，防止摔倒。石头沙子给踢得稀里哗啦。我设想，有人看到这个场面，真以为是见到什么妖魔鬼怪了。我知道这场面会是多么无耻，我的样子是多么丑态百出。可是，我什么全抛了。我豁出来了。

我是不会白白放过这次机会的。

不知过了多久，妹伢静静地站着，不再动弹，一任我尽情地吻。她双臂仍曲着护在胸前，嘴唇紧闭。又不知多久，这道防线她也放弃了，手臂放下，双唇启开，口臭也没有了。我有一个打算。与小洪接吻，最长时间是一次持续十分钟。现在要打破这个纪录。我知道十分钟早过了，半个小时，一个小时也有了。越想到这些，越死劲吮吸。后来我闻到一股浓浓的咸腥味。妹伢让我吮出血了。我不断吞咽她口中的血和水。好了，好了，妹伢终于挣扎着说。我更紧地按正她的脑袋，于是再无半点声音。我听到哗啦啦的流水声，这才知道，县城的广播几时早停息了。广播八点半结束，现在不知几点了。我们的狂吻，更不知保持多久了。我想到，妹伢可能从没让人吻过。这么小的人，第一次就遇到如此巨大的人生激情，她会永远记住她的初吻的。我觉得在什么东西上打上了自己永恒印记。后来总是偏离了，我轻轻触擦她的脸颊、颈项、头发。顺带着睁开眼睛，无聊地看看天，看看地，看看沙滩、河水。水面的光带少了许多。忽然想无聊地吹口哨。想想又没吹。我右手从她头顶滑下，轻轻抚摸她的肩背。

"好了，好了。"妹伢细声细气，慢慢推我。

"就不就不。"我撒娇似的回答，女声女气女儿态，那味道直让我自己恶心得闭了气。

妹伢已变得很主动，我寻找着她，发现她也正寻找我。我们真正忘情地吻住。

"再不回去，家里会知道了。"妹伢说。

"不会。"我的声音已渐趋平稳。

"会。"

"你就说，上自习了，"我说，"她们知道你上自习了。"

"上自习也早该回家了。"妹伢说，"早下自习了。"

"她们会找的。"妹伢说。

"最后一次。"我说，闭了眼等。她犹豫一会，摸摸索索凑上来。

这样，不知说了多少遍最后一次，我终于放下她。我从地上捡起书包，拍打拍打，不再看她一眼。激情过去，只觉极度的无味，乏力，只想走快点。

"家里问你怎么回来这么晚，你怎么讲？"我问，毫无表情的。

"这我晓得讲。"

"你就说，老师讲题目，迟下课了。"

"或者说，学校发生什么事，你看去了。"

仍是我在前，妹伢随后，直奔通围墙的坡道。我已经满足了，厌腻了，只想尽快离开这个地方，尽快送妹伢回去。我暗暗考虑怎样收拾今晚的局面，怎样结束这件事。我甚至很有些后悔。今夜的事太荒唐了。太不值。

"你冷吧，"我问，看妹伢可怜巴巴的单薄身子。"我脱件衣服给你。"我说。

"不冷。"妹伢紧走几步，跟上来。我知道，最好应该搂紧她走，用自己的身体温暖她。不过我没半点冲动。我不想更进一步纠缠不清了。

"姐姐晓得了怎么办？"妹伢忽然满是天真地问，歪头看我。

"什么？"我问，随即道，"要什么紧。"

"你怕让她知道？"我又说。

极怕遇见人，特别是熟人。过了浮桥，我们钻进树木荒草中的一条小路。一直是那么一前一后，保持一段距离，也不讲什么话。我再不想费心找什么话。身边的人完全与己无干了。踏上河沿的土马路，妹伢让我回，我说不要紧。钻过曲曲折折一段黑巷套，来到大街了。行人不多，灯光却雪亮。妹伢再一次停步，让我回。我知道她害怕。

我站在巷口的暗影里，看妹伢转向另一条街，郁郁而去。我不放心，紧走几步。她的身影打不远处的树影里暗暗明明。她脚下的胶靴就那么咣咣有声，蓝上衣过小过紧，一副黑不溜秋模样。妹伢默默走着，无精打采，可怜巴巴，与街头时髦的红男绿女相比，效果极为强烈。我乏味而失望，无限无限地。

掏出钥匙，手瑟瑟发抖，棉花做成似的，失去全部重量，怎么也使不出劲，足足用了两三分钟，左手右手并用，勉强捅进锁眼，开开门。端起水瓶倒水，五指捏不拢，那种感觉十分奇特，自己禁不住好笑。使了多大的劲呐。太过分了。睡觉时更是阵阵惊醒，双臂，双膀，发胀发痛，热热辣辣。早上起床，穿衣漱口，全成为问题，从肩头到十指，胸前背后，所有的肌肉痛成一个整块，不属于我了，独立出去了。我捧杯开水，擎了馒头，站在门槛整脚地咬。院子里乱纷纷的，课前的短短时间，学生们闹得特别厉害，房前房后到处是怪声。

却又让太阳斜斜地照了，让雾气若有若无地混了，眼前只是白花花或黄乎乎一片，并不能具体看清学生的身形体态。

下过晚自习，妹伢悄悄推开门，往里一跳，口里咝咝直抽气，显出冷得不行了。我惊成什么似的。如此天真纯情，如此不知防备，令我无限害怕，无限羞愧。同时也激起灵魂深处特有的绝对发臭的念头。我感到我的胃如一头小乳猪，肉鼓鼓的，缓缓翻动，又浑然不觉，不知是让人舒服，或是让人难过。不由很响地打了一个嗝儿。过会又一个，过会又一个。一时间，我呃呃连声，讲话怎么也不成句子。好像胸里有无数珠子，一颗一颗轻松愉快，比赛着往外跳。

这天晚上，妹伢无声告诉我，一天来她一直想着我。她无声地说，很早很早以前，就喜欢我了。还说了这样一件事，一次说笑时，不记得了，她将手搭上我肩头，事后她姐姐狠狠骂了她一顿，还同妈妈讲了。我说我全不记得了。她说那一次她哭了，她不是有意的。

一天过去了，又一天过去了。接连着过去了十几天或二十几天。于是接连下了几天的大霜，所有已死的树叶，未死的树叶，枯枝枯草，油炸过似的，肿得老大老大。夜晚，月亮赤亮赤亮，喷吐着热雾。天上地下白蒙蒙，像太阳炙烤着的滚烫的盐场。河水干干瘦瘦，躲躲闪闪，紧贴山脚下的阴凉处流过，大片大片的鹅卵石，在迅速熔化，流淌。女式高跟鞋敲击卵石，向前滑，向左滑，向右滑。妹伢手舞足蹈，似落进深水，乱扑腾。汗水，满脸满身的汗水。我伸过手揽住她。汗水贴着汗水。

一个黑点。一块大黑石。走近了，看出是一块椭圆形的青草地，小船一般。草死了，围在白光耀目的卵石滩上，仍是轮廓分明。我四

处摸摸，然后坐下。妹伢深藏到我怀底，窸窸窣窣发抖，呼气吸气嘶
嘶有声。灼人的热浪扑面而来。她忽然挣扎开。

"热。"她说。

"不热。"

箍得更紧。热浪挤压着热浪。面颊烘烤着面颊。身周围的空气粼
光闪闪，光焰腾跃。死命摇晃脑袋，她才呼出一口气。吸进一口气。
又是窒息。

"行不行？"压抑的声音。我试探。

没有回答。又是拒绝。

"你太狠心。"我抬起头，气愤愤地。影子遮住我半边脸，感到
另一半在月光下发白。

她点点头。

"行？"我惊喜。不相信。

"嗯。"她肯定地回答。

我迟疑着。

"以后吧。"她也迟疑。

"以后，又是以后，这么多天了。"我用劲挤她肩膀。两只肩膀
挤拢到一起了。"不真心。"

"我怕，怕。"

"怕什么？"

"痒，好痒……"

我们气急地笑成一堆。

她给放倒在草地。挣扎。我死死地按住。她闭上眼，一动不动。
认了。我第一次抚摸她的前胸。

一根根肋骨在手下滑过，跳过，咯咚咯咚的。

我也一动不动，伏住她身子。

"小郑哥。"她闭着眼，梦幻般叫。

一动不动。

她伸出胳膊，抚弄我头发。我死去一般，气息也没有了。

"小郑。"小洪推我。

小洪使劲推。我硬邦邦滑到一边，如石头滚下山坡，我一路听着干硬的咕咚咕咚声。"小郑哥！"妹伢翻身坐起，惊恐地摇我。

我眼睛睁着，睁得大大的，一闪一闪。

"我吓死了，"妹伢大吸一口气，"还以为你死了呢。"

"你说对了。"我的声音。自己听了也阴森森。

"什么说对了？"

妹伢的眼睛太阳一般闪耀，或月亮一般迷蒙。

我说："要是我现在死了，你怎么办？"

"我嘛，我就……"她身子狠抖一下，"我跑！"

"怎么要跑？"

"我怕。怕死人。"

我撂倒她，死劲吻。

"真想把你勒死。"我说。

她懂。我的意思是说，真想把你爱死。

"干什么呀。"她的脸贴住我胸脯，迷迷糊糊拱，小猪打奶一般。

我说："真怪，我们这么好，只要有一个人没了气，死了，另一个人就会吓死。"

"我死了你怕？"她问。

"我死了，你不也怕吗，你刚才说？"

"不怕。"

"我真死了，你怎么办？"

"哭，把嗓子哭哑，"妹伢毫不犹豫地说，"我为你戴孝，守孝三年，一生不嫁……把你的相片摆在床头，每天看三遍，看无数无数遍。"

她絮絮叨叨。

我流泪了。

"讲着玩的，你当真？"她慌了。

"我对不起你，"我说，"我他妈实在，实在是一个坏人。"

"我讲着玩的。"

"我可能真会死，你相信吗？"

"我要回去，"妹伢不安地四周张望，"你今天晚上好吓人。"

"罪过啊，罪过啊。"我失神地咕哝着。

"苍天，你长没长眼睛，你不应该把我这样的罪孽留在世上啊！"我嘶喊一声，一跃而起，没命地向一旁急跑。这实在是全无意义的动作，自己也不知为什么要跑，跑到哪儿去。我一脚落空，重重地摔倒了。我想爬起，噗的一声再次摔倒。于是我在卵石滩上翻滚不已，双拳挥舞，乒乒乓乓敲打什么，额头，后脑勺，脸颊，下巴，耳朵，在乱石上猛搐猛搐，嘴里发出呀呀痛叫。什么时候我觉得眼前陡黑，妹伢如麻鹰一般大展翼翅，覆盖住我。我双手双脚胡乱一划，妹伢如一件破衣，给掀了开去，不知跌到什么地方了。我继续翻滚，身子又被她紧紧盖住。我捶打，撕扯，掐，拧。妹伢也不知使了什么怪法子，满头满脑掩了我，怎么也抖落不掉。于是我带着她一齐翻滚一齐扑跌，一齐摔打。妹伢的身子滚烫滚烫。滚烫滚烫的身子兜天兜地蒙住我，让我无比难受，又彻心快慰。我索性反转来，没头没脑没命地也缠住她，蒙住她。我也整个儿滚烫滚烫了。我们给埋进一个硕大的洪炉深处。月亮喷吐出万丈烈焰，天和地嘭的一声点燃。卵石升腾出柱柱火苗。无数卵石腾出无数火苗。汹涌澎湃的热气浪如大风，在两山间，在炉膛来回激荡，冲撞。又如山间的雾漫漫扩散，让一切在默默中成为静止，成为死亡。我胸闷难耐，呼吸急促，却使出最后一丝力气，在窒息里，在死亡中，尽情地熔化，流淌，奔腾，欢唱。终于在歌唱中，在极乐中，力尽而亡。

我听到一种声音如烟如雾，若有若无。这是涅槃后的世界给我的最原初的感觉。我睁开了眼睛。月亮光辉灿烂，天空清新如洗，如刚经锻打的黑铁，浮动着青幽幽的光泽。我又听到那声音，那人的哭声，丝丝缕缕，依地面传来，极遥远极遥远，仿佛来自某个未知的宇宙星际，远得让人发冷。我真的觉到冷，冷得钻心。我吃一惊。我又听到了哭声，女人的哭声，渐哭渐近，嘤嘤飘向这边。我想起什么，飞快坐起。眼前划过一道炫目的白光。我再次睁开眼，于是清清楚楚看到，就在身旁，顶多三两尺远的地方，一条莹白柔美的裸体，浸润汹涌如大水的月华，尽情袒露着，舒展着，通体透明，水仙花一般开放。

这个世界给我的唯一感觉，仍是哭声，嘤嘤的，有一阵没一阵的女人哭声，同时伴着轻微的抽泣。妹伢单手掩面，哭一阵，又停住，用手背擦眼泪，从手缝间偷眼望我。然后又哭一阵，脚一踢一踢的，两腿交替着伸缩。

那个早晨，好像不是晴天。也可能是晴天，但太阳还没出山。庄子门口静静的，由庄门通塘边的路更静。树木的阴影，巨大的浓浓的，阴天一样笼罩着。条板上的小孩朝庄门紧望紧望，不提防头顶又吧嗒受到一击。真是挨了母亲的拐栗子。母亲屈起的五根指拐，仍晃在他眼前。"快洗，"母亲说，"叫你快洗你不快洗。"小孩低下头洗。砧板上满是刀迹，中间部分凹了好深一块。另一边，凹进同样深的一块。砧板洗得很干净，木质纹理一层一层波动。砧板是松木做成，有幽幽一股松香。小孩蹲累了，一屁股坐上条板头，双脚分开荡进两边水面。脚前脚后围了一圈小鱼小虾。小鱼小虾以为那红红的一团是食物，尖起瘦瘦的唇去吻。红的脚先不动，等它们集拢了，猛一踢，想踢起几条。小鱼小虾们早已灵活地逃走了。并不逃远，慢慢又向红的脚集拢。

这天早上，小孩一直蹲在条板头，确实没离开过，确实没看到什么。可他偏偏清楚记得，他嗅到一股腥甜味。尽管砧板发出松香，尽管塘水散播鱼腥鸭屎腥，尽管头顶上泡桐花尽情开放，浓郁的香气飘得满庄都是。他还记得，他嗅到这些时，水面上一只麻鸭双翅扇动，身子脱离水面，嘎嘎大叫着滑行。离条板不远，有十六条小鱼争相啄食水面浮起的一朵泡桐花。花缩进水面又浮出水面。岸边，树下，泡桐花落了满满一层。刚落的紫红紫红，早落的颜色褪了些，显得寡白。不少花让无数人脚鸭脚踩进泥，于是泥也微微显红色显白色。

天问

一

这天夜里从教室出来，马元舒捏了一手的汗湿，浑身发抖，舌头僵直说不成话。父亲问穿少了衣吧，他说是，又说不是。说教室里人多暖乎乎的，刚刚走出，让外面的冷风一吹，一时半刻不适应。作这些说明的同时，他的手，脚，面颊，等等，已抖得如烟似雾一般了，怎么也控制不住。不过心里清楚，他是让父亲吓成这样的。刚刚经历的一幕如大水，一浪一浪汹涌而至，将他挤压在波峰浪谷深处。根本没料到，父亲会在这几百里路外的学校突然出现，那一刻他身子一硬，便从座位上挺立起来，面前的书籍本子钢笔之类，哗啦哗啦散落桌下。他想，自己应该做出惊喜的样子，亲亲热热叫一声。当然结果没叫出，喉咙里只啊啊怪响了一回。他不像城里人那样称父亲为"爸爸"，而是叫"伯伯"，这古里古怪、土味十足的叫法让他羞于出口。父亲那模样也太让人尴尬了，或者说太丢人了。当时灯光明亮，教室如温暖明丽的港湾，泊满静静看书的人。父亲一件黑棉袄，外包灰暗暗的罩褂，大开着，如一对乌鸦的翅膀，将里面七长八短的内衣尽皆展露。父亲手里还提着一大捆黑乎乎的绳子，站到讲台前面，嘻开大嘴傻笑。马元舒弯下腰捡遗落的东西，一时间几乎钻进桌肚里就不出来。但同时又想到，他这样捡东西，会不会让人以为真是有意躲避呢。他更怕弯腰的瞬间，父亲又会做出什么可怕的举动。他跌跌撞撞抢步上前，到了门外黑暗中，这才压低声音问："伯伯你来了？"过会又问："你送猪来？"片刻之间已经汗水淋淋，周身毛孔如残破的渔网一般洞开。

马元舒领着父亲，昏头昏脑往宿舍楼去。人在教室里的日光灯下，以为天黑得很实了，到外面一看，夜色并没有完全合拢，这里那里，某幢建筑物某棵树头，仍积攒着斑驳的光束。尤其是操场边那座让推土机削去一半因而突兀着的黄土山，一片奇异的暗铜色。父亲高高大大，肩扛那捆颤巍巍的网猪绳。在父亲看来，校园里那些趁着暮色散步，或急匆匆赶往教室自修的人，形态都很肥大，让他想起天晚未归、顾自躲在什么山坡或油菜地拱土皮的肥猪。父亲知道这都是他的幻觉。他刚刚从食品站装猪的车子上下来，和肥猪们打了两天一夜的交道，并且他肩头的绳子正散发出刺鼻的猪粪味，这些都让他不可能摆脱关于猪的种种幻象，只要一闭眼，便能看到满世界都是那种宽厚肥实的动物臀部摇来摆去。

父亲介绍着一段时间来家中的种种变化，儿子却单薄瘦弱，目光游移，身边每经过一个人，都能引起他浑身肌肉的急剧收缩与震颤。刚才教室里那一幕仍如一面什么巨大的破铜锣，咣咣不停在他耳门上敲击，父亲讲的话一句也没听到。不过事后回想，这段时间父亲讲话的内容，他却能掌握一个大概，这未免让人惊奇。父亲说，自马元舒考上大学后，村里人再不敢欺负他们这单门独户的外乡人了，父亲还渐渐变成一个举足轻重的人物，村里有些什么事都要问着他点。父亲说："大家议论，村子里世世代代没有读书人，倒是老马家，小门小户一家伙出了个大学生。大学生搁到过去就是举人，是与县官平起平坐的。"父亲特别提到与王红柳家的关系。几十年前父亲刚刚到这地方做杀猪手艺，身上有钱，又会拉拢人，便同当着公社干部的王红柳的父亲有过一段交往。那可能是父亲一生最辉煌的日子，不知听他同别人讲起过多少遍了。现在两家的子女一同参加高考，并且考在同一个学校同一个班，这似乎便成了名正言顺的理由，让父亲在内心里与稀疏了多少年的王主任重新亲近起来。于是父亲平日里一谈到读书的儿子，总会稍带提起王主任的女儿怎么怎么，弄得村里人迷迷糊糊，以为他与王主任之间确实有什么心照不宣的秘密。

"比如，这次给食品站送猪，还是我这辈子第一次出公差呢！"父亲提高声音说，将绳子换了肩，脑袋侧向一边，重浊的家乡土话便从绳子底下汩汩流出。儿子哆嗦着身子，勾紧头急走。路灯的光透过凛冽的树枝树叶，乱石一般沿着他的脖子和脊背滚上滚下。父亲说，两三天前他得到消息，公社食品站有一车猪要送往城里。他心一动，打定了主意，当夜找到食品站杨主任家，说杨主任，我替你们去送猪吧，也让我出一次公差，顺便看看我读书的儿子。杨主任说，送猪要我们本单位的职工，你是哪里冒出的货嘛。父亲说老杨，少跟我打官腔。杨主任笑了，说，到了城里，晓得猪往哪里送吧？父亲说，我出外闯江湖那阵，你还躲在你娘怀里摸奶呢。

寂静的校园里，父亲顾自大讲大笑，一脸压抑不住的得意和兴奋。马元舒弄不懂，父亲难道意识不到自己的声音很大，很可怕吗？偏偏这时候，迎面走来本班的两个女生，跟王红柳一个寝室的，惊异地看看那捆绳子，又看看马元舒。他看到她们微微在笑，一副意味深长模样。还讲了一句什么话，声音并不轻。父亲停了停，也觉察到什么，收敛了声音说："别人问，你怎么搞到这么好的差事，看了儿子，又不花路费，每天还有两块五角钱的补助。他们不晓得我同老杨是什么关系。"

马元舒有一个愿望，很想接下父亲肩头的那捆绳子，至少他应该表示表示。但总下不了决心开口。这与周围的环境也很有关系，每当他转了头或停步向父亲时，看到这里那里，或远或近总有一两个人。直到进了一道围墙，来到宿舍楼前，也没有找到一个表达心愿的好机会。楼道里很暗，头顶那只灯泡本来就昏黄，又长年蒙上一层水汽或灰尘。站在楼梯边向两旁巷头看去，气闷闷像在地洞深处。整幢大楼在他们耳边发出嗡嗡的轰鸣，无所不在又无迹可求。爬到三楼，没有碰到什么人，马元舒绷硬的身子这才微微放松。他想总算到了。进了房间，更有一种安全感。他殷勤地接下绳子，打来水让父亲洗脸洗脚，又问父亲吃过饭没有。最后突然想起，竟忘了给父亲倒一杯茶。他手忙脚乱地热乎着，放心地讲老家的土话，做出因父亲的到来而欢欣高兴的样子。他觉得应该谈谈家庭的事，表示自己的关心和挂念，于是问道："妈妈身体还好吧？"问了却并不在意父亲的回答，过会又问："妈妈的病好些了吧？"父亲连声道："好多了。你上学后，她的身体就好多了。我们都说怪，她说她的病是喜事冲好的。儿子考上大学，几百代没有过的大喜事，什么样的病冲不好？"

刚从瓶里倒出的开水，很烫的，父亲轮换着用脚招水，往另一只脚上淋，口里咝咝抽着气。脸盆在水泥地面吭吭地碰响，这让马元舒想起小时候的事。每天饭后睡前，母亲总烧好水，用木桶装了，让父子俩分坐桶两边，一大一小两双脚一齐伸进桶里，也是这么一试一试，口里咝咝抽着气。有时水太开，母亲便在桶里放只小机凳，两双脚交叠着搁在凳上，膝头盖一条麻袋或小棉絮，将蒸汽闷住。父子俩就这么相对而坐，也不讲话，也不笑，只是暗暗地窸窸窣窣舒服着，一闷便是大半日，然后上床睡觉。"有钱的吃药，没钱的洗脚。"每次都是母亲用这句话作总结。

有一会儿时间，父亲眼光停在儿子身上不转动，似是吃惊地发现了什么，儿子摆脱了几次，也没能摆脱掉，便有些不自在。父亲说："你这是怎么啦？"儿子说："什么怎么啦？"父亲说："这么瘦，还像个人吗？"

"什么瘦嘛！"马元舒皱起眉。父亲讲话老这么一惊一乍，神神鬼鬼的，一时间又弄得他心烦意乱。

"还什么瘦，剩下几根骨头一张皮了，"父亲道，"我们高兴你来念书，念书念成这模样。学校里都吃些什么嘛。"

父亲网猪的那堆绳子没地方放，且散发着浓浊的猪粪味。他试着塞进床底，看看不行，又藏到门后面。无法想象黄洋他们回来，将怎样走进这个寝室。他仿佛看到他们屏住气息不堪忍受，又不得不忍受的样子。要不然，干脆放到门外走廊里？那不会惊动整个一层楼的人，招来更多的围看与议论吗？他又盘算着拿到卫生间用水冲一冲，不过又怕父亲看出他讨嫌这绳子。

"吃饭要吃饱。"父亲说。

"晓得。"

"你去上自修吧，不要因为我来耽误了功课。你出来的时候没请假吧。"

"不要紧。"马元舒随口答道，人却木木地立住，眼前挤压着浓雾一般的迷茫和绝望。他再也没有勇气走进教室。他想象教室里的人肯定正议论他，议论他父亲。如果此时走进教室，别人会问："马元舒，刚才那人是谁？"他怎么回答呢。

马元舒终于下了决心，从门后拖出猪绳，"我拿去洗洗。"他低头说了声，也不看父亲的反应，提了就朝卫生间去。还算幸运，走廊里仍没遇到人。他打开龙头，水开得小小的。叽叽咕咕，偷偷摸摸。这让他越发的慌，老把水声听成人的脚步声，随时做好准备，假如此刻有人闯进门，将如何对话如何表现。洗了一阵捞起绳子闻闻，味道反而比原先更浓。他干脆将水流开到最大，几只龙头在手心同时哧哧嘎嘎直跳。他一截一截松开绳股，冲一遍，又冲一遍，臭依然是原先的臭。看来绳子的每一根纤维都让猪粪浸透了。

猪绳上的水很难沥干净，一两分钟后，昏黄的灯光照出几股粗大的水流，树根一般从门后虬曲着伸出。马元舒拿来笤帚想消除这可恶的痕迹，慌乱中却弄得整个房间全湿了。他像一个闯了大祸的孩子那样吓着，不能动弹。但是隐隐地他告诉自己，他的时间不多了，寝室里的人马上就要回来。他应该抓住这一时机，将一切处置好，比如房间要弄干净，猪绳子藏起，满室的臭气要消除掉。当然他知道这都是细枝末节，最根本的一点是把父亲藏起来。他明明清楚不可能，可仍忍不住徒劳地想："假如房里只住我一个人就好了，假如他们因为什么事，不回来睡觉就好了。"可是寝室里的人一定会回来，他一定要领着父亲同众人见面，并且就在今天夜里。今天夜里他一定要经过这一关。这不可变更的事实高山一般横亘在面前。他已彻底失去了应变能力，他觉得快要死去了。

众人进房时，并没有像他设想的那样掩住鼻孔，欲进又退，更没有谁对父亲的到来表示什么特殊反感，倒是客客气气的，或问候，或点头。父亲摸出一包香烟，说："差的。"给众人散了一圈。众人都说不抽不抽，没有人会抽烟。但既然扔过来了，也就接了。于是不管抽的与不抽的，都接了火，寝室里渐渐有了气氛。马元舒意外地还得到一个小小的虚荣：当谁问他父亲来干什么时，他随口答："给食品站送猪。"暗暗地盼别人以为，他父亲是在食品站工作，今天是来城里出差。平日里别人问起父亲的身份，他总是说："种田。"父亲所从事的下贱职业，自小就给他的心灵以痛苦的折磨，比较起来，种田还要光彩多了。

时候不早了，马元舒整理好床铺，安排父亲睡觉，说自己在黄洋那里借一宿。父亲说："那怎么行，不挤了人家吗。"黄洋说："不要紧的。寝室里床窄，你又这么大的身架，两个人挤着会翻不了身。我们都是睡惯了。"孙泽林也说："我们和马元舒同室这么久，一家人一样。你坐了一天的车，肯定累了，早点休息吧。"父亲连声道："也好，也好，太让你们看起了。"父亲确实累了，他的面前又叠印出许多白猪黑猪，都晃动着相互雷同的硕大臀部，动作整齐划一，单调机械如木偶。父亲感觉到有些头晕，并且想呕。坐了两三天的车，到晚上竟然晕车了。

二

马元舒自以为醒得很早，满脑是头夜的片断印象和思绪，全身的肌肉却一动不动，仍处在僵睡中。新的一天到了。父亲好不容易来一趟城里，今天他无论如何要陪着上街逛逛。他这样打定主意，就说有几节重要的课要上，让父亲先出门，自己吃过中饭再去会面。下午陪父亲看一场电影，然后吃吃晚饭，慢慢走回学校，差不多有六七点了。冬季白天时间短，六七点钟天已完全黑下来，那时领着父亲回校，就不会特别招人耳目。

　　计划得很周到，完善。他仍然不放心，神魂不定来回盘算着，生怕有什么疏漏的地方。随着晨光的微微呈现，心头也就愈加沉重。他这才知道昨夜的侥幸心理，都是因为夜幕造成的。黑夜可以给人以虚假的安全感。白天一来，一切便明白无误地揭穿，他们父子将被暴露在光天化日之下，让人们看个须毫毕现。没有谁会帮助他，没有谁能救他，他只能独自抵挡这越来越逼近的巨大白天。并且，他不清楚父亲什么时候回家，即使能挨过今天，后面还不知有几个同样可怕的白日在等着他。父亲只说，上午将猪绳送到某个地方，托昨天装猪的那辆车子带回。他觉得父亲流露过这样的意思，想在学校多住几天，回去讲了也好听。别人会说，老马真有福气，跑到城里儿子那里一住就是多天。在父亲心目中，肯定以为儿子考上大学，苦日子便熬到了头，他们总算翻身了。马元舒隐隐感到一种喘不过气的重压。

　　急骤的起床铃声让他抽搐了一下，如被火烙。猛然惊醒，身边空了，睡在外侧的黄洋什么时候已经起了床。方知刚才自己做那些思考时，竟然是在深睡中。回头一看，他怀疑自己这一夜都没有真正睡着过，他在无意识状态下想了一夜的问题，并且还想得十分深刻、周详。他不懂电铃声为什么持续了那么久，没完没了似的，如一长串什么蚂蚁从洞中爬出。他不由心慌意乱，觉得全身都是蚂蚁的钻咬。起床铃预示了他的无可逃避。铃声过去，寝室里经过一小阵平静，上下左右便都是匆忙的起床声。某一时刻，马元舒想着就这么赖在床上装睡，等众人都出门了再起来。他试着为自己找个什么借口，比如昨夜睡得太晚，或干脆说病了等等。

　　紧接而来的事情，很快证实起床铃给他带来的不祥预感。父亲以他特有的一惊一乍神情，翻身下地，糊里糊涂揉眼睛，说要去看王红柳。"昨夜我不记得了。"父亲说。似乎他记得的话，哪怕深更半夜也要去找她。

难道这一切还不够吗，父亲还要闹到女生寝室，让全校人人都知道？他装作没听清，一心一意张罗着给父亲漱口洗脸。他不想同父亲争辩，怕旁边的人听去。最好的办法是躲开，没人给他带路，总不会自己找着去。马元舒借口外出念书，跑到校园的围墙头坐着。墙外便是山丘、田畴和人家，四周很安静。他打算利用这时机想好应急的对策，想来想去，仍是一片茫然。

一个早上很快过去，吃饭了。早饭后父亲说："去吧。"儿子问："去哪？"随即意识到自己的失误：这不是引父亲做出解释吗？赶快补充道："晓得晓得，再等一下，只等一下。"他找出几张废纸，急急忙忙奔出门，显出憋急了的样子。一直到预备铃响过，这才重新出现，却是同样的手忙脚乱。

"太晚了，她可能上课了，回头再去吧？"他小心地同父亲商量，生怕父亲有不同看法。他不知道，父亲已经生他的气了。

"我想今天跟车回去。"父亲说。

儿子一时很不懂，奇怪地问："不是说住几天吗？"

父亲并不解释，冷冷道："还是回去。"

马元舒一时无语，内心一片冰凉。他知道此时此刻，父亲是多么瞧不起他，对他彻底失望。父亲终于明白，他这么一个大学生，一个公认有出息、了不起的人，在学校原来如此可怜巴巴、拘谨猥琐。就这样一夜之间，他不光让同学们看穿，也让父亲看穿了。马元舒愧恨交集，让眼前的一系列变故击蒙了，变成一个傻蛋，一个十足的可怜虫。他呆站了好久好久，看着父亲收拾东西。后来想起什么，笨拙地拉拉父亲衣袖，又递上一碗茶，想讨父亲欢心，但就是说不出一句话。他不知怎样挽留父亲，只能眼睁睁看着父亲出门而去。

只要真心赔个小心，说几句暖心的话，父亲就会消气。父亲不过是发发小孩脾气而已。也许本来没什么气，不过随口说一句要回家，以为儿子会阻拦。但儿子就是不说那句话。儿子正为自己的慌乱、自己的说不出话暗暗高兴。儿子心里想，反正是一个被人看破，被人瞧不起。这不能怪他。不是他不挽留父亲。他是给吓坏了，完全不知道怎样挽留父亲。

父亲弄假成真，不得不动身出门，于是真正生起气来。一路上，马元舒只能无耻地固守着自己的沉默，无法分身去管父亲会怎样想，父亲会不会伤心。这样一种赤裸裸，给自己以非同寻常的重压，连父亲也忘了生气，而过来替他难过，替他感到吃力。父亲分明有些不好意思，不敢看儿子一眼，好像厚颜无耻的不是儿子，倒是他自己了。他真诚地想劝儿子回校，但是他不敢说。他知道，这种时候如果儿子真离开，那将意味着什么。这种伤心伤肺远不是一般人，更不是脆弱如他们父子所能承受的。

汽运公司招待所就在长途汽车站隔壁，马元舒因事曾经进来过。那里有一个狭长的院子，中间成直角拐个弯，院里总是泊满夜宿的汽车。这时候院中已经空空，就他们要找的那辆解放牌停着，拖斗里装满水泥之类货物。司机手拿几根油条，另一手捧着特大饭盒，蹲在食堂门口吃饭。司机说昨天到得太晚，找不到人装货，只好拖到今天早晨把事做完，他忙得连饭也没吃，还是食堂给留了一份。司机说得粗声大气。司机白净面皮，却长一圈黑郁郁的络腮胡子，身罩披风式劳动布工作装,甚至那满身的斑斑油污,随便中也透着潇洒和优越,一看就明白是一个吃国家粮、干国家事的工作人。乡村少年马元舒自小就对那些穿工作服的工作人带着莫名的敬畏,在这样的司机面前,他觉得一路上自己与父亲的闹气是多么渺小可怜,多么丑恶。如果司机知晓,他这样一个可怜虫竟也会生气,并且对父亲那么恶毒,真不知会怎样发笑。好在父亲这时什么也没说,只窘迫地站在那里,猪绳横搁在脚前地面。

司机问:"你今天回不回?"

父亲说:"回,回去。"

"不是讲多住几天吗,好好的怎么又急着回家?"

父亲不作回答。司机看一眼马元舒,又问:"这就是你上大学的儿子?"马元舒想笑一下,打个招呼,偏偏在这紧要关头,他看到满院有了淡淡的阳光。一路上的阴阴天气,什么时候有了阳光了。阳光虽淡,衬在阴天的背景中,却分外耀眼,再加其中混合着冬天短短的看不见的,却很有劲力的冷风,马元舒猛然双眼发木,干涩,眼珠不能转动,好像掺进许多沙子,泪水很快流了出来。他知道是沙眼发作了。很小的时候他迷恋过一阵医学方面的书,比如当时流行的《眼的卫生》《常见眼病防治》等等,他还专门翻开自己的上下眼皮研究过,确诊是轻度沙眼,有点见风流泪。每每在关键时刻发作,让他不敢抬头见人。他能想象到,自己这样目光躲闪,泪水汪汪,会是一副什么样子。

看来司机颇为风趣幽默,见这边父子的模样,知道必有缘故,便东一句西一句,阴一句阳一句问着什么,也不管别人回答没有,想起了就来一句,带着工作人那种高高在上的漫不经心。同时丝毫不妨碍他津津有味地啃咬手中的油条，好像讲给父亲的话是他佐餐的小菜。父亲不是沉默的人，此刻却那么垂头丧气，久久不语，不难让人看出昨天一路上，他在司机面前是多么神气活现，吹下过多大的牛皮。司机也一定给父亲唠叨烦了，才有今天不无恶意的幸灾乐祸。

"你说怎么办吧。"司机倒过手中油条，指指身后。父子俩这才发现，就在几步开外的饭厅阴暗处，坐着两个显然是搭车的人，几只旅行包搁在餐桌上。司机的意思是说：驾驶室规定只能坐三个人，已经满了。父亲说："笑话！"便偏了头向一边，梗起脖子，"我是送货人，送货人没车坐，我们不管到哪里评理。"

父亲看来是发火了，这让满是低下心理的儿子很不安，生怕得罪了司机。他想不出父亲有什么理由发火。他做出笑样子迎向司机，想让对方看出他眼中的友善和歉疚，以及对父亲粗鲁态度的无可奈何。司机却没能体会到他一番良苦用心，不过也看不出对父亲有半点见怪，依然津津有味在那半根油条上。

司机说："我不同你评理。你明明讲好了不回去，不然我怎么答应别人。这两人我也不认得，是他们自己寻来的，不信你问问。"两位搭车人抢着证实司机的话没错，说他们经常到汽运公司招待所来找便车。本县的货车大多在这里夜宿，一找准不会错。又说时间早些还可商量，现在别的车走光了，他们再不能另找了。

父亲脱口道："我也是没办法嘛！"

司机说："连你也说没办法，儿子都读大学了。我要是有一个儿子读大学，就在这城里住一个月去。你呢，你是叫作有福不会享。"

父亲双手摸往上衣口袋，接着在浑身乱摸起来。过一会又停住，似乎不记得要找什么了。终于从哪个角落捏出一根弯弯曲曲的纸烟，划了火柴顾自吸着。

司机笑道："是儿子嫌你吗？"

"你怎么知道？"父亲惊道，半是狼狈半是欢喜似的，眼神中忽然掠过某种无耻的东西。

司机说："我怎么不知道？看你这身侉气就知道。你看你这屌样，跑到人家大学去，还不给儿子丢丑吗？"父亲低头捻弄着手指上的废烟蒂，脸上半笑不笑保持原先的那份羞涩，轻声说："他嫌这绳子做怪味。"

父子两人同时战栗了一下。某种可怕的，一天来他们一直面对着却又小心翼翼回避着的问题实质，没想给这一句话揭穿。有个什么物件从马元舒内心里挺立起来，他知道他是想阻止父亲，把那可怕的东西重新掩盖住。不过他想他已经迟了。父亲面色瞬间变得开朗明亮，开始介绍一天来自己的经历。父亲说："我不该把这臭烘烘的猪绳子带到他们学校去，驾驶室不好放，丢到车斗里也可以的，谁还会偷它吗？"父亲说："这么大远的路，今天又要给你背回来。"

父亲用一种追悔继而愤怒的语调在叙述他的故事，但是很显然，他内心深处充满欢快，脸上始终飘浮着一团掩饰不住的笑意。要讲的话太多，思绪零乱，前一句没完，后一句又跟上来了，结果许多事情纠缠不清，很难让人明白什么。不过在儿子看来，这时的父亲却表现出异乎寻常的敏锐和细腻，唯有他能从那杂乱的只言片语中读出无限多的内容。他这才知道昨夜自己是多么失态，从教室相见的头一刻起，他的所作所为，甚至某些细微隐秘的内心，都给父亲看个清楚。父亲能看破，其他人肯定也全看破了。比如此刻，他，和他正喋喋不休说着话的父亲，在司机和那两个搭车人眼里，是一对撕扯在一起、多么可笑又多么可怜的小生物啊。不过他并不像刚才那么紧张。他清楚他无法改变目前的处境。他无法让父亲不说话，无法让司机和两个搭车的人不听父亲说话。他很快接受了这个既定的局面。一切都是自然而然到来的，是逃避不了的。当然更有那个不容忽视的事实：父亲完全把儿子对他的嫌恶当作了骄傲和自豪，他在洋洋得意地夸耀着一天来自己的悲惨遭遇。这种奇怪的虚荣给马元舒以莫名的震撼。

这时他们身边已经围拢了一小圈人，包括两个搭车的，一个在食堂打饭或卖票的姑娘，一个显然是退休在家无聊至极的老头，还有一个头戴军帽、手持玩具冲锋枪的小男孩。司机不再掩饰和躲闪自己对父亲的浓厚兴趣，严肃地板起面孔，父亲讲一句他点一下头，口里嗯嗯应和着，不时还插一句什么。但又怕打断了父亲，总是问了半句就算了。其他围观者的注意力却并不像司机那样在父亲所谈的内容上，而在谈话的父亲本身。他们显然把父亲当作什么稀罕的动物，或走江湖卖假药的人那么围观着，不时发出嘻嘻哈哈放肆的笑声。

父亲当然应该感受到人们的嘲笑与戏弄，也应该体会到此时此刻儿子的绝望处境，但是他简直有点不能控制自己，神情越来越显得激动，嘴唇和脸上的肌肉微微哆嗦着，支离破碎的语言带着一股巨大的惯性汹涌激溅。

"他要赶我走，赶我回家！"父亲这样叫道。

某种不祥的预示一经呈现，便如皮鞭一般抽打在马元舒身上，他恍然惊觉，对于父亲来说，此番说话的过程便是一种享受的过程。父亲享受于某种让人陶醉、让人沉迷的快感中，而自己的困窘、羞辱和绝望，也许正是父亲取得快感的直接原因呢。马元舒知道他应抬起头来，对父亲的话装出满不在乎的样子，甚至促使父亲脱离此地。不过他完全无能为力，他同样控制不了自己。

"我这么大老远地跑来看儿子，五六百里路，他却嫌我是乡巴佬，丢了他面子，让他在同学面前不好做人。你们说这样的儿子有什么用？还是大学生呢，那书不知读到哪去了。"

退休的老头看来颇有同感，附和道："这样的儿子该打！"

老头的反应丝毫未对父亲产生影响。父亲满面通红，嘴角和眼角各旋出一颗白色颗粒状物体。很显然，父亲也患有沙眼症，并且是很严重的沙眼，这点马元舒小时就有过印象，不过没仔细观察过。此时父亲因为激动。也同样因为冷风和暖阳的刺激，双眼泪光闪烁，眼睑红红地外翻，如浮游挣扎在湍急水面的两朵小花，整个给人以受到神秘快感的拨弄而不能自抑的印象。

司机不再讲话，不再点头，躲闪着父亲盲目而骚乱的目光，也躲闪着马元舒虫豸一般软弱灰暗的目光。他开始不停地看表，似乎是担心时间太晚了。又张了几次嘴巴打呵欠，却没打出。

司机站起身，分开众人道："算了算了，时间不早了。"接着对父亲说："你到底回不回？"

父亲顿住话头，好一会没回过神。

"要回去就快点准备，再不动身今天赶不到家了。"

"回去什么，"父亲脱口道，"我不回了，就在这里住着，看他能把我怎样！"

司机飞快地看父亲一眼，明显吃惊不小。也就是这短短的一瞥中，一个目光惶恐，内心战栗的司机形象凝固在父亲面前。父亲感觉如被什么沉重而坚固的东西撞击了一下，他一句话没讲完，就那么嘴张开顿在那里。他清醒地意识到自己的处境有多么危险。"我在干什么？"他禁不住喃喃自语。其模样让人想起一个调皮的小猴子天真烂漫地把玩一件精巧的小东西，突然发现那让自己玩得出神入化的竟是一块烧红的木炭或铁块，不由呀地惊叫一声，没命地将物件扔出老远，长时间心有余悸抚摸被灼伤的双手，后怕得瑟瑟抖成一团。但是不该发生的已经发生了，后悔也来不及了，父亲说："完了。"不料，短暂的停顿反而给他以加倍的刺激，让他体会到绝望的快感。父亲满面潮红，更快，也更不顾一切地说下去：

"你们看哪，他正不好意思呢。他想不让我讲话，怕我揭了他的老底。不是这样吗，"他指着儿子问道，"你说，是不是？我说得没错吧。"

司机早从围观的人群中走出，到水池边洗好饭盒，又到食堂对面的旅社房间去了一次。出来时挎个帆布包，包里喊嘎喊嘎响，显然是空饭盒和什么硬器如铁榔头之类的东西相撞着。司机打开车门，将猪绳安放到车斗的水泥包中间，回头对父亲说："你还是跟我一道回去，我们挤挤，多坐一个人没关系。"两个搭车人手忙脚乱上车下车，又帮着司机过来搀扶父亲，好像父亲变成什么气息奄奄的病人。"你也帮着扶一下。"司机对马元舒说。

"我不回去，讲了我不回去！"父亲挣扎。司机气愤愤地甩开手，说："好好好，你不回去更好，又不是我要你回去。"

汽车发动了，倒退着往院子深处去，然后调转头，经过众人面前又重新停下，前后两排车轮巨大得吓人。司机伏在摇落玻璃的窗门上，再一次问父亲道："想好没有，还是回去吧？"

"我又不是三岁小孩，回不回去要你来管吗！"

两排巨大的轮子从人们面前轰然而过。

三

司机的中途离去，客观上造成这样一种效果：比如一场引人入胜、波澜迭出的歌舞渐入高潮，突然中止在某个节拍上，马元舒拖拽着他父亲的衣袖，父亲头向后扭，保持着奋力挣扎的姿势，顿住的话语带着一股惯性怪异地响在一旁，好像一个与己无关的异类说出来的。这场景让父亲无限羞愧和不安。汽车在干枯的水泥地面卷起的灰尘渐渐散去，而那种气息，那橡胶轮胎留在地面的宽大齿痕告诉人们，某种质地坚硬，盛气凌人的庞然大物刚刚在这里驻足过。父亲面对的方向正好是汽运公司食堂的红砖红瓦，食堂过去是一幢同样红砖红瓦却要高出好大一截的楼房。

父亲耳旁一遍一遍响起他什么时候说过的"完了"的声音，伴着身体哪一个部位的隐隐作痛。他知道照理说来他确实是完了，但是他又偏偏处在没完的境地。他还得活下去，还得到儿子的学校去。一想到儿子他就暗暗心悸，不敢哪怕略略对那边斜去一眼，但是他又准确无误地意识到，儿子正僵尸一般紧贴在他身旁。现实的残酷便在这里。他又一次问自己今天都干了些什么，他应该跟司机回去的。父亲有一种让人耍弄了的感觉。

"妈妈！"父亲不明不白这么呼唤了一声。

"难道今天的事就没有个结果吗？"儿子内心也萌生了这样一个念头。

围观的人众在不断进行着新的组合，许多看过一眼两眼的面孔不见了，同时添进不少一眼也没见过的面孔。总而言之，周围的人渐渐稀少，渐渐散去。只有那位退休老头，和食堂卖饭菜的瘦个子姑娘有时是不见了，过一会又重新在人堆里出现，似是来了又去了，去了又来了。不过他们终究也将离去，姑娘会下班，老头也有自己的家要回。唯有这边的父子俩一直那么搀扶着，不知怎样结束眼前的局面，不知怎样离开这个院子。好比两头苦斗半日，拼了个筋疲力尽的老牛相互交叉着犄角，似相互对峙又似相互依靠，进不得退不得。那形势给人这样的感觉，只要有一方从纠缠中抽出自己，另一方就会砰的一声栽到地面。仿佛要恰到好处地给人们提供强有力证据似的，这时父亲的身子动了一下，右手抬起掩住眼睛或者额头，口里说了一句什么。父亲说第二遍的时候，只有紧挨着的儿子听出他是说："我头晕。我病了。"这刻儿子有了一个非常清晰且怪异的看法，认为父亲以手掩面的动作很虚假。父亲根本不头晕。父亲想装病。并且父亲还会进一步搞出什么阴谋来。果然当父亲再一次说"我头晕，我病了"后，身子稍微斜了斜便向后仰。马元舒有些替父亲担心，怕他装不像。但终于装得那么像，就跟真的似的，他不由想哈哈大笑。他甚至以为父亲的倒地是必然的，如果父亲不倒，他都会倒下去的。等他克制住想笑的欲望，准备伸出手时，却晚了，父亲已躺在了地面。很远的地方有个声音哎呀一叫："快扶住！"

当然是没能扶住父亲。退休的老头责怪马元舒："叫你扶住怎么不扶住？你看着你父亲倒下去的。"

随着已经散开的人群又一次合拢，马元舒蹲下身子，伸出一只手臂垫在父亲颈下，想扶他起身。结果没能扶起，只是将父亲侧卧着的身体正面仰躺过来。马元舒听到就在他头顶，那个老头说："我看着这人就不对头，像要出事的样子。就让我猜中了。"老头以知情者身份介绍着事件的经过，他显然以为自己最有资格充当这个角色。

有人问地上躺的是谁，干什么的。旁边有人说是想搭便车的，司机不让搭。又有人说司机要他搭，是他自己不干。更有许多操着各地方言的声音，鸟一般纷纷鸣叫。经过片刻的愣怔，马元舒觉得自己受到了什么东西的暗示，浑身顿然轻松。他懂了。他手忙脚乱行动起来，积极响应、配合着。他双手抱住父亲的上身，用力摇晃："伯伯，伯伯。"

"掐人中，掐人中！"退休老头叫道。马元舒没能听懂他的话，老头已经蹲在身侧，指着父亲鼻孔和嘴唇之间的那点地方说："掐这里，掐人中。"马元舒伸出食指去按父亲的人中穴，没想父亲的上唇稀松疲软，在坚硬的齿龈表面不住地打滑。老头嫌不得力，指指点点道："这样，这样。"终于将马元舒挤去一边，亲自伸了拇指去揉。

父亲平躺在地，胸前的衣服尽数让人解开，胸前的皮肤给推得通红，像一条被人胡乱解剖过的老鼠。经过如此这般的折腾，仍然一动不动，气息微弱。看来所有的急救方法都没能奏效。有人大声提醒：还等什么，快送医院！退休老头搭过手指替父亲把脉，显出很懂医道的样子，说脉很旺，不要紧，尽可慢点从容点。于是谁叫道："他有亲人吗？"大家指着马元舒。那人问："进医院带了钱吧？"马元舒迷惑地说："有吧？"随着忙肯定道："有有。"伸手到父亲身上摸。那人示意他有就好，用不着摸了："放好放好。"马元舒乖乖地蹲在椅子前，把父亲往背上拉。父亲的手臂很突出地伸在前面晃来晃去，儿子抄住父亲的臀部，走了几步已有些把握不稳，双手下滑。儿子太瘦弱乏力，显然无法再背下去。

也许因为地势关系，招待所的院门开得很低。在出院门以前，有五六十米长的一段坡道，两边用石块砌好，高处都是红砖红瓦的平房或楼房。刚踏上坡道的时候，跟在后面的老头等人便嚷嚷着要他把父亲放下，说医院离这里不很远，大家可以帮着扶一扶。"真是作孽！"一个女人这么说。父亲也在背上动弹了，意思是要下来自己走。看来父亲是清醒过来了。老头等人都高兴，说："快放下来，看你父亲有什么要说的。"马元舒的步子越发迈得快，也就越发歪歪倒倒。跟的人急了，都围上来搀扶，父亲也双脚拖住地面，挣扎着不让儿子再背。

父亲坐在坡道中间，脑袋无力地耷落，不住地说："我不去医院，让我歇歇，让我歇歇。"那样子恰似一只受伤后挣扎得奄奄一息的巨鸟。他坐得太低，双腿半向前伸，两膝高高地弓起，臀部似陷进低于地面的沙坑之中。在很悠长地吸进一口气后，父亲睁开双眼，茫然地打量众人，意思是说："我怎么啦，我怎么到了这里？"

众人都说："好了好了，醒过来就不要紧了。"

"你发病了，脉搏乱得很呢。"老头大声说。

"刚才真是好吓人，一张脸白得像死人。"众人说。

"要不要喝点水？"又有人问。

老头声音仍是大："我们送你去医院！"这下父亲听懂了，微微摇着头，说："我不去医院，让我歇歇，歇歇就会好。"

儿子说："伯伯你要去医院，你病了。"

父亲说："让我歇歇，歇歇就会好。"

儿子知道，父亲是舍不得花钱。或者怕给儿子带来麻烦，让儿子担惊受怕，还有不把自己的生命当作一回事的麻木。儿子一心要打消父亲的这种固执念头，真诚地劝说着："伯伯，伯伯。"

父亲不忍心看着儿子为自己如此着吓，极力克制住身体内的病痛，强打起精神，艰难地抬起手臂抚摸儿子的膝盖，温柔地安慰道：
"你别怕，我没有病。我自己的事自己知道，我没什么大病，歇一歇
就会好。"他侧过眼睛，立即接触到儿子因惊惶因焦虑而愁苦的脸。
这让父亲极为不安，拼了力气提高声音说："元舒你怎么啦。千万不
要这样。你吓坏了自己，我就更没办法了。"如此一来，一幅温情脉
脉的人间天伦图就展现在人们面前：儿子心疼父亲，父亲心疼儿子。
后来连他们自己也被这动人的场面打动了，两人都那么害羞，不敢相
互看一眼，尽量板着脸做出严肃正经的样子。他们终于给弄得困窘不
堪，儿子忽然气恼起来，没好气地说："讲了去医院就去医院嘛，老
是这么不去不去！"

马元舒让一个念头吓住了：父亲老这么不去不去，整个透出一种
虚假和做作。他想起从父亲倒地的最初一刻起，这种念头就不曾离开
他一时片刻。只是因为父亲病情紧急，干脆说因为父亲装得太像，让
他没有时间来仔细琢磨。父亲这么做的妙处他直到现在才明白过来，
他从父亲那有气无力的面容里，看出目的已经达到的狡黠和得意，看
到了精神的满足和宁静。同时马元舒也明白，此时此刻他是同样的满
足和宁静。他们父子共同惧怕着一种东西，极力想掩盖住那种东西。
于是一个情急生智，另一个心领神会，通力合作，无意间完成了这出
假戏真做的闹剧。结果正如眼前所呈现的，他们把自己从那种可怕的
僵局中解救出来，双方都一变而为事件的主动者。

儿子不再坚持背父亲去医院，父亲更不用坚持着不去医院，既
然效果已经达到，既然一切都是心照不宣，那种做作，那种自欺与欺
人便纯属多余，也不再能让人忍受了。下一步他们的目标十分明确，
尽快逃离此地，把汽运公司招待所院子里今天所发生的一切，全都遗

忘掉。遗忘得越彻底越好，就当什么都没有发生，他们仍然是昨天的父亲和儿子，是以往的父亲和儿子。父亲站起身，动手整理乱七八糟的衣服。他们已经无法把事情做得那么圆满，他们来不及照顾到众人的情绪、众人的心理承受力了：父亲的病为什么突然消失？儿子在前，父亲紧跟在后，分开人群顺坡道向下走去，直把围观者一个个弄得瞠目结舌。他们很快出了院门，走上街道，汇入人流中。走了很远很远，他们一直没有回头，却很清楚地知道，众人也一齐跟出院子，糊里糊涂地向这边看，似乎期待父子两人重新有什么变故，比如重新倒在地上之类。那位热心的退休老头还跟在后面跑过一段路，然后停住。然后又跑一段路，口里呃呃连声，只是不知讲什么好，终是茫然地停下。

四

这是七十年代最末一年的江南小城，风沙，阳光，还有工厂区腾起的烟尘，混杂着在头顶笼罩，空气灰灰白白不很透明。长江紧贴城根浩浩荡荡，千古流注，漫漫散散的河港湖汊时不时在树影楼群中闪亮。主要城区由两条并行的街道组成。靠近长江的那条较为狭窄，宛如很深很深没有尽头的幽涧，街旁长起两排粗大的法国梧桐，一齐到头顶交集。树下是一家一家排着的，精致小巧而又华丽俗气的商店。从商店出来偶尔停步伫望，才发现这些建筑是如此粗大笨重，不像在地面建筑起来，倒像什么陕北窑洞那样，是从山体中掘进去的。屋顶堆满大大小小的砖块和岩石，苍苔、枯草甚至小树，从砖石缝中生长，风雨剥蚀，黑黑白白，花花搭搭。此街往南，横着穿过随便哪条小巷，眼前豁然开朗，这里街道宽阔，满眼是红砖红瓦，夹杂不多的一些盒式楼房，阳光和灰尘在街道中间白白地闪耀。汽运公司招待所所在的良支路原是一个偏僻的去处，路面坑坑洼洼，还没能来得及铺上柏油或水泥，两旁都是高高低低的院墙。好不容易见到一座门楼，却是一所中学校，上课时间阒无人声。只在看得见的尽头，十字交叉的便是那条城区主要街道，汽车时时鸣着喇叭呜呜呜过，但声音响不起来，一闪便被房屋遮住，好像呛在水底的人偶然露一下面又沉入水底。

马元舒领着他的父亲站在交叉路口的良支旅社台阶前。眼下的大街，一头是往市内，另一头往郊外，往学校。马元舒略作犹豫，便往市内而去。他知道他不能回校。父亲来了，学校变成多么让人不安的地方。无论如何，他要把父亲带在外面，混过这一天。同学们都在上课，这大街上没有人认识他，没有人笑他或可怜他，没有人能看到他们的表演。但是老这么走下去更不行，父子两人的情形乖张怪异：大步流星走那么快，似有急事在身，唯独自己清楚，他们什么事也没有。他们不知道要干什么，要往哪儿去。马元舒又一次陷于深深的惶恐。出于可能理解却又不很分明的原因，父亲一直温温顺顺跟在后面。他看不清父亲的身体，只觉察到那斜投在身后某个地方的淡淡影子。他走得快，影子跟得也快，走得慢，影子也随着慢。这些都表明，父亲不能对他有丝毫帮助，所有的问题只能独自解决。好在小城虽小，供他们可走的地方仍是很多，很长。

街边一处地方引起了他们注意，那是一家电影院，马元舒和他的同学时常光顾的，门脸上面"八角石电影院"几个大字虚虚悬在那里，到了晚上便会发出五彩的光。光下的暗影中总是拥挤着成堆的人，看了电影的和没看电影的，和路过驻足看是什么电影的。这时电影院门前很清静，只设在一边的橱窗广告画前停有三两个人。但是售票窗口是开的，从窗口透出白炽灯的黄光，给人亮堂堂的温暖。父子两人都受到深深吸引，不由自主迟缓了步子。这时他们才发觉，他们是多么希望能有一个地方把自己掩藏起来。再没有比电影院更理想的地方了。那么黑暗，谁也看不清谁，都目标一致地看着银幕，自身都不在了自身。想象到这些，他们共跳的一颗心都微微痉挛了。他们在同一时间停了脚步，儿子装作刚刚想起什么，说："要不，看场电影吧，昨天晚上我们说好的。"

"看场电影吧。"父亲赞同。

"现在看？"儿子似乎很勉强，犹豫着。随即明白他不应该这么犹豫，于是果敢地转身来买票。"看场电影就看场电影。"他这么轻声咕哝着，是说给父亲也是说给自己，更好像是说给旁边一个无处不在地监视着他们的人听。

马元舒扒在售票窗口讲话，讲了好一会，回过头来看看父亲，又对着窗口去讲。窗口太小，就那么五六寸见方，墙壁又厚，便更见其小了。买票的人把嘴巴伸了进去说话，额头却仍然给抵在了外面。马元舒怀疑自己的声音透过那么厚的墙壁，里面的人听不清，于是又说一遍，后来把卖票的人都惹火了。马元舒丧气地从窗洞里撤出来，对父亲说："买下午的票吧，上午的没有了。"

父亲指指窗洞上方的小黑板，说："这不写着有十点半的吗？"

"他说十点半的早开演了，"马元舒说，"放了大半了。"

"你问问看，放了大半的票就不卖了？"父亲试探着说。

儿子明白，父亲的心情是与他一样的急迫。

他们终于买好十点半的电影票，售票员也不再奇怪，只催促道：

"快进。"父子两人得了号令似的急急忙忙奔进门厅。从这时起，他们之间已经达成很好的默契，一度出现又一度消失的那种父子亲情，简直又要出现了。门厅走完，还要爬一段很高的楼梯，然后进入阶梯式一直低下去的放映大厅。看电影的人不是很多，后面好多排座位都空在那里。银幕上正放得热闹。父子两人就便找了个位子坐了。这是一部外国影片，画面跳动太快，让人搞不清那些男男女女在干什么。父子两人坐的地方又孤单，前后左右稀稀落落几个人，都像礁石似的，黑黑地陷在座椅里不作半点动弹。进口的门和布帘没拉拢，光线直直射进来，看了好久，他们发现自己还没进入那种看电影的气氛。不由又有些不安，伸了脑袋四处环顾，欲起又止。好在这里地势较高，不很困难地便发现，前面十几排处，人堆密集的地方，正好还空有两个座位。父子两人微微躬了腰，从别人视线底下钻过去。直到相信确实把自己安置妥了，这才有了心思来看电影。

　　这场电影他们看得很入神，这是自己也不敢指望的。当然这样说，并不排除刚开始时有某种故作认真的可能。但过了不很久，他们便真正让电影情节吸引住了，父亲还不由自主吐出一些脏话，或惊讶，或赞叹，或唾骂，为着电影里的某个人物、某个场景、某个事件。偶然间马元舒会醒过神来，觉得父亲的声音在热热闹闹却又是寂静异常的放映大厅里过于刺耳，责怪地看他一眼。父亲也许会意到了，也许没有会意到，反正是沉默一会，又照旧对银幕中的物事表示自己的喜怒哀乐。这样他们得到了很好的休息，很好的调剂。等到电影散场，随着人流涌出时，父子两人的脸色都很开朗，甚至有说有笑，恋恋不舍品咂着那陌生国度里的陌生男女所留下的滋味。

　　"我们去一下商店，看有没有适合你穿的大衣。"穿过街道前父亲说。可以看出，父亲不再张皇，而是把一切都安排好了，做到成竹在胸了。也是这时候马元舒明白，他们已真正从今天那种可怕的非常时期中脱身出来，回到正常的现实世界，考虑起买大衣等日常生活问题了。

昨天晚上当父亲说，这次来城里的主要目的是给儿子买件长大衣时，马元舒确实怦然心动过。他能想象到自己瘦长的身材，配一件长大衣，会显得多么，潇洒。但是同时他又清醒无比，买大衣、穿大衣对他来说简直是不可能的，只好用来幻想幻想而已。因此在寝室黄而亮的灯光下，他不理睬自己跳得生痛的一颗心，一口回绝了父亲："买什么大衣嘛，我不要！"

"我跑这么远的路，特意给你买大衣的。"父亲急了，双手在衣服深层里乱摸，像是要掏出钱，证实自己没有说假话。

"讲了不要！"儿子已经皱紧眉头。

"又不是没钱，"父亲说，"有钱也不买？"

但是今天，当父亲又一次提出买大衣，马元舒却没再作声，表示默许了。他不好败了父亲的兴。隐约感到父亲在这件事情上倾注了不同寻常的真诚和热情。这时要拒绝父亲，就未免太伤人心了。

走到第四百货商场楼前，马元舒停了脚步。父亲说："怎么啦？"

儿子犹豫着："还是算了吧？"

"讲得好好的，"父亲拉他，"你这孩子，我带了钱……又不是没钱。"

马元舒听不得父亲讲这种话。本来就迟疑的他，这会更有些不情愿，但仍是随了父亲进去。他们在一个角落找到卖冬衣的专柜，父亲不管不顾挤开人群，对着墙上的衣服指指点点。

"二十七。"卖货的姑娘扫一眼父亲，扫一眼后面的马元舒，用着那种让人最怕见的淡漠目光。

"多少钱？"

"我不是讲了吗？"

"我没听清。"父亲极力凑了眼睛去柜台内。

"你自己看，"卖货的不再抬头，"上面不是标了价格吗？"

"是二十七块吧？"父亲问。

这是当时最常见的那种棉大衣，蓝色卡其布做面料，里面絮着一层棉花，又厚又笨，当然会十分暖和。父亲展开在柜台上，回身招呼儿子过去。

"什么嘛。"儿子勉强走上前。

"式样好，"父亲提起大衣往他身上披，"你试试可合身吧。"

儿子看一眼卖货的，闪身躲避着。

"试什么，肯定不合身。"

"你这傻瓜，还没试就晓得不合身？读书把人读呆了，"父亲骂道。马元舒没办法，怕推托下去不知会出现什么场面。"穿起来嘛，穿起让我看看。"父亲捉住他胳膊往袖筒里塞。

"我讲了嘛，正合身，"父亲满脸是笑围住他看，"就像专门量了你的身子做的。"

马元舒别扭地晃晃衣袖，又轮着侧过两肩，然后顺胸前两排宽大的扣子看下去。他的目光木棍一般戳在了那里。他看到大衣下摆露出来的，自己那皱巴巴，且短了半截的裤子，和一双阔大、脏污的黄解放鞋。

"多少钱？"父亲又问，怕谁骗了他似的。

"二十七。"卖货的冷冷伸过来一只手。

马元舒脱了大衣，想同父亲或售货员讲句什么。结果又没讲，转身向门外匆匆而去。

"真是讽刺，讽刺。"他没头没脑顺着街道乱走，不停喃喃自语，自是羞愤已极，眼前一再闪过崭新的大衣里面那皱巴巴的裤子，脏污的解放鞋。他无法相信那就是自己。难道说，他长年就是以这么一副面貌出现在人们面前吗？

"当穿的要穿，当用的要用，"父亲紧跟在后，絮絮叨叨劝说着儿子，"你看别的年轻人都穿得好好的，体体面面。"

马元舒胸内什么地方一紧缩，忽然满眼眶盈盈着泪水，只要眼皮动动，便会倾流而出。可这是在人来人往的大街，他硬撑住眼皮，锁紧双眉忍受着，低了头向前猛走。他只恨着自己，为什么一开始不坚决拒绝父亲，像昨天晚上那样。尤其不可原谅的是，他为什么还跟着父亲进了商店，东寻西找，还将大衣摊开来横看竖看，并且，还穿到身上试一试！

从一开始就不应该有如此这般非分之想的。

心内渐趋平静，且觉察到父亲也满肚子委屈，马元舒便回了头说话，想掩饰掉刚才的失态，给父亲以略作温柔的抚摸。恰在此时，一家门面很不起眼，但内厅很大，装满黑压压人群的饭店，出现在他们某一次短暂驻足的身后。对父亲来说，这次停步也许是有意的，因为他紧接着就获救似的表示，要进饭店买份菜给儿子补补身体。父亲说学校的伙食太差，儿子又活得节俭，舍不得吃。他们站立说话的地方距饭店尚有一两丈远，是街道旁边的一个水泥平台。饭店的地势比平台低了一码，而从饭店到平台的那段地面更其低凹些。许多人头涌动，在这里蛆虫般泻成一个波谷。饭店后面便是小城有名的那湖。

父亲的殷勤，反而勾起儿子刚刚平息的满腹辛酸。"买一份菜给我补身体！"马元舒这么重复父亲的话。他简直有些仇恨地盯着父亲了。

"你去吃吧，"儿子说，"我在外面等你。"

父亲说："你呢？"

"我不想吃，"儿子说，"不饿。"

"这么大中午，还有不吃饭的吗？"父亲奇怪着，"快跟我进来。"

"讲了不饿！"

"怎么啦？"父亲压低声音，认真问。他觉到挨了耳光一般的难受。

"什么怎么啦，"马元舒受不了父亲大惊小怪，"不饿就是不饿嘛，还有什么怎么啦？"

父亲仍是认真盯着儿子。

"我真是不饿的，饿了还会不吃饭？"马元舒急惶惶表白自己，满面是痛苦和小心。"早饭我吃得太饱，每天早餐都是两个馒头，二两稀饭，到中午不觉得饿的。"

这一刻父亲隐隐约约懂了儿子，应该说今天的买衣和买饭，肯定触了儿子的伤心处。由此可以料想，儿子读书在外受过多少委屈。儿子不会说话，只能把所有的委屈和辛酸独个儿装在心底，这令做父亲的浑身翻动着不安和歉疚。父亲无法弥补，只能用了十倍的热情，十倍的真诚，动手把儿子往饭店里拖。

"上了街不吃饭还行？再怎么节省，不能连饭也不吃啊。走吧，别怕花钱。我身上带了几十块呢，给你买大衣又不让。"

马元舒徒劳地招架着，争辩道："怎么是怕花钱。"他的声音淹没在父亲的声音大潮里。他还想这样说：为什么非要我吃饭，我连自己吃不吃饭也不知道吗？但是他清楚说了也没用，便一概都没说。

看样子父亲决计要大大破费一番了，为了儿子。父亲是不可说服的。马元舒急了，又不好发火，沉下脸道："别这么拉拉扯扯，大街上也不怕难看。"随着又轻声解释道，"我讲了真是不饿的。我哪是那样的人，上街连饭也舍不得吃。"

"我不相信，"父亲固执着，"便是早饭吃得饱，走这么远的路也该饿的。学校的伙食没油水，肚皮早给刮干净了。身体不补行吗，别以为身体是开得玩笑的。"

讲着讲着，这么不停地讲，父亲无端感受到一阵心烦，全身遍布了寒意，就想猛推儿子一下，骂一句："滚你的吧。"然后甩甩手走开。然后买票回家，他再也没有这个儿子，儿子也不再有他这个父亲。于是以下的事实对于此刻的父亲来说无疑是一个奇迹：他把满是骚动和愤怒的手伸出去，以为肯定会给儿子狠狠的一击，至少能推儿子一个趔趄，谁知那只手却是更火热地缠住儿子，拉扯着儿子进饭店吃饭。

这给了父亲有力的启示，一时间面前豁然开朗，灵感如泉水一般汩汩而出，满怀着压抑不住的愤怒和厌恶，热情似火邀请儿子吃饭，任对方怎么解释、哀求，总归是一个无用。马元舒没了办法，便说，他要去工人文化宫看书。平日里在家，他一提看书，是任何人也不敢打扰的。在今天这一着当然尽失其效，父亲铁定是一个不放松，走到哪里跟到哪里，嘴里嘀嘀嗒嗒不停声。

马元舒想，父亲拉了这么久，明知我不会跟他吃饭，为什么仍这样没完没了？

"走啊走啊！"父亲说。

其实这时的父亲，如月夜无声的潮涌，或浮动的暗香一般，更不时感受到那种透彻心肺的寒意和无聊。"何必呢何必呢。"父亲这样同自己说。他实在不想再同儿子多说一句话，可他偏偏由不住自己，没完没了地纠缠儿子，惹得儿子讨厌，也惹得自己讨厌，好像要完成什么伟大的壮举。而引起这一切的，只是因为他生着儿子的气，生着面前这个人的气。这大街上任何一个人，包括儿子，做梦也不会想到，在他热络的脸面下，是那样一种阴冷的内心。他发现自己真是够阴险和刻毒的。他感受到一种捉弄人的快意，特别是儿子在他的捉弄下，小动物一般地躲避着，招架着，那种畏怯，那种窘迫，那如绒毛一般让人发痒的微弱目光，都让他奇痒难熬，浑身是得意和兴奋的骚动。只要儿子略略停步，他便趋近身，例行公事式地挥几挥手，脸上挤着一种例行公事式的、虚假僵硬的笑。有几次儿子走慢了，父亲甚至伸出手，到儿子头顶上肆意摸上几摸，或在儿子肩上，腰上，还有面门、后脑勺上，随便糊弄那么几下，嘴里不停地哆嗦着："走啊走啊！"那样子不像拉儿子去吃饭，倒是驱赶着什么动物一般如鸡啊猪啊，毫无目的的。而伴着他一系列动作而发出的声音，则完完全全酷肖农村妇人赶鸡赶猪时的吆喝："喔——哧""喔——哧"。

在这时的父亲，已根本不能分清自己对儿子的这一切，到底是肆意的凌辱，或是极度的疼爱，他的全身遍布着某种柔软、温热的手或脚的触摸。似真非真中，他听到了极为熟悉又极为陌生、有一声没一声婉转响来的年轻女人的娇憨呓语。那年轻女人应该是他的妻子，当然这也应该是多少多少年前残留下来的破碎记忆了。他依稀辨出那是某个夏日或冬日的夜晚，某个似醒非醒、似梦非梦的睡中。接着他又看到一个婴孩，他的幼弱的儿子，小手小脚，胖手胖脚。儿子躺在摇篮里，欢乐地对着他笑，笑得浑身一颤一颤的。儿子还将小手触摸到父亲青筋突露的大手上。一阵透彻骨髓的爱怜闪电般贯穿了父亲，几乎使得他狠狠地在儿子的手臂上咬一口，或者将儿子紧紧搂在胸前，一直把他勒死过去。

那道闪电同时也贯穿了儿子，当然这是十几年以后的小城街头，给逼得无处逃窜的儿子。儿子全身每一根神经末梢都给闪电震开成两半，就像纤细的头发丝从当中给撕裂成两半一般。儿子的双手鸟爪那样死命一抓，上下牙齿猛烈磕碰，眼前顿时金光四射，内心有个什么嗯的一声狂叫。于是在儿子的想象中，无耻地笑在眼前的父亲那张脸，早已挨了致命的一拳，被打成稀巴烂，像什么小说上写的，霎时开了个酱油铺，红的白的黑的，淋淋漓漓。

这无形的一拳，的确是一记好拳，给了父亲，同时也给了马元舒自己实实在在的一击，让他们再一次从迷狂状态中脱身出来，并且认识到，他们什么时候竟然渐入迷狂尚不自知。侥幸和后悔都是同样的惊心动魄。真是不懂了刚才父子两人明明相亲相爱，热络非常，走着走着，谁知会再一次落入陷阱呢。前也陷阱，后也陷阱，尽管左冲右突，遍体伤痕，如此这般却都是此路不通。

在很长时间内，父子两人一句话也说不出。他们觉得累了，并且，饿了，害怕再这么混下去。父亲小心地说，还是回学校吧。父亲说话时，尽量显得平平静静，不让儿子以为自己在耍情绪，而是真的累了，不想走了。但对于儿子来说，这么快回学校是绝不可能的。于是一切回到了开始的一点上：拼尽全力，阻止父亲回去。马元舒不由惊讶已极，早知这样，刚才不如依从了父亲去吃饭，那样至少可以混掉一些时间。可是他偏偏那么不顾一切想摆脱父亲，反抗父亲，伤着父亲的心。他发现他今天是多么六神无主，转来转去大半天了，没想又转了回来。他想象着，真是一个巨大的陷阱、巨大的迷宫吗？明明一条亮晃晃的大路，走着走着却是一个迷宫。走出一个，又陷身于另一个，完完全全不知不觉。而这许多的迷宫又组成一个大迷宫，倒很像是什么地球自转，转成一团又一团，一圈套一圈的，合在一起又绕着太阳公转一般。所有的自转和公转，身在地球上的人是全不知道的。谁知现在重新摆在了面前的这路，又是不是什么通向迷宫的入口呢？

五

　　从文化宫出来，马元舒站住不动，他发现他的全身，还有父亲，都沐浴在亮灿灿的阳光里。眼前的大街，有好大一段是傍着湖边的。再往前有一座街心花园，街道在这里发生分岔，左边的那条仍傍湖而去，迎面的那条却慢慢拱起脊背开始爬坡，一直爬上一座很高的桥，隔一段距离看好像爬上了一座山。无数的车辆，人流，和各种各样的声音，就从那山顶上漫漫泛泛下来。太阳也从山顶那边照耀。马元舒奇怪着，进文化宫前他看过太阳，看书混下那么久，这太阳倒好像越升越高了，至少光线是越加明亮了。要办的事全办好，再在大街上混下去，没一点理由了。

　　父亲在前面不远的地方等着，见他不动，重又走回来。马元舒几步迎上前。

"伯伯你先回吧，我还要去一下前边……"

"又去哪里？"

"前面的店里……有个同学托我买件东西。"

"谁呀？"父亲问。马元舒一惊，抬头向着父亲。他想随口说出一个人名，立刻又止住了。万一父亲回去找了那人，一对证，不就完了吗。

"讲了你先回嘛，怎么问这些！"

"好好，随你，"父亲说，"我们快点。"

"你先回吧。"

"一起回，你快点就是。"

马元舒心慌气急，不知要买点什么。为了掩饰，他跑进几个店门，东寻西找，然后又毫无所获出门。

"没有，没有卖，"他支吾着，"真怪呢。"

"人家托你买什么嘛，"父亲故意用着轻松的语调说，"看你闭着眼七跑八跑的。"

马元舒顿然语塞，他恨自己怎么如此之笨，可以买的东西那么多，竟一件也想不出名字。他转身跑进一个商店，片刻之间拿出一双袜子来。"这袜子不好，他穿可能小了。"他全无意义地向父亲解释道。

"你也没问问他穿多大的码数，就乱买的啊，"父亲说，"这孩子办事，真是少见。"

马元舒看看手中的袜子，就想扔到街道中间去。何必这样。这不太，丑恶了吗。就在此刻，他看见不远处的街口停着一辆客车，是他们学校专门用来接送教职工的校车，车门洞开，几个人不慌不忙上上下下。马元舒急于逃脱，没作多想就领了父亲跑过去。他太高兴有这么个意外机会。不过刚进车门他就后悔了，不是想方设法、拼死拼活拖时间，等天黑后再回学校么？车门仍开着，司机在等人。他只用抬抬腿便可下去。但他实在无法下去。实在没有下去的借口。他浑身充血，胀大，梆硬。一次次想下去，又一次次阻止自己。终于车门关上了，车子开动了，两旁的景物突然陌生起来，街道，树木，商店，纷纷旋动。他眼睁睁看着自己掉进一个什么里面，随着那东西旋转，陷落。他跌坐在车椅里，突然感觉如此疲累，仿佛秋后的什么葵杆似的，那么一种从里到外的干枯。他整个人都给耗尽了，快要虚脱了。他想早点回校也好，他应该躺下来休息一下。车子很大，很空，是一辆大客车，坐的人却少。马元舒看到身前身后那么多空位子，心想完全可以躺下来睡一觉。

到了学校，马元舒确实有些昏头昏脑了，看不清晰周围的人和物。从下车的地方到宿舍楼有四五百米远，他真正是歪歪斜斜着走过的，时刻担心自己在这四五百米中的哪一米会摔倒。他走得很快，身体很轻，上楼梯都是轻飘飘的，云一般飘了上去。他同父亲说："我想休息一下。"爬上床便紧闭了眼睛。一段时间他确实感觉到黑沉沉地睡过去，睡到极深极深的时候，才发现有些不对头。他的听觉，也就是说，他的意识，并没有像深睡中那样失去，相反倒是分外的敏锐了。比如此时，应该是吃晚饭前的那段热闹时间，同学们忙着打球，打开水，或回到寝室忙些生活小事，宿舍楼会变成一只蜂箱，嘤嘤嗡嗡，闹腾得都快散架了。可是今天，周围一片寂静。这种情况唯有学校里集中在礼堂开大会才能够出现，马元舒想今天是什么日子，学校要开大会呢。

在这么一个寂静的背景前面，突出的是坐在窗前椅子上的父亲因为一天奔波、尚未平稳的粗重呼吸。显而易见，父亲的目光始终停留在纹丝不动的儿子身上。其间父亲出去了一趟，估计是去卫生间。随即寝室门又被推开，一个人伸了脑袋向里面望了望，又把门带上走了。这当然不是父亲。可不是父亲又会是谁呢，马元舒甚是奇怪。便是这一瞬间他明白了自己根本没睡着，他在想问题，并且他的意识一直在高速运转。因为运转得太快，让他误以为睡过去了，就像坐在全速行驶的列车上，往往有一种静止感一样。

肉体的疲乏与心神的亢奋，两种背道而驰的力量同时作用于身内，几乎都达到了极点，这种冲突很快引起了一系列生理反应：马元舒感到恶心，想呕。翻来覆去调整自己躺卧的姿势，但每调整一次总会增加一倍的难受。他终于给驱赶着翻身坐起，满脸是恐怖和痛苦。只要一闭上眼睛，他便能看到那台高速运转，运转成静止的巨大机器在缓慢地左右偏转，起伏升落，无声无息如夜空中的气球。父亲以为他睡好了，欢喜地走拢来说，下课了，他们正好利用这时间去看看王红柳。马元舒定睛一看，果然见着许许多多的人，布满在门外楼道里，楼下院子里，还有对面寝室楼的窗口里。很快同室的人也出现在各自的床前桌旁，忙忙碌碌得正认真。他真的不知道这些人都是从哪里来，好像凭空多出来的。

十几平方米的一个房间，摆下了四张木架双层床，八张桌子和椅子，八个人的衣物用具如箱子、水瓶、铁皮桶等，拥挤得都能堆叠起来了。马元舒侧着身子在人堆物堆里让来让去，然后随了众人去打开水。黄洋说："不是要带你父亲去看看王红柳吗？"

"哦，那是。"马元舒说。他还以为找王红柳的事只在他和父亲之间藏着呢，什么时候黄洋也知道了，且这么轻描淡写地说出来。

"你陪他去吧，开水我给你打了。"

"不用的，不用的。"马元舒说，手中的瓶却被黄洋夺走，出门去了。父亲解释道："来了学校都没去看看她，别人知道了不知会怎样讲话。"那一时间，马元舒简直都让众人说服了，真的以为去看看王红柳又有什么呢，同乡，又是同学，不是很正常吗。

等众人打了开水回来，马元舒仍站在那里犹豫，都有些出神入化了。先是孙泽林进门，后面跟着个子高大的王少波，两人有说有笑的，见了马元舒，随意问道："这半天还没去？"马元舒支吾了一声，背贴门框让开道。孙泽林又问："去了回来了？"马元舒岔开话头："黄洋呢？"没等对方解释，他出了房门，说去接一接。刚近楼梯，便见一人提了四只沉重的瓶，两膀张开，耷拉着，从很深的楼底上来，身体顿时粗横了许多。黄洋并没奇怪这父子两人怎么仍在寝室，倒是向父亲笑了一笑，说："吃了晚饭再去。"他指了指寝室里乱纷纷洗脸洗脚的人，意思是这个时候去女生寝室，确有许多不便。戴眼镜的胖子说："找王红柳吗，我刚刚见到她呢。我打开水时，她打好了正走开。"胖子说话甚是急促。王少波说："这还不简单吗，马元舒你去把王红柳叫过来见见面得了，何必让你父亲跑来跑去的。"

晚饭后，马元舒不得不面临着最后的抉择。实际上他是别无选择。他无须再让父亲提起。突然之间他有了一个主意，站起身对父亲说："我去看她在不在。"走了几步又转回来嘱咐道："你在房里等着她在，我就回来叫你。"他怕父亲要求跟着一道去，说完抽身便走。

马元舒打定主意随便到哪里混一下，就说去找了王红柳，但她不在，不知去了哪里，父亲不就罢了？他慢慢闲荡着，寻思往什么地方走才好。时间不能太少，少了父亲会猜疑。又不能太长，长了怕父亲等得心急，一个人寻了来。他应该走快点，显出真有事的样子。他明知父亲正在寝室等他回去，可又老以为父亲在不远的人群里，或哪一个望得见的窗口，监视着他。他弯下身子，装作扯扯鞋带，向前向后观察了好久。在一个转角处，他停住了。身旁便是王红柳住的那幢女生宿舍楼，而往前，顺着水泥路直去，便到他们上课的教室了。万一呢，万一有人监视我呢，他这样想。为了不至于太心虚，他有必要到女生楼那边看看。他想起女生楼底层有一个小卖部，正是打发时间的好地方。他保持着匆匆的步履往右拐去，没有回头。

小店里的售货员是个挺让人疼爱的小姑娘，因此小卖部便整天挤着一些看不进书的学生和其他什么人。马元舒不买东西，不好久待。往回走时，他已经有些心安理得，不由笑自己明知没人监视，非要自己骗自己地到女生楼前混一混。正这么想着，没提防父亲突然站在了面前，脸上带着微微笑意。马元舒怔怔地看着父亲，一脸的痴呆。

"这么久怎么也不回？"还是父亲先发话，"她在不在？"

"她……在，她在。"马元舒说。

马元舒不知自己为什么要答"她在"。

马元舒像个被押的俘虏，或被抓的小偷一般，带着父亲开始攀登他极为陌生的女生宿舍楼梯。来来去去的都是平日里可望而不可即的女生，每个女生在这冬天的黄昏，特别是在这狭窄的楼梯里，身子都显得臃肿，好像爹开翅膀的母鸟似的，不停地在马元舒面前飞来飞去。有时他给挤在楼梯转角处，任那也不知是香气或是翅膀的东西在面门上扫来扫去。这一刻他竟想起小时在乡村捣鸟窝，沿着狭窄的小洞，缩拢了手伸进去，那样一种扑面而来的温热，那满手都是的赤裸的幼鸟粉嫩粉嫩的肉感，都让他快要窒息了。许多女生，从身旁经过的，散布在走廊上的，都望一望他，仿佛问他来干什么。他很想向她们解释，说是来找人的，但她们又没有真问。

王红柳住三楼，上完楼梯，右拐，一二三四五，第五个房间。开始攀登三楼的楼梯了，一上，一上，一上，上到一定的程度，拐个弯，再一上，一上，一上。马元舒僵尸一般，就这么上。一切都是命定的，无可更改。三楼到了，现在他得向右拐，一二三四五。就这时，他的面前又出现了一道楼梯，也就是说，脚下的楼梯在三楼并没有消失，同底下几层一样的，转个身又在向上延伸。马元舒没犹豫，继续踏上那楼梯，一上一上一上，到一定程度拐个弯，再上，便走到一个很闷热的小房间。房间里什么也没有，只是在某个角落堆了不少垃圾，可能是下面的某些女生，扫地后懒得下楼去倒，便偷偷藏在这里了。小房间的两侧，各有一道关上的木门。马元舒试着拉拉其中一扇，门很快开了。他带着父亲走出这门，于是来到了顶楼的平台。平台很宽敞，黄昏在这里真的显得很黄。

六

九点半后众人下了晚自修，一路说说笑笑回寝室，隔老远，便听到什么地方有人大声叫唤。当时就有人说，像是马元舒父亲。众人侧了头仔细来听，却并没有听出什么。便有另外的人反问道："你怎么知道是马元舒父亲？"说是的那人想说出理由，支支吾吾竟然说不出。其实，认为是的不止他一个人，不过没人想争个究竟。上楼梯时，似乎又听到那么一声叫唤，声音更小，更闷，是隔了许多堵墙壁，或蒙在被子里发出的。一个谁不由自主放缓脚步说："你听！"

"什么你听你听，"胖子闪烁着一副眼镜说，"肯定又是哪个小青年在发情！"

这样讲着，大家都没了说话的兴趣，专心致志捕捉起什么。等他们爬上三楼，走在巷子里，迎面的一声大叫简直是吓了他们一跳："我的妈妈——！"叫声粗重，高亢，却苍老，与年轻人的声音判然有别，并且，土味十足。声音的来源也确定无疑。众人会意，虽是短短几步路，也不由奔跑起来。等他们破门而入，便都有些发愣。因为，眼前的一切太正常了，寝室里灯开着，光线黄黄的一如往日，马元舒伏在窗前桌上看书，背部朝着门口，似乎看得挺入神，连众人砰然开门也没反应。而马元舒的父亲，却安安静静躺在床上打呼噜。呼噜声倒是极响极响的，深远，悠长，给人以夜深人静的想象。

众人自是奇怪，却不好问。只得按住一颗好奇的心，散开到各人的位置。绰号叫小毛驴的掏出一盒象棋，挑战般向孙泽林挥动，但孙泽林却是无动于衷。其实众人的心思，仍然执着在那一边的父子俩身上。比如刚才千真万确听到做父亲的那声大叫，片刻之间又能睡死过去吗。而在众人进门后，马元舒曾回过头来笑了一笑，那笑也是十分不自然。大家正这么疑惑，床上的人已经有了动静，先是一声叹息，紧接着用力翻身，却难以翻过来，不由发出急促的呻吟："哟——啧啧啧、啧、啧！"好像因为翻身用力牵动了身上的某个痛处。等他好不容易完成翻身的动作，在长长吸进一口气后，又将那气化作巨声发出："我的妈妈——我该死啊！"众人一起趋前问讯，叫"小马爸爸，"叫"马伯伯"，叫"老马"，口气都是十分焦急的。父亲却面向墙壁睡得很安稳，并且又打起了呼噜，依旧深远，悠长。被子高高地盖在他身上，一时显得很巨大。有人便问马元舒，你父亲怎么啦。马元舒回头向众人笑笑："没什么。"看看没人相信，又说，"真的没什么。"众人说是不是病了，病了就要去找医生看。过了一会，父亲又在翻身，脸向床外，"嗯——""嗯——"，一声接一声呻吟，只是声音轻了好多。众人又在焦急地议论找医生的事，找的人都指定了，不过又遇到一些具体问题，比如这个时候医务所肯定是没人了，而医生家住什么地方实在是没人搞得清。而父亲却又深远悠长打起呼噜，看来不像病得要紧的样子，找医生的事就在拖拖拉拉中，不了了之。

众人没想到病痛成那样的人又会从床上爬起身。那可能是一小时后，寝室里大部分人都睡了，马元舒也缩小了身子，依旧借宿在黄洋脚头。父亲似乎自己也没想到会爬起来，因此坐在床头犹豫了一会，这才穿衣下床，站在房中间东张西望。黄洋问找什么，父亲说找一种纸壳子。

黄洋问道："什么纸壳子？"

父亲比比画画一阵，众人明白是那种用来包装易碎物品的硬纸板。黄洋笑着表示懂了："纸壳子，就是纸盒子。"他也前前后后张望，疑疑惑惑竟弄不清有没有。说似乎有过，或者看到寝室里谁有过，当时没在意，时间一过就记不清了。没睡的几个人都用记忆搜寻了一遍自己的东西，证明确实没有那种硬纸板。黄洋问父亲要硬纸板干什么，是不是很急。如果不是很急，明天一定可以找到。

胖子说："这么大个学校，找点硬纸板还不容易，包在我身上了。"

父亲随口说："急也不是很急。"仍是用眼睛一个劲翻寻，帐顶，床下，门角落，各处不遗漏，企盼着有意外发现。又有谁问要纸板干什么，父亲说："也不干什么，我想画个图，明天去做点小生意。"当然没有谁懂画个图怎么能做小生意。父亲也不说穿，看那样子，倒是挺神秘的一件事。

父亲忽然问："找得到白纸吗，不过要大点的。我用白纸先画好，明天再贴到纸壳子上。"

黄洋掏出钥匙，爬到马元舒这头来打开箱子。马元舒也是醒的，勾起头让了让。黄洋问："这种可不可以？"

"正好，正好。"父亲说。父亲说只要一张，但黄洋接连摸出好几张。又有谁拿出平日练字的毛笔和墨汁，几个人围到桌前看父亲到底弄什么。唯独马元舒仍旧静静躺着，不用看也明白，父亲又在摆弄他那套走江湖谋生的什么手艺。父亲将白纸在桌面铺开，默默在心头设计一番，没多少工夫便描出一个大大的圆圈。然后找出圆心，将圆若干等分，在每一等份里标上不同的数字和箭头。父亲说，今天在街上他看到有人用三张扑克牌那么一翻一翻，竟也能赚钱，便有些小视的意思。那点小把戏他也会玩。父亲又写上了许多"罚五角""奖三角""奖一角""奖一元"等字样，至此，众人已大概明了这图的奥秘所在。于是这里那里指指点点，提了不少问题，都有些不相信似的。父亲只是不吭声，等到谁问："这东西能赚钱？"忽然就有很大很大的一颗泪掉在圆圈内，啪地炸开。父亲低紧脑袋，伸了手掌将泪水擦掉，却拖动了那未干的墨迹，漂漂亮亮一幅图给弄得不成样子了。众人都吃一惊，恍然记起父亲今夜一系列不正常举动。黄洋问马元舒："惹你父亲生气了？"马元舒不回答，父亲也不答，换过一张纸来重新摆弄。

夜已深了，父亲显然被一种亢奋的情绪支配，毫无倦意。等他第二次将图画好，众人已有些奉陪不起，陆续睡了。父亲又铺出第三张纸，在那里比比画画，一直把黄洋拿出的几张纸全给画完。这一夜他肯定失眠了，人们每次醒来，发现灯光都是亮的，若有若无中父亲不停地下床上床，去了多次厕所。第二天是星期天，等到众人睡个懒觉醒来，父亲又在摆弄一块很大的硬纸板，他解释说是从商店里搞来的。大清早商店没开门，他几乎把这边的几条街跑遍了。不知不觉寝室里已有人打来早饭，这提醒大家时间很晚了，因为这是星期天早晨。

众人买了早点稀饭回来，有人招呼马元舒父亲吃了再干。孙泽林说："马元舒呢？"王少波说："不是买饭去了吗？"这才发现一早上，没见马元舒的人影，因而这时他的父亲是无饭可吃。王少波说："我还以为他买饭去了呢。"孙泽林说："买饭也早该回来了。"有人怀疑他是否上了厕所。黄洋说："先不管他去了哪里，买饭要紧，再晚就买不到了。"他找出马元舒的饭盒，父亲放了手中的笔想阻住他，黄洋已然走了。

父亲终于没吃那饭。先是没工夫，忙着将纸图贴到纸板上，并且正反两面各贴了一张。晾干后，便用一种什么方法将硬纸图折叠起来而又不至于断裂，熨熨帖帖放进随身带来的黑色人造革手提包里。准备就绪，他又急着出门，没心思吃饭了。临走父亲请众人转告儿子一声，就说自己做生意去了。众人说："马伯伯你好好玩儿天，还做什么生意。"父亲忽然红了眼睛，说要去赚点钱养活自己，不能在儿子这里白吃饭。

"再说，在学校玩了也玩了，不如上街，能赚点就赚点。"父亲说。

他显然是为掩饰自己才说这话的。没想一句话未完，又滚出一大滴泪来。这简直使得他惊慌失措了。

"马伯伯你讲这话就见外了，"孙泽林说，"这么远的路程到学校里玩几天，怎么能说是白吃饭呢。"

王少波说："马元舒不管你，还有我们大家呢。我们做学生的虽穷，但一人供你一天，也有七八天了。"

"话不能这么讲，"孙泽林道，"马元舒完全是孩子气，不懂事，人是善良不过的。我们同一个寝室这么久了，这点大家都清楚。"

父亲流着泪，感谢道："大家的心意我领了，我领了。"却执意要走。众人说："你这种样子，我们更不让走了。"又说，"你这样离开，我们大家都会很难过，也放心不下。要不然，我们派一个人随你上街？"孙泽林道："反正今天休息，我们也有不少事要上街的。"这样说着他们已走下宿舍楼了。"你们回去吧。"父亲不断回头，要大家留步。

出了校门，又把父亲送出好远，众人迟迟疑疑告别，都是一副不放心的样子，而马元舒父亲又坚决不让人陪着。孙泽林说："现在最要紧的是找到马元舒，让他快点赶上他父亲。"大家决定分头到各处看看。等他们在寝室会齐，竟都说没找到。大家不由有些气愤。王少波说："这小子。"有人说："有什么找的，他到时不会回来呀？"正这么讲，有人敲门，竟是马元舒的父亲，想进来又不好进来的。

听过众人的叙说，父亲摘下身后的黑包，往桌面一扔，说："黑了天的事！"铁青着脸就往门外走。众人问去哪里，他说："我去找！"众人说能找的地方我们都找过了，你人生地不熟的，又到哪儿去找。父亲说："我不相信找不到，钻到地洞里我也要把他抠出来。连老子都不要了，世上有这样的儿子吗。我累死累活做牛做马让他读书，他这样待你。这书不念了，让他跟我回去，今天就回家！"说着几步冲进房间，把马元舒床上的枕头抽来一丢。众人尚不明其意，他已稀里哗啦将床上的东西集拢在一起，牵住床单两头往中间一抄，低了头到处找绳索，说要捆了行李领儿子回家。

谁也没想到他会发这么大的脾气，众人一时都没了主意，甚至有些害怕，想这事情闹大了。黄洋说："马伯伯你不要讲这么重的话，小马毕竟是你儿子，是你亲生的，他有什么错处，你也应该原谅。"父亲说："他是我什么儿子，我又是他什么父亲。今天他非要跟我乖乖地回去，回家给我种田。"

寝室里已经聚了不少人，都突然清醒过来似的一齐用了力，将父亲拉扯着坐到椅子上，只要他稍微动弹一下，便有好多双手伸出来摁住。这让父亲愈加涨红脸，拼命挣扎，叫道："我要去告！你们放开我，我要去问你们老师，问学校领导，问他们是怎么教学生的。这样的学生就应该开除！把他开除回去种田，保证比孙子还乖！"父亲说："有这么大的儿子在家种田，我什么都不用做了。多少跟我同样年纪的人，都有儿子做着，自己只用享清福了。"孙泽林说："是啊是啊，我们都说马伯伯好，这么远的路来看望读书的儿子，这样做父亲的还有什么话说。"

父亲说："你们不要用好话哄我。要是真的帮我好，替我着想，应该带我去见老师，见校长，将那家伙开除出去，我就感谢你们。"黄洋说："马伯伯你冷静点，有话好好讲。""不冷静，不冷静！"父亲往起一蹦，趁众人没在意猛向前冲，一时众人给他撞得七歪八斜。"我要到校长那里去讲话。我要告，告这个狗日的，你们不要拖我！"可是众人在经过最初的愣怔后，同时伸长手臂向父亲抓去。父亲便像拖着什么装满大鱼的网似的，拖拽着众人向房门蹒跚而去。一时间人影缤纷，臂肘交错。

"放开，再不放开我打人了！"父亲这么嚷。一句话没完，果真有人哟哟大叫起来："你怎么打人，你真的打人？"被打的是胖子，一手紧握着腮帮，看样子确实痛得不行了，另一手气急败坏对着父亲指指点点。父亲闹在势头上，毫不示弱地对他喊叫："谁叫你拦着我！叫你不要拦你偏要拦。"胖子说："拦了你就打人啊。怎么是这种人，我还真没见过呢。"父亲说："你这种人我也没见过呢。"两个人一句跟一句，稀里糊涂吵起来。众人又忙着把双方拖开。

胖子满脸通红，打开众人手臂："你们都不要管，让他去告，看他搞出什么名堂。你去你去，你快去告！"他对着父亲挥手。孙泽林板起面呵斥他："你这是干什么，注意一点自己。"胖子说："他要去告就让他去嘛，我们何必多管闲事。他无缘无故动手打人，我还要告他呢，最少一笔医药费是跑不掉他的。"

胖子对着巷里的墙壁一个劲呸呸直吐，估计是嘴巴出血了，可是又并不见吐出什么。事到如今，众人自然不好坚持，人群渐渐稀散开，无形中让出一条通路。父亲到了胖子面前，略一迟疑，似是想问讯一句，道个歉。没想胖子却扭转身，给他一个脊背，父亲便继续往前走。黄洋赶上来，再一次诚恳地说："马伯伯别去算了，我们这么多人劝，你也应该给个面子。""不行，你们别管我。你们的好意我领了，不过今天不行，就是天皇老子来了也不行，我一定要去告这个狗杂种。"寝室里有人端出冷水让胖子漱口洗脸，胖子说："今天真他妈倒霉透了。"王少波说："胖子你少说几句。"胖子发火道："不说就无缘无故让他打啦？"孙泽林说："他不是有意的嘛。"胖子说："谁讲他不是有意的？"

　　独自走在校园中的时候，父亲感到异常寒冷，伴随某种空前的失落。到底该往哪儿去呢，脚下纵纵横横的都是路，都是房子，都有可能住着老师和校长。右手的拇指一跳一跳发痛，看来确实把那胖学生打得厉害。这么随意走了一阵，他走进了一片饭香，是那种只有许多许多人吃饭的大食堂才能喷发出的巨大饭香。他注意到路基下面连连绵绵一堆平房，黑乎乎卧着，好像那本身就是一只大蒸笼。房子上面有一根烟囱，极瘦极高的，顶部冒出一股更细的烟，突突突卵石一般笔直地码上去。父亲下了路基，对着这片房子走，脚下随处是叽叽呀呀的煤渣。

　　进了门，已置身于一个空空的大厅。很远的厅那边，有一排卖饭的窗口，都关着。走近了，看见窗口十分油腻。身旁什么地方吱嘎一响，侧门里走出一个系围裙的大师傅，脸上肉鼓鼓的，好像布满黑痣。父亲忙上前问校长在哪里。那人说这里是饭厅，没有校长，校长在家里。父亲说我是问校长家在哪里。那人说找哪个校长，学校里一共有好几个校长。那人一直让父亲傍着走出饭厅，才指着面前的一条水泥路说："顺着这路走下去，便是教工宿舍区，到了那里再问别人。"

　　沿途父亲又问了几个人，男女老少的，都若有若无乱指，有说这里有说那里。说那么个红楼，往右拐往左拐，一楼二楼等。水泥路是极深的，树那边有一幢接一幢的高楼。父亲惊讶学校原来还有这么多的去处。一排一排建筑看过，却没发现什么红楼。父亲想难道是那幢三层的粗糙砖房？可那是土黄色的，并且旧，窗口边都黑，可能是倒了多年的水，长了一圈青苔，远看像大树的根须。但每个窗口下面都有一挂黑苔，便有些奇怪，难道每家都从窗口往外倒水吗。

父亲怀疑是那幢两层的新房子。校长应该住新楼。可新楼却是白的，白得像瓷，或蜡，在灰色天光下泛出乳一般柔和的光。他又注意到一处样子很怪的建筑物，明明是两幢楼房，却合在一起，中间只微微一折，转了个角，要连不连的。接头的地方用一根粗大的黑水管穿住，从这座房体中进，又从那座房体出来，好像用缝衣针草草地将两幢房子缝在一起。父亲不知道那水管用来干什么，总不可能真是缝接楼房的。又不像是下水管，那么弯弯曲曲，缝进缝出，粪便杂物不都淤在里面了吗。他这么琢磨着，竟然记起这幢房子他刚才见过，不过是从完全不同的另一角度。于是他有些糊涂了，发觉脚下的水泥路表面看是笔直的，不知不觉中却在转弯。现在他似乎一直朝前走，向里进，实际恰恰相反，他是走出来。果然，再往前那么几百米，他已经奇迹般地站在住了两夜的那幢学生宿舍楼下。打人的右手一直在痛，这时突然清晰和剧烈起来，似是给什么触过一下。

当他缓缓登上三楼，取那只人造革提包时，绝不会想到几秒钟后，他又会旋风般刮下楼。他看到寝室门已经锁得紧紧，便有些不妙。胡乱中推开隔壁一个寝室门，里面却没人。正准备退出，黑暗里一个声音冲他嚷叫起来："你还没去啊，他们都找马元舒去了。"

"马元舒，怎么啦？"他还这么傻乎乎问。"刚才有人说，一清早看见他往白水湖那边去了。"

估计从这时起，父亲开始运腿飞跑，因为后面那人的声音陡然退开好远："你知道白水湖往那儿走吗。等一下，让我锁了门带你去。"下了几百级楼梯，站在水泥道上，父亲确实犹豫了一下。不过再返回三楼是不可能的了，他大致估了下方向，心想对着校门是不会错的。白水湖当然在校外。他听到他的衣服刮起呼啦啦的声音，宛如一个人在尖声怪叫。他跑得快，怪叫声便越尖厉，并且越加逼近他。他双手摸住两边衣襟，想制止那声音。衣襟却怎么也拉不拢，并且简直把他绊住了。于是发觉衣襟后面竟拖着一个人，就是刚才邻室那人。这人急促地对他又说又比画，意思是他走错了，白水湖不在校门那边，而是相反的方向。说着那人已跑在前头了，正是他刚刚走过的那条弯道。父亲认为自己对这一带已经很熟悉，渐渐跑到带路人的前面。他模糊记起，几分钟前他抬头打量用水管缝接的两座连体楼房时，似乎看到视野里的某处有一队人飞掠而过，就像他们此刻一样。当时没在意，谁知那极偶然极偶然的一伙人，竟然与他有关。白水湖，白水湖的水是白色的吗。湖水周围肯定已经是人山人海。他的一生中，多次见过这样的场面，不过这一次，他竟是当事人，所有人们的目光，都将注视在他身上。

带路人帮他调整了几次方向，有好几分钟时间，他们在楼房与楼房的间隙里绕来绕去，甚至从一处类似人家厨房的木板屋中钻过，终于找到一个倒塌的围墙缺口。跨过缺口，便是长满枯黄茅草的山脊，有许多不算太低的土坎要他们跳跃。在某一次将跳未跳时，带路人忽然停住了。就在几步开外的低地上，有一条田埂小路，很白很光的，黄洋、孙泽林、胖子等等，还有马元舒，他的儿子，一齐站在那里，显然是等着他们跑近。儿子还是完完整整的儿子，身上看不出湿点，看不出与湖水有过丝毫关系。

"一场虚惊，一场虚惊！"黄洋轻松地向这边摇着手，"我们一个个吓得要死，他倒好，悠闲地躺在草地上睡大觉呢。"

孙泽林推着马元舒说："还不快扶你父亲过来。"

父亲说："都是我造了孽，连带我儿子跟着受罪。"这么说着，他的两膝往下一屈，就势盘腿坐到地面。

父亲匆匆吃了点中饭，便动身去汽车站买票，准备第二天回家。寝室里的人认为也只有这一个好办法了，便没有过多挽留。一下午他没有回来，众人并不在意，晚饭前，忽然有一个人跑来说，马元舒的父亲在街头非法赌博，给抓进八角石派出所了。

七

这天下午的事本来是完全可以避免的，马元舒的父亲一直这样认为。

他赶到汽车站，正是中午时分，售票处的窗口还没打开。在候车室各处走了一圈后，偶然想起手提包中装着的，花了自己好大心血制成的纸板图。他到车站对面的商店去买那副廉价扑克牌时，还犹豫了好久，一副扑克要八九角钱，谁知玩那么一会，能不能把本钱赚回来呢。反正是好玩，他是这样对自己说的，想他年轻的时候，也曾大方过，八九角钱算什么。候车室里人不多，但毕竟有人，并且正愁着等车时间怎么打发。他刚把那图在地面铺好，摆出扑克牌，便有一个人蹲下身，用手指拨拉着，试试探探。父亲笑着问："老师傅，试试你的手气如何？"那人算计好了，蛮有把握地在纸板上敲一下。父亲洗着牌，边给他讲解玩这种牌的方法。就几分钟时间，那人丢下一块多钱的毛票，不声不响站起身，退到一旁，把位子让给别人。接下来的几个人情形都差不多，虽然在具体玩的过程中有奖有罚，甚至奖的次数远远超过罚，但结果却总是给罚出那么一两块，至少八九角钱，灰溜溜退下阵去。父亲简直不敢设想，别人会那么轻轻易易把钱奉送到他手上。每当一个人在认输之后，尽管双眼不服气地紧紧盯住纸盘，手却在衣袋里艰难地往外掏摸的时候，父亲是那么不好意思，他甚至都想说："算了算了别当真。"但是同时，他毫不犹豫地将每一张毛票理顺，折好，置入手提包里。

父亲终于克服了初试者的羞涩，以及诸如此类的心理障碍，有板有眼地做起生意。他不停地说："你赢了""好，罚你五角"。车站的广播从很高的地方怪腔怪调地响起："各位旅客注意了……""各位旅客注意了……"人走了一批又来一批，每批里总有那么一个两个，好像赶路掉了队似的，蹲到纸板图前试试探探，然后留下那么几张破旧的毛票，疑疑惑惑离去。后来连父亲也给弄得疑疑惑惑，对着面前的纸图不懂起来：这东西怎么只赢不输呢。在图中的二三十个小格中，只有一格标明"罚五角"，其他全是奖给别人的，可是偏偏能赢。他估猜，这图肯定是经过什么了不起的大人物精心设计的。于是父亲想起，这还是几年前，无意中从一个同乡小伙子那里学到的，当时不过觉得好玩，没想却记住了，今天派上这么大的用场。父亲当然也想到买车票的事，不过他想，候车室与售票厅仅一墙之隔，随时可以去买，用不着那么着急。其实对于这个时候的父亲来说，买票回家的问题已经退居很次要的位置了。有了钱，到儿子处就好讲话，他设想着傍晚回去能出乎意外地给儿子一大笔钱，那会多么让人愉快。有那么一会父亲都以为，来城里这两天的恶劣记忆，已经离他很远很远了。又有一刻，父亲奇怪赚钱是这么容易的一件事。自己平日那么节俭，生怕多用了一分一厘。不知为什么，父亲感到了饥饿。他恍然记起，两三天来自己一直是在饥饿状态中度过的。他根本没有吃下过什么东西。比如今天中午，他虽然强迫自己拿起筷子，但在那种情况下能吃下什么呢。又比如早餐，他更是粒米未进。他琢磨着到哪弄点东西吃，可是不行。他走不开。眼下的父亲是多么紧张啊，每时每刻都可能有旅客进站，也就是说，他每时每刻都可能有新的进项。进项越多，父亲惊讶地发现，自己甚至连买一餐饭的钱也舍不得付出了。他宁愿饿着。饿一会肚子就能省下几角钱添进他的手提包中，这是多吸引人的一件事。

如此可以想见，当父亲忽然遇到一个输了钱却不愿付，想一走了之的角色时，他是多么伤心和气愤。这是一个瘦精精的年轻人，戴一顶油腻的黄军帽，讲话时、发气时，脸颊或额头什么地方，有一根很粗的蓝色血管突露出来，一看便知是个不好惹的家伙。不管父亲如何讲理，他总是来个置之不理，顾自走他的，逼急了便用力将父亲拖拉的手甩开，用一种似本城又不似本城的口音恶狠狠讲着什么，让父亲听不懂。父亲说，我们双方都吃点亏，两块三角钱你付一块，好不好？这时父亲一只手攀住那人肩膀，心里却担心着放在地上的纸板图和扑克牌，终于眼看着耍赖的年轻人走掉了。后来父亲想，这个时候他应该想到见好就收的。实际的情形却是，当他气呼呼地走回原处，周围几个人都显出同情样，说他不该放走那人，有一个不给钱，你这生意就别做了。父亲想这话也是，心里愈加憋闷，于是紧接而来的事便有些顺理成章了。

　　不过事情来得那么快，那么蹊跷，仍让人始料不及。就在父亲与周围的人有呼有应，议论得正热烈时，不远处的长排椅上，坐起一个穿长大衣的青年，眼睛迷糊着，似是刚刚睡醒。他花了好一会工夫一动不动坐着，让自己恢复神志。可从他走路的样子看，仍有些稀里糊涂。他就这么稀里糊涂走到父亲牌摊前，输了三四块前，然后又那么稀里糊涂，或者说毫不在乎想走掉。父亲小心提醒，说师傅你还未付钱。穿长大衣的青年竟然蹲下身子，要与父亲换个位置，他做牌主，让父亲摸牌。父亲当然不愿意。双方这么吵着，那人又想溜走。父亲岂是好欺负的，抓住他的衣领硬给拽过来。那人嚷嚷着说自己是派出所的，正在汽车站执行公务。父亲哈哈一笑："你是派出所的？那好，我们到派出所去。"父亲心里说，凭你这种样子也敢拿派出所吓我，我还正想吓吓你呢。两人相互扭扯着，穿过候车室大厅，来到一个半弧形敞廊，廊外是坑坑洼洼一个院子，没什么人的。父亲留了个心眼，说今天不会让这家伙带到什么地方搞了吧。

　　院子那边有一排很矮的平房，顶头上的那间门开着，旁边竖一块与门框一样长的木牌，赫然写着"某某公安局某某派出所驻车站执勤点"一排巨大的美术字。父亲停步转身就想走开。那人一把抓住他的手提包，说想跑，那么容易吗？父亲意识到不好，心想真的坏事了，口里却嚷道："干什么，你这是干什么，大白天抢劫吗？去就去，我怕你吗。"听到人声，敞开的门里很快跑出一位戴着大盖帽、白衣蓝裤、佩鲜红领章的警察。年轻人把父亲用力一推："抓了一个。"抓了一个什么没有听清，那位年轻人似乎向警察讲了很久的话，警察不断点头。警察粗粗壮壮，五短的身材，面相极像父亲老家的一个叔伯兄弟，这让父亲产生了一种亲近感。可他那兄弟纯粹是个老实巴交的种田人。从年轻人与警察谈话的亲热与随便中，可以看出他们果真是一起的，父亲很有些着急。他也应该说一说，不然，真让那小子恶人先告状了。"他输了不给钱，还想溜！"他大声对警察说，身子已进到房里。这是一间很小很狭的房，正像外观呈现的那样。父亲说："他明明输了，却说是派出所的，想吓唬我。"

警察奇怪地看父亲一眼："想吓唬你？"说着已打开父亲手提包，将里面的钞票连同毛巾、袜子等零碎物件尽皆搜出，摆了一桌面。父亲失声道："干什么，干什么！"警察道："别动！"这时房外围观的人越聚越多，年轻人几次驱赶，终归无用，只得将房门关上，闩紧。不知几时房里又多出一个个子较高的警察，有三四十岁年纪。纸板图和扑克牌也捡来丢在桌上，可能是当作罪证。父亲忽然想起什么，说："我是来出公差的，给我们食品站送猪。"随着解开棉袄的领口，从怀里很深的地方掏出公社和食品站开出的出差证明，以及城里食品公司交给他的到货单。房里几人随意扫了这些纸片一眼，却紧盯住父亲解开的衣领。父亲刚觉得不好，用手来掩时，眼前白影一晃，五短身材的警察一步跳近来。父亲大叫："这是我卖猪的钱！"可是装钱的皮包已握在了退下去的警察手中。

所有这些都在极短时间内发生，至此，父亲明白今天遇到了什么。一切都是真实的，他今天赢的钱，一餐饭也舍不得吃，一分一厘积下的钱，转眼之间都被缴，连他卖了猪，准备用在儿子身上的四十七元，也给面前的几个人没收了。他应该想到，他今天的行为确实是不允许的。这种玩扑克牌的游戏算赌博，在乡下都偷偷摸摸，被人抓住了只好自认倒霉。可他偏偏做到城里，做到这大庭广众的汽车站候车室了。事情还真有些奇怪，他大呼小叫玩了那么久，偏偏没人来管。而来管的却是那么个人，稀里糊涂在赌博摊子旁边睡大觉，非要等到自己赌输了走不脱，才说是派出所执行公务的。父亲相信假如这个人赢了，肯定不说是派出所的了。赢了就赢了，输了便说执行公务，世上有这个道理吗。父亲想说："你说我非法赌博，我承认我是非法赌博，那么你派出所的人为什么也要赌博呢？"不过他已没了喊叫的勇气。一想到自己大半天来的胡作非为，便有了无限害怕和后悔。

等马元舒和胖子匆匆赶来，已是傍晚时分，候车室的正面和右侧面的玻璃敞门都紧紧关上，只在院子里和售票厅晃动着几个没买到第二天车票的人影。父亲站在候车室大楼前面的水磨石台阶上，不停地向两个人诉说着什么。那两个听的人却很不专心，明显表现出因为天色已晚急于离开，却又无法离开的焦躁难耐，表面上只违心地嗯嗯应和着父亲。父亲的样子便给人这样的感觉，只要他稍一放松让面前的两个人跑掉，他便立即会掉入黄昏和暮色的落寞荒凉之中。对于此时此刻的父亲来说，半天来遭受的哪怕再大的屈辱也已经退居其次，更难以忍受的便是受辱后那样一种紧紧缠绕而无法摆脱的孤寂和自卑的心境，更何况是在这飞鸟投林、树叶落尽、江涛和江雾倏然升起的冬日黄昏。父亲无法走下这上下五六十级、横宽一两百米的车站台阶。远远地马元舒看到，父亲一边脸颊上的咬肌在不住抖动，不知是寒冷，或是刚才蒙受的羞辱惊吓所致。父亲当然也意识到儿子的走近，忽然住了口不说，只将那雏鸟一般抖动的咬肌对着儿子和儿子的同学。

"马伯伯，怎么回事？"胖子踏上台阶，问。

"他们把我的钱，家里卖猪的钱，都缴了。"父亲转过身子，想把事情的经过叙说一遍。一句话没完，却忽然从眼里流下了两颗泪，很大很大的，慌得他又将脸偏向一边。胖子想安慰几句，却不知讲点什么好，只一个劲催促："马伯伯快讲，讲了好去找他们。"父亲模模糊糊说："等一会，我就好……"这样说着，右脸的咬肌越发抖得厉害。可以看出，他在拼命地克制着自己。越克制，眼泪便流得更多。到后来他干脆将一张大嘴咧开，面部可怕地皱起，啃什么东西似的，呜呜在哭着了。

"你这样不开口，叫我们有什么办法呢。"胖子丧气道。

两位正打扫候车室的女清洁工，年纪都很大的，戴白帽，穿着厚厚的棉袄，弯腰从一扇窄门洞里钻出，用地道的本城口音向胖子介绍今下午的事情，夹杂对父亲的比比画画。胖子说："他们人呢？"女清洁工说："下班了。"唯恐别人不相信似的，热心地领着胖子走向那扇窄门，进候车室了。

父亲尽管极力压抑，他的声音却随着黄昏的风传得很远，隔了汽车站院子的水泥栅栏，寂静街道上许多行人都远远向这边看。父亲知道儿子一直呆呆站在面前，失神地看着他哭，这让他感受到异常痛快，异常发泄。也不知因为什么，刚才一见儿子的面就克制不住地想哭，好像要向儿子示威，好像所有的事情都是儿子惹下的，是儿子让他受苦受辱的。这一刻竟可以这么说，今天的出事倒是他盼望的。父亲甚至都有些怀疑，他今天的赌博，以及与警察放肆的吵闹，这乱纷纷的一切，是不是自己有意制造的？否则无法解释，本来不可能发生的事情，怎么偏偏都发生了？

隐隐传来胖子和一个什么人争吵的声音，声音一会沉寂，一会又响起。每当沉寂后再响起的时候，便要比前一次清晰些，显然争吵的人正向这边走近。胖子粗门大嗓，讲得很急促，而另一个人沉稳有力，一句顶一句。原以为讲话的人会经过候车室向这边走来，谁知从很远的院子一头，车站大楼侧边钻出了那一伙，胖子，两个女清洁工，还有推着自行车顾自走在前面的警察，正是搜查父亲的那位。胖子说："你至少要还了人家从家里带来的钱。那是他自己的钱，这点我可以担保，我们同一个寝室里的人都可以做证。"警察说："不行。"态度坚决。警察说大白天聚众赌博，好大的胆子，没收钱已是最轻的处罚，我们正是看他年纪大，很可怜。胖子说："他不懂这个，老人家嘛，没什么文化，又一辈子待在大山里面，哪搞得清玩这种扑克牌就是赌博？"警察说："那今天正好给他一次教育，让他知道玩扑克牌就是赌博。"两个人一句递一句这么争着，经过父亲身边时胖子说："你看看，你们把人家老人搞成什么样子了。"警察说："他是什么样子不关我们的事，我们也是秉公办事。他在赌博的时候就应该想到为自己的行为负责。"他们已走到院子的大门边。临上车前，警察说："要不然，你们明天再来一下吧。"胖子一手抓住他的车龙头，向后面叫起来："马元舒，快来！"警察粗声嚷道："干什么，你这是干什么，你也要为你的行为负责的！"胖子讪讪说："我们把道理讲清嘛。"

在他迟疑的瞬间，警察已骑上车子，走了。胖子气愤至极，对着马元舒大嚷："叫你快点怎么不快点！我讲得口干舌燥，他却屁也不放一个，好像这不是他的事，倒是我的事。"他挥手就想走开，说："我也不管了，随你们去吧。"

八

寝室里的人对马元舒父亲的遭遇都很同情，很义愤。为着怎样拿回那四十七元钱，大家商量到好一夜，决定第二天都不上课，一齐到汽车站或派出所讲道理。同时也做好了另一手准备，万一道理讲不通又应该如何如何，比如是否考虑由学校出面交涉，等等。黄洋拿出纸笔，将众人的讨论要点记录下来，第一第二第三，先怎样后怎样再怎样，条理分明，环环相扣。黄洋提高声音说："我现在念一遍，看谁还有什么补充的。"念完后大家都很激动，胖子甚至都等不及了，提议当夜就采取行动。当然这不可能，这大半夜了，到哪里找人去。

父亲的发病是夜间一点到两点之间，当时马元舒借宿在另外一个寝室的空床铺上，还没有入睡。当远处传来嗡嗡的人声时，他隐隐感受到一股热浪的炙烤，似乎是这幢沉睡的大楼某处地方，窜出一团正逐渐蔓延的小火苗。因为隔开了几个寝室，嗡嗡声听不真切，他的感觉也便淹没在大火将燃未燃时的滚滚浓烟之中。这时候他竟然还有一种侥幸心理，以为那声音只是刚才众人争论的继续。不久前他离开寝室过来睡觉时，众人似乎兴趣正浓，没有半点睡意。并且父亲从街上回来后，一直静静躺在床上，虽然偶尔呻吟几声，那是因为他心情不好，至多不过像昨夜那样，哼一阵便会停息下来。这时一阵急促的敲门声打断了马元舒的幻想。不过敲的是隔壁房间的门。马元舒知道那人敲错了，应该敲他睡的这间寝室。果然没等敲门声再次响起，他身边什么地方已经爬起一个人把寝室门打开，接着是一声比一声尖厉的喊叫："马元舒，马元舒！"同时，父亲的哼叫，父亲的气息，热烘烘的，火舌一般卷了进来。有不算短的一段时间，马元舒眼瞪着窗外，无法转过身子来看一看闯进房的人。似乎他真的变成一片给大火舔过的茅草地，到处是劫后的焦臭和战栗。他的目光毫无意义地停留在窗户对面一座黑魆魆的建筑物上。那同样是一幢三层的学生宿舍楼，每扇窗户都关得紧紧的，窗玻璃上浮动着灰白色深不可测的亮。不知怎么，那幢房子在夜色里显得有些歪斜，似乎从底层开始慢慢熔化着。一种不知大地在何处的悬空感促使他抓紧身边的床柱，以至黑暗中的几个人费了好大的力气也没能把他拖下床。直到头顶的白炽灯啪的一声打开，拖的人才明白他还根本没穿上衣服。

一切都是那么不真实，很强烈很清晰的。或者说，是面临的东西太真实了，真实得让人恍惚起来。比如这头顶的灯光怎么会那么亮，灯光下的物件那么分明。走道两边所有的寝室门都已打开，让那同样虚假的强烈灯光相互照射，人走在巷子里就像走在什么白亮透彻的虚幻世界。沿途马元舒遇到乱纷纷的人，更多的人还没来得及穿衣服或懒得穿衣，只把脑袋从室内伸出，向那边张望。隔过挤在寝室门口的人堆，马元舒已经感受到父亲的身影在一个很高的地方舞动。他觉得他是隔了一个世界看到父亲在那里舞动。父亲仍穿着那件黑棉袄以及棉袄里面七长八短的内衣，下身却仅有一件贴身的单裤，双手抱着腹部高声大叫，在床铺上翻来覆去，的的确确如假的一般。

在见到儿子的最初时刻，父亲有过短时间的犹疑和惊慌，好像让儿子的神情，或者让门口那么多人吓着了，喊叫的声音不由停歇下来。他甚至悄悄伸出手，将将到大腿根部的裤管往下拉扯，想重新盖住青乌乌的膝盖和小腿。当然接下来是同样的翻滚和吼叫。为了表示疼痛的剧烈，有几次父亲将两手撑住床面，试图翻一个跟斗，却又没翻成，便算了。又有几次他将被子抱在怀里，大概是压住巨痛的腹部，过一会又放下。那样子极像一个老小孩在不慌不忙做游戏。马元舒很替父亲担心，床铺只有那么两尺余宽，既要表明自己闹得凶，又要保住身体的平衡，不让自己摔下床去，真是太难为了。马元舒不断地以为，父亲一定也意识到自己的虚假，意识到别人对他的蔑视和嘲笑，于是会不好意思地收场，并且，父亲也不断地有了收场的表示。但每次都判断错了，接下来仍是无休无止的翻滚和吼叫。到后来父亲干脆亮开嗓门，一声接一声大骂起来，马元舒用了好一会时间才弄清，原来他在骂母亲，说什么是母亲借刀杀人。"我不想来，你偏要我来。你这个坏屄！""不要脸的屄！""害人的屄！""你怎么不去死啊！"一连串的脏话让父亲骂得有腔有调，洪亮高亢。

马元舒没有料到自己会那么大吼出声。只记得当时他浑身的肌肉一紧，双腿绷直，极想从窗户跳到楼外去。他下意识向窗户那边瞄了一眼。不过同时又觉得身子太沉重，有点懒得动弹。并且他站立的地方离开窗户足有几步远，中间还隔着好几个人。其中一人竟然穿着鼓鼓囊囊的大棉袄，坐到半开的窗台上，粗大的身躯几乎将窗洞塞了个结结实实。不用说，跳窗简直是不可能，至少会遇到极大的麻烦。这种麻烦是此时此刻的他绝对无法承受的，于是很自然，他就那么吼了一声。声音那么尖厉那么响亮，那么声嘶力竭，让他以为，他的嘴巴至少有汽车轮子那么大吧。吼的什么随即忘了，仿佛是"骂什么"，或"吵死吧"，或"都死吧"，也或许是全无意义的"啊"或"噢"。他知道他是真正的神经质，真正的歇斯底里大发作。在声音炸响的那一瞬间，他的喉咙深处好像给人用刀猛刮了一下，很奇异的刺痛。刺痛还裂开无数箭头，向周身放射出去。其中射到耳朵眼的那一根可能刺穿了左边耳膜，他听到啪的一响，半边耳腔里便是一派金属般铿亮的轰鸣。

那是一种绝对的死寂，真空一般。可能有几秒钟，人们连呼吸也停止了，眼瞪瞪看着马元舒。马元舒几乎是闭紧了眼睛，听天由命静等着什么。连父亲也僵坐在那里，不知如何应付这个突变。最先觉醒的是周围的人众，将父子俩分隔开。甚至有人死命抱住马元舒身体，好像他马上就要扑上去与父亲拼命。不知道这是否真的启发了他们父子，父亲猛地一拳打在床头的木箱上，一只饭碗、调羹和几本书轰的一声飞起。随着响声，父亲双腿伸出床外，就要往下跳。底下立即有无数双手迎上去将他托住。而这边，马元舒也和众人扭成一团，拼命往父亲面前凑，仿佛真的要打架。可是他终于还是给推出了门外。他听到房深处有谁发出恐怖的惊叫，随着推拥住他的那些手突然松开，人们齐向叫声扑去。马元舒面前清晰地幻现出一个血肉模糊、惨不忍睹的场面。从这时起，他的心头不断响彻一个有力的声音："死吧死吧死吧死吧。"他透过人们的腿缝，看见父亲双膝下跪，或者说，整个身子趴在地面，头像鸡啄米一般捣着水泥地板，一下，一下，一下。死吧，死吧，死吧，马元舒说，父亲每磕一个头，他就默念一句死吧。这中间父亲曾经给抬离地面，大家正犹豫着该往哪放，父亲猛然一个摆动，下半截身子咚的一声摔在地面。父亲像一条给扔在岸上的鲤鱼，扑跌扑跌腾跃不止。大家一个个累出满头大汗，将他抬在下铺的孙泽林床上，还得使出双手用力摁住。这时有人来叫，让父亲去医务所，医生正在那里等。胖子回过头，满面通红地对着来人发火道："人都快死了，还送什么医务所！"孙泽林说："快去叫医生到这里来，就说人病得不行了。"

医生是个女的，四五十岁年纪，肥肥胖胖，穿着洗脱了水的白大裋，似卷未卷的头发蓬乱着，可能刚刚给人从被窝里拉起来。人们都说："医生来了。"纷纷让开道。父亲也不再扑跌，只是一声赶一声急促地痛叫。人群里有谁大声讲了一句什么，意思是这样的校医能治什么病，早应该直接送市内医院。医生果然被这阵势吓倒了，打开医箱，竟然不知拿什么好。她伸手在病人的腹部触了一下，立即被一声大叫弹回。她觉得她触到的不是人体，而是什么梆硬板结的木头。那感觉太恐怖，以至她再也不敢重复刚才的动作。她解开听诊器，又觉得病症太明显，不应该再白白浪费时间了。这样犹犹豫豫听了听病人心脏，又翻开病人眼皮看看，嘀嘀嗒嗒收拾听诊器，谁也不看，好像只对自己说："转市医院！胃穿孔，快送市医院。"

死吧死吧死吧，马元舒说。

寝室里的几个人，以及班上的学生干部凑在一起，恰巧辅导员老师也赶到了，大家站在走廊里的僻静处，小声商量了一阵。具体问题有两个：第一，钱；第二，车子。不过有一点不容置疑：救人要紧，并且刻不容缓。人人都皱紧眉头，为难地，紧张而急促地。然后一个一个嗯嗯点头，听从辅导员老师的指派。这是极为纷乱的一段时间，人影如蜂群一般在校园各处出没，连安在什么角落里的电铃也莫名其妙一动一动，好像挣扎着要鸣响起来。不时有人到寝室里报信，说："快了快了，车子马上就来。"可是等了又等，就是不见车子的动静。父亲已给移到走廊里一张竹凉床上。病人叫得凄厉，到后来都有些不像人叫了。周围的人个个心里都悬得紧紧的，担心着胃上穿破的那孔越裂越大，然后砰的一声，将一个薄纸一般脆弱的生命胀破。不时有人踢动着双脚，焦急地骂出声："早知他妈的车子这样难等，我们不如用肩膀扛去，也到医院了。"有好几次大家说："现在还来得及，走吧。"把病人在凉床上按按紧，都抬着起身了。这个时候总有那么一两个人，也不知从哪里钻出来，说："来了来了。"可是车子仍然没来。倒是来了一位校长，一边听着来自四面八方的七嘴八舌，一边伸出手摸摸病人的额头，掰开病人的嘴巴和眼睛，比校医检查得还仔细，然后"同学们同学们"地说了一阵什么。众人安定下来。可是等到汽车在楼下鸣响，又发现准备得太匆促，一时弄得手忙脚乱。比如竹床的表面太光滑，又没什么用来把捉的，下楼时稍有倾斜，病人就往下溜。这样就得有很多人来抓紧病人的身体，使其固定。抬的人和固定的人挤得铁紧，脚踩着脚，简直无法移动半步，稍有不慎，便会摔成一团。

汽车轰隆隆发动起来，或者说汽车一直没有熄火，等病人一上车，便猛然加大油门，车身原地往起一跳。可是这时候，大家仍在七手八脚安顿病人。本来人们想把竹床连病人一同抬进来，可是无法转弯，因为车门与走道之间笔直地竖着那根铁扶手，上不能上，下不能下。在病人的痛叫和众人的推挤中，车身给弄得歪歪倒倒。只得决定将病人安置在座椅中躺下。好在座椅有那么长，上面铺一床被子，靠过道的那头又给放上了一把四方的木凳，这样病人躺着也很舒服了。上车时孙泽林见马元舒的脸色不好，关切地劝他别去了，一切有他们处理。马元舒当然不能同意，他被什么人拉到座椅紧里边坐下，让病人的脑袋枕在他大腿上，吩咐他抱紧。车子已经在围观的人群中缓缓开动。上了院外的水泥路，又因为什么停了下来。车灯照亮一座正在兴建中的筋骨突露的建筑。这是马元舒和他父亲坐过的那辆大客车，车窗没有打开，车厢内贮满陈旧的皮革味和汽油味。身后什么地方传来两三个人的议论："救护车，救护车！"用心一听，真有呜呜的声音，并且越来越清晰。黑魆魆的房屋那边，有光朝天空缓缓划动。呜呜声停息了，光亮却突然强烈，树木、房屋的影子给放得极大极大，在人们头上绕圈。当两辆车子的大灯刚一接触，便同时关闭。朦胧光影里，一辆面包式的救护车在前面几丈远的地方悄然停住。并没看到双方有什么联系，救护车已自动滑向一边，让大客车通过。出了校园，回头看救护车已掉过头，不声不响跟上来。

车厢里的灯光已熄，汽车轻轻摇晃，进入正常的行驶中。周围座位很多，但大多数人都站着，好像随时准备伸出手扶病人一把。病人胸腔剧烈起伏，上半身随着一挺一挺，嘴巴大开，呼吸急促，每呼出一口气便带动声带和胸腔的强烈共鸣，形成"喔、喔、喔"低沉而灼热的呻吟，震得马元舒的双腿一阵阵发术或发痒。同时从病人口中扑出浓浊、黏腻的酸味或臭味或腥味，准确无误喷在马元舒脸面上。尽管他左避右闪，仍是无可逃脱。不由托了父亲的下巴颏，向外侧推过去。谁知力气用大了，使得父亲一口气闭过去足有几分钟，缓过以后便急剧地咳嗽。一直等到咳完了，马元舒那只停留在父亲下巴深处的手，却让什么东西咬了一口似的猛然缩回。他惊恐地瞪大眼睛，却一片黑暗，什么也看不清。他发现父亲的头部和胸部处于一个死角中，来自两边车窗的光线都照射不到。这样他只好朝自己比画起来，发现自己的脖子也是同样的极细极细，简直可以说是细若游丝。他长这么大，十八九岁了，却从来没有发现这一点。不由对人体的构造惊讶已极。平时司空见惯了，习以为常了，自己是人，周围的人都是人，根本不会想到，人，人体，是多么奇妙的东西。比如这颈项。为什么在头和身子之间，偏偏要设置一个这么细的颈子呢。颈子实在简练得很，极少有肉啊骨头啊等啰里啰唆的东西，好像是专门用来扼杀的。还有，进一步说，颈子里有气管，可以让人窒息而死。又有动脉血管，可以让大脑缺氧而死。还有颈椎、中枢神经什么，所有重要的东西都集中在这么细的地方。特别是父亲，本来就瘦，加上死去活来的几天几夜折磨，除了一根骨头一根气管几根筋，外加一张皱巴巴的皮，还有什么呢。

午夜时分，看不见星光。两辆车子一前一后紧咬着急驶。周围都是高大雄伟的工厂区和低矮破落的居民区。几里路外一家炼油厂排气的嘶叫颤抖着传过来，又风一般从车窗外刮过去。偶然出现一个人，便十分地突出，笔直站在街道中间，没有避一避车子的意思。车子也不想避他，直奔那身影而去。车灯的辉煌灿烂中，一声惊叫，那人向车子底下倒来。马元舒以为车轮会跳动一下，压一个软绵绵的东西，甚至会有什么空洞的东西啪地粉碎。却没有。当然也许有，只是他没感觉到。他又以为至少应该有发生车祸后的慌乱和恐怖。却仍然没有。什么也没有。他觉得有必要提醒司机一下了，好让车子停下来察看察看。不过四周围那么多的人，难道没一个人觉察轧死人了吗。还有，后面的救护车大开着车灯，街道上的微尘都能给照出影子，难道也没有发现那应该发现的场面？

在这静夜，确实什么都好解释。轧死一个人又知道是谁干的呢。根本不会有什么人来围观。即使在这大街上，尸体可能也要等到第二天才会被发现，比方说哪一个早起的人，一声惊叫，滑了个仰面朝天，举起看看，满手的红，等等。马元舒飘飘忽忽想着，发现怀中的父亲好久没了声音。一点动静也没有。他又飘飘忽忽想：不是死了吧。于是第二天会有一个消息在校园里传出，马元舒父亲急病，在送往医院的途中死去。这毫不奇怪，毫无惊人之处。传说中甚至会有这样的细节：马元舒一直将父亲抱在怀中，直到医院，才发觉父亲什么时候早已经死了。这也是常有的，毫不奇怪。

马元舒紧闭双眼，无边的黑暗中，他十指微张，一左一右悄悄接近父亲的颈部。于是他感到了一股力，那么一吸，迫不及待似的，就把他的手吸在父亲的颈脖深处，两只大拇指，分别从两边准确地按在父亲高高突出的喉结上。这感觉可以换另一种说法表达，比如一块镜子裂成两半，尽管裂开的地方参差错落，但合到一起，却严丝合缝，天衣无缝。因为它们本来就是一个完美的整体，一旦分开，双方都会残破不全，就会相互寻找。找到了，便啪嗒合在一起，就会产生那么一种合力。原来他，马元舒，和他和父亲，历尽这么多艰难曲折，九死一生，只不过是将一双手补齐到一个颈子上去。他想起历史上，现实中，真实的，不真实的，许许多多破镜重圆的故事，不由大松一口气，恍惚间，觉得这一切都是谁设计好的：先经过一番艰难曲折，然后，破镜重圆。这时，他再次感受到那股吸力，那颈子与手融二为一的合力，真真切切。他身子痉挛了一下，清清楚楚看见了他的父亲。也许因为眼睛已经适应了黑暗，也许这时汽车开进了灯光密集处，四面八方的光线在车厢内反复投射，反正他清清楚楚看见，在他的双手下面，他的父亲双眼微闭，神态安详，甜蜜，好像躺在母亲怀中的婴孩，用红嘟嘟的小嘴寻找母亲的乳房，那么一心一意渴望着，搜寻着，配合呼应着儿子的双手，为那即将来临的最后时刻而心醉神迷。

尾　声

凌晨四点左右，马元舒的父亲在马元舒，以及众多同学、老师的簇拥下，住进了市第一人民医院。值班医生初步检查，竟然排除了胃穿孔的可能性。经过几天的住院观察，进一步确诊为一般性胃肠炎，只是每天坚持着吃药打吊针。说起也奇怪，病人自踏进医院大门后，便不再叫喊、吵闹，安安静静接受医生的治疗。不过从表面看，人却在一天一天瘦下去，出院时，已经瘦得不成个样子。这段时间内，由学校出面与派出所联系，拿回了给缴去的那四十七元钱。同时，马元舒的同学在班上和系里进行了一些非正式的募捐，筹集了一些钱款支付病人的药费住院费。当父亲回家时，学校又派黄洋和孙泽林，同着马元舒一起护送。那天是清晨五点半的车，许多同学不顾寒冷，半夜就吵吵嚷嚷爬起身，到车站送行。父亲精神很好，一遍又一遍对众人微笑，讲着感激的话。

　　这年底，寒假快来的时候，马元舒突然接到一封电报。他的父亲以五十三岁的年龄，在家里无疾而终。